白頭吟

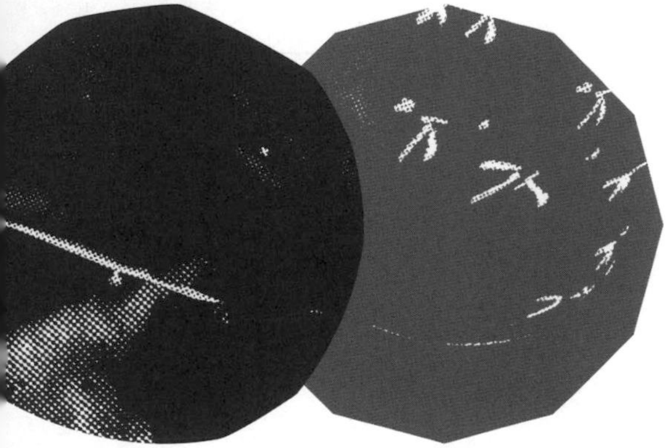

著……許文君

人間出版社
中國作家協會

計文君的「成長」敘事：在典型化與精神分析之間

孫先科
（河南師範大學教授）

在這個以「讀圖」和「觀影」為時尚的年代裡，以小說創作為主業的計文君還不為許多讀者所熟知。除了不去趕時尚湊熱鬧，她對自己的舞文弄墨似乎也相當地謹慎乃至吝嗇。二〇〇〇年開始發表作品，二〇〇九年出版第一部小說集《天河》，其中收錄兩部中篇和五個短篇。其後相繼有〈此岸蘆葦〉、〈開片〉、〈剔紅〉等中篇和短篇〈你我〉、〈帥旦〉問世。儘管不是十年磨一劍，十幾年時間裡完成十幾部中短篇作品，計文君的速度與效率的確算不上高產。慢工出細活並非對所有人都是定則，但計文君的下筆謹慎的確和她對文學的神聖態度有關，也和她對文學所確立的極高的標準及對文學的認知水平和審美趣味有關。一個對《紅樓夢》有很深理解，將其奉為圭臬，以《紅樓夢》所體現的「小說精神」對張愛玲這樣的經典作家也能有理有據地挑三揀四的寫作者對自己也不能不是苛刻的。二〇一一年，由人民文學雜誌社與盛大文學舉辦的「未來大家top 20」評選中，計文君順利入圍當選。以並不豐盛的作品數量卻能當選「未來大家」，從一個側面說明了讀者對其小說品質與潛質的肯定。

在《天河》小說集面世時，向來以慧眼識珠著稱的評論家李敬澤先生說：

「出版第一本書的時候，我認為，許文君已經是一個準備好了的作家。」並說：「很多作家沒有準備好，有的作家看樣子此生準備不好了；但許文君準備好了。」作為對一個年輕作家的預見性評估，這應當是一個不低的評語。李敬澤先生所說的「準備」指的是藝術家的「才能」與「技藝」：「藝術地理解世界的眼光和感受世界的皮膚」，「足夠地表達欲望和耐心」，「準確敏捷地調用語言」以及「在紛亂零散中將事物組織起來賦予精密形式的能力」。在我看來，所有這些「才能」當中，最為重要的是「在紛亂零散中將事物組織起來並賦予精密形式的能力」，因為它是作家如何理解、進入、穿透世界，如何組織經驗與形象及如何建構與現實世界對應關係的文學本體的綜合能力，一言以蔽之，它是通過文本體現一個作家美學能力的最佳方式。

讓人欣喜的是，許文君具有這種能力。她展示給我們的是一條精密化又不失開放性的創作路線，力圖建構起一個走向人心的策略性的橋梁，但並不一味地「向內轉」，並不將故事閉鎖在純粹「私密化」、「個人性」的領域，而是以綿密的針線將人與其活動的背景有機縫合在一起，建構起一套能夠有效地切入當下生活、不失整體感又能凸現個體心靈的「深度模式」，突顯出她「在紛亂零散中將事物組織起來賦予精密形式的能力」。

典型化被認為是現實主義創作的不二法門，但對典型化理解的偏狹導致了美學上的關門主義。比如，典型化作為一種敘事原則特別強調人物的性格化，強調人物性格構成中的社會歷史因素，強調人的理性主義性質。現代人本主義顯然拓寬了對人自身的認識路徑，豐富了對人的內涵的認識。比如精神分析學就對人的非理性認知有很大的拓展。但精神分析學作為一種美學原則被認為是現代主義的發現，與現實主義和典型化是格格不入的。時至今日，對人的認知已經很難再以理性／非理性作二元論的解釋，那麼在美學原則上如何實現現實主義與現代主義的融合，如何將典型化與精神分析學實現嫁接，從而實現文學表現人的最大化呢？計文君近幾年的中篇小說創作帶給我們很多啟示。

計文君的中篇小說大都選擇與作者對位關係明顯的女性角色作為聚焦人物和主人公。作為敘述視角和觀察世界的切入點，這一女性角色是敏銳的、易感的，她的「知曉方式」能輕而易舉地將讀者引領到世界的深層，即人的心靈世界。而作為主人公，作者將其視作一個「成長型」的女性主體，其主體化過程是在與其他主體的對話、詢喚、交往中完成的，是一個「間性主體」；這一女性主體與「他者」的關係既在精神分析學層面上被關注，其成長過程是一個精神救贖和心靈成長的故事，同時，這種成長又是被充分語境化的，凝聚著深厚的社會歷史內容。這種以「間性主體」為認知前提，以女性主體的「成長」作為驅力和主軸的敘述模式使她的優秀中篇小說獲得了雙重深度：精神分析的深度與社會歷史的深度。如果不吝惜讚美的話，這實際上實現了一種美學原則的跨越，是在典型化與精神分析學之間架通了一座橋梁。

〈天河〉的出現對計文君的創作來說意義重大。〈天河〉以某地方劇團排演《天河配》為基本事件，圍繞織女A角扮演者的爭奪在秋小蘭、她的姑媽秋依蘭、導演竇河以及贊助單位支持的選手韓月展開矛盾衝突，社會轉型帶來人際關係的重組與以主人公秋小蘭的精神「成長」作為敘述的內驅力與核心線索。

秋小蘭是這篇小說的主人公，同時小說也以她作為敘述的聚焦人物。作為一個敏感的女性角色，她的「看」、「聽」（包括對姑媽的窺視）、「思慮」等知覺行為像一張鋪展開的網一樣將故事的開展收攏於她的「聚焦」範圍之內，而且通過她「知覺」的過濾，幾乎所有事件、人物都被濡染上情感的色彩。因此，故事不僅因為秋小蘭的聚焦而被賦予秩序，而且因為無處不在的情感投射，無機的客體世界變成了意向化的世界，變成了文學色彩的世界。更重要的是，秋小蘭不僅是作為一個知覺主體去組織起一個文學化的世界，而且是作為一個知覺主體被組織進一個複雜的、變幻莫測的人際世界中，通過與「他者」的交往與對話促成了自我的成長，從而成為一個「間性主體」。

作為一個「成長型」的主人公，秋小蘭的性格起點被設計為軟弱的、彷徨的、不自信的，但具有可塑造性的、可選擇的「準主體」。她與姑媽秋依蘭、戀人竇河內在的詢喚與對話促成了她的主體性成長。秋依蘭是秋小蘭的姑媽，是她成長與事業上的監護者與堅定的支持者。作為當地藝術界叱吒風雲的人物，她的庇護與支持是秋小蘭擔任A角並超越自我的主要動力與條件。但是秋小蘭並不心甘情願地依仗姑媽的提攜去戰勝對方，而是想通過自己的努力來達到成功。因此姑媽的強勢地位既是將她推向前台的助力，同時又是一幢巨大的陰影遮擋、阻礙她前行。更何況，她打童年起就「窺視」到的祕密更是讓她顧慮重重。在別人心目中風光無限的秋依蘭在家裡卻是經常被位高權重的丈夫暴力虐待的女人，身體上的傷痕與血腥氣息成為秋小蘭童年記憶中揮之不去的夢魘，構成了她成長過程中沉重的內心焦慮。秋小蘭的「窺視」和想像，使秋依蘭作為前輩、作為一個鏡像的意義具有了雙重色彩：一方面是作為秋小蘭的模仿對象召喚著秋小蘭的成長；另一方面，鏡像反面可怕的景象顯然又是她成長道路上一重難以逾越的障礙。秋小蘭的徘徊與延宕顯然是與姑媽「對話」的一個結果。

竇河與秋小蘭的關係是小說中最重要的關係之一，有關愛情的思考和秋小蘭的成長都倚重與他的對視和交流，在推動秋小蘭戰勝懦弱、不自信等負面情緒的所有力量中，竇河是最重要的一種。因為秋小蘭愛著竇河，她希望通過爭取到織女A角的扮演權並勝任這一角色而獲得竇河的青睞，而不是被竇河看作秋依蘭的附庸而被輕視。這種「有尊嚴的自我」的孕育、成長是與竇河作為一個「他者」的詢喚與對話過程中逐漸被建構起來的。儘管竇河在此篇小說的意義結構中舉足輕重，但在敘述的角度卻被有意「輕視」了。小說將他置於聚焦的盲區，秋小蘭作為一個聚焦人物對他的知曉程度被降到最低，他一直是在秋小蘭的猜度與想像中進行「對話」的一個擬主體、一個曖昧不明的虛擬在場者。在敘述過程中對他的有意遮蔽和虛擬化處理可能和作者的一種疑慮有關，即在女性主體的建構過程中，男性作為「另一半」、作為「間性主體」是缺席的，至少是不完滿、不自足的，與女性的期待之間存在很大的鴻溝。筆者甚至認為對男性缺席的焦慮構成了計文君近期創作的「核心焦慮」之一，既為她的創作帶來了深度與風格，但也製造了障礙與侷限。

競爭者韓月、師姐谷月芬、丈夫、戲劇團團長是通常意義上的「次要人物」，但他們在小說的意義建構中卻不能等閒視之。一方面，他們中的每個人都構成了秋小蘭成長過程中的潛在的「對話者」，是秋小蘭精神成長的助體、介體或反向推動者。另一方面，這些人物所來自、所代表、所表徵的那些社會力量和歷史因素使這部以女性主體成長為主軸的作品獲得了豐厚的社會歷史土壤，使女性的「成長」主題不純粹是一個精神分析學的命題，而且是發生在真切的社會歷史語境中的命題。韓月這位咄咄逼人的競爭者是由贊助企業推薦的織女人選，她代表著資本這隻無形而又強有力的手對文化的強行介入。這種力量之強大，讓秋依蘭在幾十年間形成的偶像地位和人脈關係在一夜之間轟然塌崩。資本與文化的這種複雜難言的膠著關係是發生在改革開放以來中國社會文化領域中真實情景的一個微縮景觀。韓月帶給秋小蘭的壓力之大在精神領域表現為慌恐與焦慮（韓月諧音寒月，與「天河」一起構成了一個有機的意象群落），其淵源所自恐怕還是韓月所代表的資本這一物質力量帶給秋小蘭一種切身的襲人寒意。

〈剔紅〉以一位年輕的女性小說家作為內聚焦人物，以她的「成長」作為敘事的主軸。在人物關係的設計上，有一個和〈天河〉類似的「三角關係」，即以女性主人公為主體，圍繞她的「成長」設計了兩個對話者，一個是同性小嫻，另一個是異性江天。小嫻是喧囂的現世生活中的另類存在者，儘管經歷了愛情和婚姻的不幸，儘管沒有事業上的飛黃騰達、物質生活上的富足優渥，但通過和「自己的內心達成了和解」，卻能活得清平自在、淡泊寧靜。滾滾紅塵中人人都浮躁、狂暴、上竄下跳的時候，唯獨她能做到嫻雅自適。像她的名字一樣，她活出了一種「人閒桂花落」的意境，活出了妙玉（《紅樓夢》）那樣的「檻外人」的格調。江天是一個在市場經濟世界中呼風喚雨的「當代英雄」，他的世俗化的成功、文化商人的身分，贏得了眾多女性的青睞。由於處於敘述聚焦之外（內聚焦人物秋染對他的知曉程度非常有限），江天的內心世界被呈現出來的很少，因此，他作為一個形象主體是不豐滿的。但是，他作為一個「當代英雄」，一個與社會關聯甚深的人物，他的功能是被語境化了的，或者說他本身就是世俗生活、萬丈紅塵的一個表徵化的符號。如果說小嫻代表了「空」，江天代表的就是「色」。

熟悉女性主義批評的人很可能會將小嫻與秋染的關係看作「姐妹情誼」的關係模式，是一個與男權主義相對抗的女性聯盟。但我更願意將二者的關係看作釵／黛一體美學關係式的摹版。秋染之「染」是「文變染乎世情」的「染」，是「入世」，是「熱」與「執」的化身，她的情緒是隨事隨人千變萬化的。而小嫻這樣一個古典的可人兒對一切都是冷靜的、淡然的，她是「出世」的。她是秋染的一個鏡像，在對照中進行自我糾偏的一個參照系。或者說，她就是一個完滿的女性人格的「另一半」，是秋染主體性成長過程中另一個想像性的自我，是一個「間性主體」。秋染與江天在故事層面上是戀愛關係，而在語義層面上則是一個女性主體如何面對當下世界中物欲和情欲誘惑的人生命題。秋染的成長就是在與小嫻和江天的對視與對話中促成的：從小嫻這裡，秋染學到了退讓、不爭，學到了平心靜氣；從江天那裡她則看到了執著、抗爭、永不言敗。那麼，所謂秋染的「成長」是否意味著選擇其中的一方「擇善而從」呢？不是，或者在作者看來，小嫻與江天任何一方都不代表著「善」，或者對人生而言，根本就不存在真正的「善」，所謂成長就是去經歷、認識，去體驗，去看懂人生的溝溝壑壑，甚至不惜被碰撞得頭破血流、遍體鱗傷。「剔紅」——不停地鏤刻、不停地髹染的漆盒工藝本身隱喻著的正是人生銘心刻骨的心路歷程。

〈天河〉與〈剔紅〉的寫作，讓我們看到一個頗有意味的「形式」——與作者對位關係明顯的女性為主體和中心與作為鏡像的同性和作為愛情對象的男性構成的兩女一男的「三角結構」。計文君的寫作實踐表明這是一個在美學上有相當分量的「深度模式」。從形態學上來講，異性戀與「同性聯盟」賦予小說一種新穎的故事形態，而潛隱的女性視角與細密的心理觸角造成了張弛有致、疏密相間的敘述形態，小說的可讀性與耐讀性得到保障。從價值功能的角度而言，首先它是一個組織架構，將人物和事件組織成一個有序的微觀世界。更重要的是，這一「三角結構」還是一個有機的闡釋體系，一方面它是一個有關女性成長的精神分析學結構，女性的創傷、焦慮、掙扎與成長是在與男性「他者」和同性助體的交流與對話中被體現，女性主體性建構是這種內在性對話的結果；另一方面，這一「三角結構」又是一個社會歷史分析的結構框架，女性成長的精神事件反映的是社會歷史的深刻律動。如果說這一美學成果稍有不足的話，男性角色的相對弱化多少損傷了這一「三角結構」的美學分量。但很顯然這主要不是一個美學問題，而是一個性別導致的視域侷限問題。

目錄

白頭吟

一

春氣一暖，家裡的花草就開始瘋長，招搖著碧枝嫩葉，別緻的造型線條長沒了，也讓人捨不得修剪掉那層濯濯新綠。年年歲歲花相似，歲歲年年人不同。這樣的陳詞濫調，竟是黑話，不是個中人，說是鸚鵡學舌，聽是亂風過耳，窺不破個中款曲。談芳如今也算是個中人了，心裡知道了那如珠走盤的句子後面曲曲折折的大哀傷，嘴裡卻不說這種話了。

新婚時，談芳也曾坐在梳妝台前，唱歌似的說什麼「最是人間留不住，朱顏辭鏡花辭樹」。苦巴苦等，千難萬險，到底得著了這麼個能陪她「賭書潑茶」的人，她當時滿心都是驕矜，說這話不過是調情。知道她喜歡這調調，丈夫湊趣，握著她的手說上兩句「執子之手，與子偕老」之類的話，研究中國古典文學的他，斷不會辜負了花解語的良宵。此時猛然想來，談芳激靈靈起了一身雞皮疙瘩，臉跟著熱了。真真是拿著肉麻當有趣，糟踐古人！

拿著肉麻當有趣的只是談芳，丈夫的湊趣裡多的是體恤和遷就。遷就總是一時的，過後他再遇到如此情形，也就是笑笑。這一笑，如春日暖陽，談芳滿腹的驕矜雪化冰消，腮上添了緋紅的慚色。也不過兩三年，談芳有悟性，肯受教，心性漸漸改了。

談芳煮上咖啡，就進了臥室，抓起護髮水噴霧用力按了幾下，一陣帶著洋甘菊甜美香氣的細雨落下來，被潤澤了的蓬亂捲髮跟著梳子恢復了嫵媚細密的波紋。談芳放下梳子，扣上梳妝台的台面，梳妝台就變成了一個小小的寫字台。手提電腦放上去，談芳開始工作了。

談芳專職給那些得意洋洋炫耀發行量的生活類雜誌寫故事，拿一個字一塊錢的稿酬，可聽到別人介紹她是作家時，她還會微微有些不自在。明知道如今寫產品說明書的都是作家，談芳卻還是抹不掉心裡的那點兒尷尬。

談芳寫的是紀實故事，她自己知道，故事是故事，只是實在不紀實。談芳只裁剪渲染，決不生造情節，但她的手就是寫不出眼中所見心中所想，眼就難免看不起手。談芳自己也想不大明白，為什麼用她的調調這麼娓娓道來，真人真事就成了假模假式。像現在這個快結尾的「黃昏戀」故事，談芳寫出來儼然是段老年版「鵲橋仙」。談芳採訪時就發現，兒女所謂的反對，不過是向父母盡一下提醒的義務。倒是兩位老人，一年半載的相識相知，能承載的猜疑試探實在有限，嫌隙越來越多，難免灰心，索性算了。

丟在床頭的手機響起鐘鳴般的短信提示音，談芳起身去看。出差的丈夫發來短信，他說：「剛剛注意到日期，這個月只怕又要錯過日子了。揚州這個會，我本可以不來的——是我疏忽了，你也不提醒我。」

談芳鍵入四個字：「我也忘了——」這是實話。可她到底沒有把這四個字發出去，想想刪掉了。丈夫的話裡本就有些埋怨的意思，若說忘了，只怕他更不高興，彷彿只有他一個人在為要孩子這件事殫精竭慮，她沒事兒人一般漫不經心。

談芳不是漫不經心，而是聽天由命。

當初命運如同故弄玄虛的編劇，吊足人的胃口，才讓她的真命天子冉冉出場。談芳如今想想就覺得後怕——如果遇不上這個人呢？至今還被「剩」著的閨蜜唐慧，又笑又嘆地咬牙說談芳才是心強命也強，那麼篤定地等著，竟讓她等著了！從來都是命，半點不由人。強的不是她的心，只是命——談芳心裡的怕和無奈，別人不知道。

結婚的後面，跟著的自然是生子。一個月一個月地等下去，原本以為會自然而然出現的結果，竟然沒有出現。好在兩個人不是愚夫愚婦，不會盲目慌亂，理性地尋求專業支持。他們找的專家是個五十多歲依舊細皮嫩肉的婦人，天女散花似的撒下來一堆檢查表格，談芳夫婦唐僧取經一般在醫院裡千迴百轉，最終將一摞檢查報告奉上，專家只用了三十多秒就告訴他們：沒有問題，不要有那麼大的壓力，你們這種情況很常見，現在女人懷孕越來越困難——想想也是，晚婚晚得遠離青春期接近更年期，飲食不健康，精神不健康，呼吸的空氣都那麼髒⋯⋯她儼然是端坐另一時空的神佛，悲憫地搖著頭，玉手一揮，拋下頗費香火錢的一堆符水金丹。談芳夫婦迎回家去，虔心供奉，謹慎加持。如此修行了兩三個月，兩人都覺得如承大事地造孩子，多少有幾分可笑，加上俗事糾纏，很難嚴守那些百般禁忌的清規戒律，不免有了幾分疏懶。只是既然把要孩子定為目前兩個人婚姻中的頭等大事，丈夫和談芳，都不肯表現出些許輕慢。輕慢要孩子這件事，就等於輕慢自己的婚姻同時也輕慢了婚姻中的另一個人。不肯輕慢的姿態裡，有幾分是吃力和緊張的不敢，也有幾分是體貼和疼惜的不忍——談芳如此，她想丈夫多半也是如此。

一個人擔了兩個人的愁，談芳有些不堪重負，內心便又靠著「聽天由命」四個字幫忙分擔。聽天由命與漫不經心，單純從行動看，很難予以區別，談芳又不能把心裡的想法變成婉轉抒情的畫外音在客廳的上空迴盪。越描越黑，索性沉默。握著的手機，丟回了枕邊，人又回到了電腦前。

咖啡壺沸騰了，談芳沒有動——沒關係，那壺煮沸了自動會停……丈夫也是一樣，溫厚而理性的他，腦子裡也有個會自動彈起的保險開關。

談芳在故事結尾處，敲下了那句「兩情若得久長時，又豈在朝朝暮暮」——心裡卻在想，世上有幾對情侶，擔得起這樣一個「信」字？

起身倒咖啡，拿著塊提拉米蘇，就著自己酸奶般的故事吃下去了——就這樣吧，談芳看著改了幾個錯字，就給編輯發出去了。郵箱裡有唐慧發來的資料。談芳抱著電腦去了丈夫的書房，把資料打印出來看。

那天唐慧給談芳講這個「保姆謀殺未遂案」，談芳起初聽一耳朵丟一耳朵：患病鰥居的老爺子與中年女保姆，遺囑，房產……如今實在算不上什麼驚世駭俗的故事，唐慧卻感慨萬千，畢竟是她朋友家的事兒。談芳能理解唐慧的大驚小怪，就像有人彩票中了五百萬不算新聞，可那中獎的要是你的熟人朋友，憑誰都會嘖嘖嘆著說上幾句。談芳見她一唱三嘆的，就笑問：「哪個朋友的爹出了這事兒？」

唐慧說：「周丁她爸——對了，也是周乙她爸！」

打印機刺刺拉拉地吞吐著紙，談芳踱到書櫃前，拿出周乙的一本散文集。談芳記得她有一篇寫父親的散文，翻開書就找到了。在這篇名為〈共說南山雨一犁〉的文章裡，周乙說了這樣的話：「父親曾有意氣縱橫的年少歲月，歷盡世道莽蒼，俗情冷暖，老病中的父親，再也不提李白的飛揚顧盼。一日，晴窗下，書案上，讀到父親抄錄的一首七絕：『芍藥花殘布穀啼，雞閒犬臥閉疏籬。老農荷鋤歸來晚，共說南山雨一犁。』回看父親神情蕭瑟，不覺心下黯然，縱然南山有雨，父親又能與何人共說？」

二

在談芳的概念中，周乙才是作家。周乙的小說和散文，談芳讀過不少，很喜歡。談芳也見過周乙幾次，都是某些社會活動中。那種場合，周乙身邊總是圍著簽名合影的崇拜者，談芳覺得過去說幾句如何仰慕周老師的淡話，也實在沒有意思，遠遠地看著衣紋跌宕的周乙，羨慕著她的明姿雅度。

因著周乙，談芳對周老爺子和保姆的故事有了興趣。唐慧慫恿她寫出來，談芳倒有些躊躇。一是這事到底有些曖昧，好說不好聽的；二來老人出事，人家總會疑心是兒女不好。周家的幾個兒女，說來都是有些身分的人。

唐慧卻不這樣想，反正已經是滿城風雨了，與其讓人背後蜚短流長地猜度，不如自己正面給個解釋。周家兒女那裡，唐慧說她去說。談芳是她二十幾年的朋友，人又極端靠譜，稿子寫成後給周家人看，不會有問題。

唐慧素來是個九國販駱駝的，喜歡包攬各種閒事。在她當合夥人的律師事務所裡，有的是質高價廉的勞動力。談芳索性煩她再提供些詳細資料，唐慧行動力極強，幾天就給發來了這麼一堆。

談芳理了理打出的資料，從丈夫的書桌上找了支紅筆，蜷在椅子上細讀資料。

周老先生患有嚴重的腎病，五年前老伴兒去世，後來一直由保姆韓秋月照顧。老人寫了遺囑，韓秋月要是能好好照顧他到去世，就將自己名下的老宅子留給她。韓秋月年四十六七歲，原本是單身，年初老先生發現一個五十多歲的男人來找韓秋月，於是就留了心。老先生幹了一輩子會計，在家也有記帳的習慣。他從韓秋月交回來的購物小票中發現，她買鹽的數量不正常，又聯繫到最近血壓一直不穩定，疑心保姆在外面有了男人，暗中加大飯菜中的鹽量，好讓他早點兒死。老人把疑心給小女兒周丁說了，周丁立刻報案。警察介入調查，老人的存摺裡少了八萬塊錢，是保姆拿著老人的身分證代取的，給自己在老家縣城的兒子湊購房款。警方立案偵查。

保姆韓秋月的說法迥然不同。韓秋月說她從來沒圖過老人的房子，也沒拿那份遺囑當真。借錢給她是老人聽她說兒子買房有困難，主動提出的。密碼和身分證都是老人給她的，她要給老人打借條，老人不讓，她不會賴帳的。至於說在飯菜裡加鹽，更是沒有的事兒。鹽加多了會鹹，一口就吃出來了，怎麼幾個月後看了小票才發現？她也不知道周老先生為什麼這麼說，反正她沒有做過任何不該做的事情。

老人說他根本不知道取錢的事情，他的存摺和證件放在哪裡保姆都是知道的，密碼也知道，以前也替他取過錢。這個保姆本來很可靠，也許是背後有主謀，那個幾次來找韓秋月的男人，就有重大嫌疑。

談芳看到這裡笑了。這位周老先生儼然是位福爾摩斯，從購物小票上的蛛絲馬跡和門外探頭探腦的陌生男人，一路演繹推理出一個精心設計的謀殺案。警察不會拿周老先生的小說構思當事實，保姆的反駁合情合理，因為缺乏直接證據，警方既無法認定保姆故意殺人，也無法認定她盜取存款，建議他們協商處理。周家兒女表現得相當通情達理，沒有再對警方施壓，接受了這一結果。

談芳對周家有些了解。周家大兒子周甲原是省宣傳部的一個處長，年初得到重用，下派到哪個縣去當書記了；大女兒周乙是知名作家，談芳崇拜的偶像；小兒子周丙是家房地產公司的董事長；小女兒周丁開著家美容整形醫院，省台黃金時段的電視劇，一年到頭都是那家醫院特約播出的，唐慧兼著她那家醫院的法律顧問。周家這甲乙丙丁四位，不大可能費這番心思構陷一個保姆。倒是周老爺子，老醋海照樣能翻波，跟保姆生氣鬧這麼一齣倒是可能。若事情真相果真如自己的猜測，這樣的故事寫出來，周家兒女臉上實在不好看。

唐慧在資料後面補充說，保姆從看守所出來後，給周家留下了一張借據，就離開了。談芳手裡拿著紅筆，把一些矛盾曖昧之處圈了出來。

西窗射進了日影，竟是過午了。早上喝咖啡時順便吃了塊蛋糕，此刻自然餓了，談芳起身，手裡還拿著那沓資料，看著走出了書房。

隱約似有歌聲，嚶嚶的不大真切。談芳先是沒有在意，窗子開著，樓下有人經過，手機鈴聲響起就是這樣——她猛地想起，自己的手機呢？把手裡的資料朝沙發上一丟，進臥室去翻找，找到後發現三個未接來電，都是丈夫的。

談芳有些心慌，立刻撥打回去，丈夫卻掛掉了。談芳握著電話，呆了一會兒。丈夫發來信息：「在開會。」

談芳悶悶地吁出口氣。上一秒他還在給她撥電話，下一秒她撥回去，就「在開會」了？談芳怔了一會兒，想著發個短信解釋剛才沒有聽見電話，又覺得解釋有幾分「此地無銀三百兩」的心虛，不如不說。然而到底還是有些不安。怎麼會如此緊張？怕什麼呢？怕他多心、生氣？一般的男人也不會無緣無故地如此小性兒，更不要說他了。他天性溫厚，修養又好，不貳過，不遷怒，懂得「仁」更知道「恕」，那談芳怕什麼呢？

也許是看東西久了，忽然覺得很累，頭上彷彿戴了無形的金箍，冥冥中不知是誰念動了緊箍咒，談芳的頭猛地疼起來，那疼從頭頂竄到眼眶，談芳用力掐了一會兒太陽穴才緩過來。去廚房胡亂弄碗麵，吃了，談芳就去床上躺著了，手機特意放在了枕邊。

談芳黑甜一夢，再睜眼的時候，已是暮色四合。擔心自己睡得沉了，抓起枕邊的手機看看，沒有電話也沒有短信，才放心丟下，起身開了臥室的燈。開門走出來，金沙般的燈光落在身後，談芳的手還扶在門框上，看見地板上投著自己的影子。那影子是個沒有時代沒有年歲的女子，伶仃娉婷得那麼抽象，風從客廳窗子緩緩吹進來，寬袍大袖的家居服飄成了鞦韆架上的春衫。暮春，黃昏，那風裡自有千秋萬代的悵惘，彷彿有人在談芳耳邊低低地問：一日又這麼過了？

一日就這麼過了！談芳踩著自己的影子，啪地拍開了客廳的大燈，雪亮的燈光驅散了心底那點兒顧影自憐。談芳自嘲地嗤笑一聲：如今哪個女子要是對著影子嘀咕「卿須憐我我憐卿」，無異於被害妄想之下的自戕，不會有絲毫的美感。

談芳看了看牆上的鐘，丈夫應該在吃晚飯了，她抓起家裡的電話打過去。半天丈夫才接了起來，環境很嘈雜，丈夫似乎正和人說笑著，匆忙地「哎」了一聲，帶著笑嗆咳了一下才對著聽筒，聲調愉快地吐出一個字：「說！」

談芳忽然心安了，「聊什麼呢，這麼開心？」

丈夫笑著說：「他們講段子呢。吃飯了嗎？」

早晨的那一絲埋怨和中午她未接電話的不快，看來丈夫自己都化解了。丈夫叮囑談芳好好吃飯，談芳叮囑丈夫少喝酒，然後就掛了電話。

談芳接著打給唐慧，她想去採訪周家老爺子，請唐慧幫忙安排。唐慧做事周全，自己聯繫過之後，給了談芳電話號碼，又囑咐談芳再跟老人說一聲。

談芳生怕老人不快，電話裡非常謹慎客氣，沒想到老人比她痛快，「沒問題沒問題！聽慧慧說你住在北邊——正好，我明天去省三院透析——對嘛，離你家就幾步路，你過來，咱們一樣地聊！」

談芳忙不迭地應著，又致謝客氣幾句，掛了電話，獨自怔了半天。老人的熱情率達，反倒讓談芳不安，自己的猜想說不定是小人之心——他畢竟是個得了危及生命重病的垂暮老人……她丟在沙發上的資料散亂了，紙面上她畫的那些紅圈，像是動盪的漣漪，漂向她無從想像的幽暗水面。

三

省三院前後左右十幾棟樓，建得迷宮一般。周老先生擔心談芳要好一通找，著意打電話說血液透析室的位置。透析室竟是在急診樓的三樓，一樓是急診搶救的手術室、觀察室，二樓以上又都是住院部了。病房住滿了，床就加在了走廊裡。病人躺在床上，家屬坐在床邊，輸液架擠在人和床的縫隙裡，談芳小心地穿過，留神著不要踩了人的腳，更不能踢了輸液架的腿。

白牆上掛著色彩明快的宣傳圖片。有一張是新草綠的底子，鵝黃小花勾出邊框，裡面寫著放療化療病人飲食起居的小知識；另一張上是幾個面色紅潤的男女，快樂健康地笑著，照片下面註明「樂觀堅強，帶癌生存」，只是那個「癌」字到底還是刺眼刺心的。談芳剛才沒有留心科室的牌子，不過此時不看也知道了。

一個病人面朝牆躺著，被子堆在腳邊，佝僂著身子，淺藍色的病號服下面露出一截身子，嶙峋的瘦骨幾乎要挑破黑黃的皮膚。談芳只覺得自己的腰也是冷的，忍不住朝坐在床腳低頭削著白甜瓜的婦人「哎」了一聲，指了指床上的病人。婦人笑了一下，將刀插在削了大半的甜瓜上，甩手上的水，起身拉被子，給床上那人蓋上，誰知那人連扯帶蹬，又把被子給褪到了腳邊。

婦人朝多管閒事的談芳寬厚地笑笑，低聲說：「鬧脾氣呢。」說完便又坐下，削下一塊甜瓜肉，送進嘴裡，嘎吱嘎吱嚼著，眼神空茫地望向了別處。

談芳朝前走，忍不住又回頭看了看床上「鬧脾氣」的病人，戴著醫院的白帽子，不見頭髮，實在辨別不出男女。走過一間開著門的病房，南面的窗子外滿是暖暖的春陽，三個中年男女齊刷刷立在床尾。一個男看護，端著個套著塑料袋的快餐杯，從病房裡踱出來。走廊裡氣味陰冷濕膩，甜瓜淡淡的香氣很快被熱乾麵裡濃郁的麻醬蔥花氣味吞沒了。他繞過談芳，跟那吃甜瓜的婦人說話。今年這小白瓜貴好些——啥剛下來都貴！你吃的這是清早飯還是晌午飯——哄老頭兒哄了一清早，跟閨女孩兒置氣，上著班兒非得都給叫過來！你這瓜有點兒轉窩兒吧，不白……

談芳推開了血液淨化室外間隔離區的門，將熱乾麵和小白瓜都關在門外。一個穿藍色工作服的雜工在拿消毒水拖地，拖把把淩亂的拖鞋推來推去。看見談芳望著那堆色彩曖昧的拖鞋為難，就笑著直起腰，指了指鞋櫃，「那兒有鞋套。」

套了白色塑料薄膜的鞋套，踩在剛擦過的地板磚上有些滑，談芳幾乎是撞開了裡頭那扇門，身子只進去了一半，心虛抱歉地朝著走過來的護士笑。談芳剛說出一個「周」字，護士就恍然「哦」了一聲，指了指南邊一排用鋁合金隔出來的小間，「第二個門。」

外面的大間裡密密排著十幾張病床，每個床頭都立著台閃爍著很多紅色數字和字母的儀器，細細的暗紅色的塑料管盤旋在儀器的腹部。談芳猛然意識到，那暗紅色其實是病人的血——果然，管子的兩頭連著病人胳膊上的動脈和靜脈。房間的中間懸空掛著三台電視，兩台沒有打開，床上的病人大多合眼睡著，只有中間床上一個穿得跟花蝴蝶似的老太太，靠著枕頭著迷地在看一部清宮劇。屏幕上，太監弓腰向一個珠環翠繞的女子稟報，「回娘娘，皇上宿在延禧宮了。」

談芳因為腳底滑，走得小心翼翼，只聽見劇中女子拿腔捏調地幽怨道：「紅顏未老恩先斷，斜倚熏籠坐到明……錦秋，把我那架『長相思』拿來。」一聲長長的嘆息，卻是病床上的老太太發出的，談芳聽得站住了。老太太還投入在劇情裡，察覺不到談芳的目光，自然也察覺不到正在體外被醫療儀器清洗著自己身體裡的血液。

談芳忽然覺得，她來見周老先生之前做的最重要的功課，不是昨天細讀的那些資料，也不是精心準備的採訪預案，而是從電梯出來到此刻，這走來的一路所見所聞。談芳理解的病與死時刻盤旋其上的人生，悲哀一如天鵝絕唱，蛩蟲鳴霜，這不過是帶著文藝腔的膚淺想像。站在這裡她才知道，人會用最庸常的生活狀態來和疾病死亡對抗。談芳甚至覺得，哪怕是在排隊下地獄，只要那隊伍足夠長，後面的人絕不會戚戚復淒淒，很快就會開始打牌鬥嘴，賭氣唱歌，甚至埋鍋造飯，談情說愛，生兒育女，拉幫結派……恆常之力何等強大——談芳感受到了，這力進入了她的身體，壓住了她的心，也壓住了她的步子，她穩穩當當地敲開了小隔間的門。

病床上的老人，面色黑黃，花白的頭髮卻清潔整齊，摘下大大的黑框眼鏡，朝談芳揚了揚登著她文章的雜誌，綻出燦爛的笑容，「慧慧說了是才貌雙全，可我還是沒想到人會這麼漂亮，文筆和人一樣漂亮！」

談芳笑著將帶來的一小筐草莓交給陪護周老先生的小姑娘，「周伯伯笑話我了。周乙老師才真是才貌雙全呢。」

周老先生笑得有些百味雜陳，「小乙——也算五官端正吧，心性不好。她寫的東西，不如你寫的感人！」

老人也許是在替女兒謙虛，可那語氣裡有著真實的不滿，談芳不覺心下一怔，而且「心性不好」是個太過嚴重的否定，不大適合用作謙遜，也許老先生是措辭不當言不及義。老先生又指著那小姑娘說，「這是小霞，丁丁醫院裡的護士，暫時管我幾天——保姆不好找，合適的就更難找了。」

兩句話就到了正題，小霞懂事地說出去買東西，周老先生非常主動地就著保姆的話題，說到了韓秋月。周老先生思維敏捷，表達流暢，表情生動得有些誇張，單聽說話你很難感覺到這是一個年逾古稀、身患重疾的老人。談芳打開的筆記本上，沒有落一個字，因為老人對她講的和對警察講的沒有多大區別，他似乎還在堅持自己的推想，只是話語間替韓秋月做了很多開脫，諸如一時糊塗、生活所迫、外人蠱惑、情有可原等等……一方面小心謹慎到多疑過敏的程度，一方面卻又善解人意豁達得不大真實，談芳覺得困惑。

談芳一直沒有說話，只是配合地點頭，理解地笑笑，非常有眼色地將泡了西洋參切片的水杯端給老人。關於鹽和錢，老人的說法不再像詢問筆錄時那麼堅定明晰了，他說因為病，味覺遲鈍了，腦子也糊塗了——腎性腦病知道吧？

談芳搖頭，說不知道。周老先生於是開始非常專業地向談芳展開了腎科疾病為主題的科普講座。等小霞買東西回來，談芳的耳朵裡已經灌滿了醫學名詞，腎盂、腎小球、靶器官、系膜增生、電解質紊亂、細胞液滲出……

談芳終於找到機會，得體地起身告辭。周老先生戴上眼鏡，左臂上的瘻連著做血透的管子，不能亂動。他用右手示意，小霞一時沒明白，還是談芳理解了老人的意思，將左邊床頭掛的包遞了過去。老人用一隻手從裡面摸出一個筆記本，遞給談芳。談芳翻開，頗見書法功底的字跡，記的是日常瑣事，吃什麼藥，感覺如何，買了什麼，花多少錢……老人指點她翻到最後一頁，一串人名後面有地址和電話號碼，談芳看到了「韓秋月」三個字。

四

談芳知道，韓秋月那裡一定有個合情合理的答案在等著自己。從周老先生如此坦蕩地讓她去見韓秋月，談芳料想那個答案，也一定是經過周家「核准」過的。因此，談芳反而不急著聯繫韓秋月了。

丈夫要回來了。

談芳閒閒地收拾著家，打掃衛生，換下床單丟進洗衣機，去買菜時順便帶回來兩捧花，百合的味道太濃，放客廳，跳舞蘭清淡可愛，放進了書房。一張印有齊白石畫的月曆丟在書堆上，談芳拿起來，靈機一動，帶著笑在那些「好日子」上用紅筆勾出花朵的圖案，然後拿著「開花」的月曆貼在了臥室牆上。

丈夫進門時，廚房裡的談芳沒有察覺。她在將萵筍切絲，刀落下的聲響連綿不絕，節奏鏗鏘。身旁的煤氣灶裡跳著歡快的藍色火苗，燜著牛肉的高壓鍋得意地噗噗吐著蒸汽。她拌好筍絲端出去的時候，才發現丈夫赫然在客廳坐著了。

他疲憊地一笑，「下午到的，先送幾位老爺子回去——三位加起來二百多歲，心臟裡撐著好幾個支架，個個比我還鬧騰，一路我這提心吊膽的。」丈夫說著朝衛生間走去，「我先洗洗。」

談芳以為他是去洗洗手洗洗臉，結果他洗了個澡。等丈夫沐浴更衣完畢，飯菜已經在餐桌上等著了。一頓飯吃得淡淡的，談芳忽然有些多心。帶著多了的這點兒心看，丈夫表情不對，眼神也不對，舉手投足都不對，分明是魂不守舍嘛！

等睡前談芳收拾丈夫的行李箱時，更大的不對出現了。箱子裡放著一個平磨螺鈿的漆器首飾盒，盒蓋螺鈿鑲嵌出荷葉蓮花，一對玉色鴛鴦。談芳渾若無事地拿著首飾盒進了臥室，丈夫歪在床頭看新聞，談芳把首飾盒舉到了他鼻子跟前。

丈夫「哦」了一聲，說：「給你吧。」

什麼叫「給你吧」？原本是給別人的，被她翻出來，就給了她？

談芳拿起遙控器關了電視，丈夫笑了一下，解釋說他們參觀景點時，在一家工藝品店裡看到這種揚州特產。同行的劉老就讓人拿了這個首飾盒來看，誇讚說做得好，漆色漂亮，磨得平滑如鏡，螺鈿也鑲嵌得精細，難得荷花鴛鴦這麼古雅生動，不俗氣。說完，他們放下也就走了。沒想到當地的一個人買下來，送給劉老先生。走的時候，劉老說他一個老頭子要這個做什麼，就讓丈夫帶給談芳。

丈夫解釋得入情入理，只怕是太入情入理了！

談芳故意說要給劉老打個電話道謝，丈夫翻了她一眼，「快半夜了你打電話，你再驚著老頭兒！哪天碰見了說一聲不就行了——」他忽然有些羞惱，想是看懂了談芳微笑裡的嘲諷，頓了一下，「你打吧！」

談芳哪能真去打這個電話。她坐在床沿上，低頭用手指摸著那兩隻玉色鴛鴦，「錦水東北流，波蕩雙鴛鴦。雄巢漢宮樹，雌弄秦草芳。寧同萬死碎綺翼，不忍雲間兩分張。」

丈夫克制了自己的情緒，和解地笑了，揉了揉談芳的頭髮。談芳一歪頭，躲開了丈夫的手，盯著他念下去：「此時阿嬌正嬌妒，獨坐長門愁日暮。但願君恩顧妾深，豈惜黃金買辭賦。」

丈夫解嘲地繼續笑道：「這麼錦心繡口倒背如流，我的學生該讓師母來教。」說著，伸手去拿遙控器。

談芳一把搶了遙控器，那點兒不無撒嬌意味的賭氣此時成了真惱，陰惻惻帶著撕破臉的不管不顧，繼續用李白的句子敲打丈夫：「相如作賦得黃金，丈夫好新多異心。一朝將聘茂陵女，文君因贈〈白頭吟〉。」

丈夫半是無奈半是嘲弄地嗤笑一聲，把那隻惹是生非的螺鈿盒子拿到床頭櫃上，嘟噥了一句：「累了，明天一早有課。」扯了被子翻身就睡。

談芳再說改了心性，文藝女青年的底子還是變不了。又羞又恨的談芳，一件委屈事兒接著一件委屈事兒地想，勾三扯四牽五絆六，心底的哀怨竟成了一江春水。走出去時看見了牆上開著「紅花」的月曆，抬手扯下，團一團丟進了垃圾桶。東流不作西歸水，落花辭條羞故林——後面這兩句，談芳留著取笑此刻的自己了。

談芳胡愁亂恨了一夜，天亮時才矇矓了一會兒。丈夫起來時，她又醒了，可是沒動，裝睡。她怕跟他臉對著臉——怎麼羞慚的竟是自己？談芳也想不明白。丈夫走了，談芳躺著也無趣，就起來了，走到客廳，窩在沙發裡看天發呆。薄陰的天空，灰白的雲層間透出一痕一痕珠貝的光澤——惱人天氣呀！談芳悶悶仄仄，許久不曾氾濫的多愁善感都出來了。

十點半唐慧闖來敲門，談芳對她的意外出現，歡迎之情溢於言表。

那隻螺鈿首飾盒被請到了客廳，唐慧如臨大敵地盯著，聽談芳說昨晚的情形。她只聽了個開頭就跳起來，緊張得如同作戰指揮部裡的將軍，揮著手說：「有問題，絕對有問題！不問就解釋回來的時間，做賊心虛！進門就洗澡——嗯？」

唐慧的思路與談芳的思路本無二致，但話從唐慧的嘴裡說出來，談芳再聽，不覺加了審視，並沒有積極應和。唐慧把談芳的思忖理解成了掉以輕心，坐在了茶几上，對著談芳的臉說：「知道人家怎麼說教授的嗎？就算你們家教授不是野獸——他就是食草動物，也喜歡吃嫩草不是？」

談芳被唐慧說得噗哧笑了，順手給了她一巴掌。

唐慧站起來，警告地拿手指點著她，「你以為我開玩笑？這是基因決定的！吸引力的本質是遺產優勢，雄性的健壯，雌性年輕、突出的性特徵，都意味著更強的生殖能力！所以也更有吸引力！生物的本能，就是把基因——」

「停！」談芳像交警似的推出一隻手，這聲「停」是叫給唐慧的，也是叫給自己的。這種小女子心機的害處，談芳比旁人多著一份清醒。談芳站了起來，「你這套偽科學的嗑兒，早被人嘮濫了——我是專家！這些年我採訪過的怨婦棄婦二奶小三兒，沒有一千也有八百——除非你有建設性意見，否則免開尊口！」

唐慧張著嘴，眨巴眨巴眼睛，誇張地用力閉上了嘴巴。

談芳問她這會兒跑來幹嘛。唐慧繼續裝啞巴，從包裡掏出兩張紙，指指上面的字，遞過去。談芳拿過來看，竟是周老先生簽過字的授權書，周丁作為兒女代表也在後面簽了字。談芳這幾年用的授權書就是唐慧這個專業律師擬的。每次決定寫人家的故事，談芳拿出來打好的格式正規的授權書，一式兩份，雙方簽名。談芳的謹慎還是有好處的，不少同行都惹了官司，她倒還平安。

談芳拿著授權書意味深長地朝唐慧笑。周家看來是篤定她會寫篇正面報導的宣傳稿，有時候未必會心想事成——如果不是兩人鬧氣，難道韓秋月會承認自己犯罪嗎？談芳有些好奇，就聯繫了韓秋月。她離開周家後，在婦幼醫院做護工。她照看的病人第二天上午出院，談芳和她約好在婦幼醫院門口見。

五

談芳一大早匆忙出門，倒不是急著去見韓秋月，而是為了不在家待著。丈夫沒有課，會在家待一天。談芳念完那首〈白頭吟〉，就沒再跟丈夫使過性子。丈夫自然也一如既往，話不多不少，不冷不熱。天下本無事，談芳不是庸人，不該自擾，可她也無法自欺，波瀾不驚的平靜之下，自有一份無法遮掩的尷尬與緊張，繃在兩個人之間。

吃完早飯，丈夫就進書房看書。一人一個房間，守著滿屋的寂靜，談芳心慌得難以自持，可也不願無事生非地用爭吵戳破這寂靜。她決定出門，站在玄關換鞋子時，丈夫端著茶杯從書房裡出來了，談芳低頭撥著電話，含混著給丈夫說要去採訪，丈夫應了一聲，談芳把電話舉在耳朵邊，開門出去。

等電梯時，談芳心緒黯淡地刪掉了那串掩飾慌亂而胡亂摁下的數字，她有些恨自己的慌亂，更有些恨丈夫的鎮定。電梯下降，談芳的心彷彿被一根鉤子鉤了起來，輕微的頭暈、噁心。她衝出電梯，砰地推開沉重的樓道門，用力地呼出了一口氣。和緩的風裡有四月的花草氣，暖卻不燥，深吸進來一口，清清涼涼的像是一句提醒，鑽進談芳的肺腑裡去了。是啊，這樣瑣屑微末的恨積攢起來，就成了腐心斷腸的毒藥，任你情比金堅，也禁不起它天長日久的銷蝕。談芳見過多少雪膚花貌的佳人兒，一顆心生生被禍害成了散發著腐氣的陰冷地溝。

談芳愛惜自己的心性，鑽進肺腑的四月清風，蕩滌了心底那點兒陰暗的恨，見到韓秋月的時候，談芳又是溫文平和的了。

醫院附近車位難找，談芳把車停了老遠，走過來的。有個黝黑瘦高的女人顯然在等人。想像中，韓秋月應該是白而胖的，像這個城市裡很多四五十歲的市井女人一樣，身上永遠有著過多的色彩。站在那裡的婦人，穿著件白色與赭石相間的格子襯衫，深色牛仔褲。這樣的妝扮不僅沒讓她看上去年輕，反而更添了飽經風霜的感覺。看眉眼還能想見當年的清秀，但線條統統向下斜著，像是不堪地心引力長年累月的牽拉，嘴角的弧度天生向上，於是，一個淺得幾乎無法辨認的微笑，就擔住了滿臉的悲苦。

談芳問：「韓秋月，是嗎？」

韓秋月嗯了一聲。談芳說：「我們找個地方說話吧？」有車進醫院，摁喇叭，韓秋月拉著談芳離開門口，到路邊樹蔭下。她說：「其實，也不用找地方，兩句話就說完了。」

談芳有些意外。韓秋月的眼角掛著顆渾濁的眼淚，她手裡握著塊手帕，抬手擦掉，別著臉看著醫院大門，說：「都是假的。老周想跟大兒子過，但是以前和大兒媳婦有矛盾，他覺得不好直說，就弄了這一齣，逼著孩子接他回去。」

這個答案倒是談芳沒有料到的。韓秋月的眼角又出現了淚滴，她又擦掉了。談芳忍不住問：

「你，是不是有什麼事？要不我們再約時間，等你方便的時候……」

韓秋月被談芳客氣的口吻弄得一愣，「我沒事兒——」她又抬手擦淚的時候，發現談芳擔憂地看著她，忽然笑了，「眼睛，毛病。」

談芳也笑了。韓秋月身上有種不俗的淡定，大悲苦在她身上浸泡出的斑駁痕跡清晰可見，但那瘢痕的縫隙間卻彌散出淡淡光華。談芳如玉家賭石，憑經驗斷定韓秋月身上也許有著別樣的故事。即使不為周家的事，談芳也想和韓秋月聊聊。談芳拉著韓秋月去了家咖啡廳，兩個人在二樓揀了張靠窗的桌子坐下。

談芳點咖啡，韓秋月點了單子上的錫蘭紅茶。服務生走了，韓秋月擦擦眼睛說：「老周一輩子喜歡茶，他得了那個病不能喝茶，可還是喜歡沏茶，喜歡說沏茶的各種講究，他就聞聞香氣，茶給我喝，過後還考我。喝得多了，有時候我也能猜出是什麼茶。」

談芳在心裡嘆，世間原還有如此版本的「賭書潑茶」，可見自己當初是何等自以為是了。只是有過如此美好畫面的兩個人，最後怎麼會這般不堪地收場？

韓秋月說：「老周可憐——」她笑了一下，「誰又不可憐呢？」

談芳安靜地等著她說下去，韓秋月卻看著談芳，「你不錄音嗎？」

談芳被她問愣了。錄音筆就在包裡，談芳沒打算拿出來。大多數採訪時談芳都錄音，除非當事人拒絕，或者像那天對周老先生和今天，談芳擔心給當事人增加壓力。談芳念頭一轉，問韓秋月，「還有別人採訪過你，是嗎？」

韓秋月點頭，「前幾天有過一個，電視台的記者，也是個女的，她——」韓秋月略帶悲哀地笑了笑，對談芳說：「你人好。」

談芳從韓秋月的笑容裡能想見那次採訪她遭遇了什麼。韓秋月寬厚地補了一句，「不怪她，幹這個的。她比你年紀還輕，眼睫毛長得能避兩篷雨，撲閃著對我說，她幹的工作就是要挖出人心裡的真相——別人說什麼她都不能信，還要朝人心裡挖，她自己心裡也不會好受……」

談芳身上起了一陣麻酥酥的驚慄，震撼與感動的時候，就會這樣。韓秋月又擦了擦眼睛，服務生端上來茶和咖啡，韓秋月低聲說了謝謝，端起茶杯，說：「老周說這種外國紅茶，葉底、湯色、味道都不如咱們的滇紅和祁門茶。我不懂，我們老家有一種老紅湯，發酵的茶葉梗子煮出來的，小孩兒吃多積食了，喝一碗就好，不苦，比藥強，細品品還有絲兒甜……」

那碗老紅湯想必聯繫著美好的記憶，韓秋月的臉上出現了真正的微笑，所有的斜拉向下的面部線條都被這笑容托了起來。她將一張笑臉朝向談芳，談芳忽然感覺到了一種被人悅納的溫暖。

韓秋月接著就說起周家的事，口氣還是淡淡的。

周家大嫂把韓秋月領進了周家，當時周老先生的老伴兒去世不久，韓秋月的工資一直是周家大嫂發的。韓秋月跟周老先生還算投緣，老先生的確寫了份遺囑上面有死後給她房子的話。韓秋月說到這兒低頭笑笑，「他是哄我呢，我知道。可我還是應了他。他心裡沒個依靠，成天思前想後擔驚受怕的，我不應，他更不安心了。」

韓秋月像是怕談芳誤會，立刻解釋了一句，周家的兒女，對父親沒有什麼不好。老話說：人心不如水，平地起波瀾。人多，心多，自然生出的事也多。她剛進周家的時候，老先生是跟著老大過的，沒多久周家就鬧了一場氣，老三老四跟大嫂傷了和氣，都不來往了。周老先生搬回了老房子。說是老房子，卻是周家老三重新翻蓋裝修過的，有院子，條件很好。周老爺子盤算這件事兒，韓秋月起初並不知道。等她把錢匯走了，周老爺子才跟她商量施一條「苦肉計」。想想一個老人還得給兒女這樣鬥心眼兒，韓秋月覺得也是可憐，就答應了。後來周丁報案，她被抓走了。因為能說得清楚，韓秋月就沒把老人的心思說出來。老爺子可能是跟兒女說了實話，周家事後也覺得委屈了她，見面很客氣。雖然她堅持寫了借據，她也知道，周家人不會逼她立時三刻還了那筆錢。後來周丁給韓秋月打電話，告訴她會有人來採訪，周丁讓她只管實話實說，這對韓秋月自己也有好處——都鬧進了公安局，不解釋清楚，以後誰還敢用她做保姆呢？

按照韓秋月給出的解釋，事件本身的邏輯嚴密了，但談芳沒有獲悉真相的那種豁然和滿足。周家人絕不會要給保姆平反昭雪才如此配合媒體——更何況，那電視台的記者說不定和自己一樣，並非不請自來的——周家人真實的目的到底是什麼？不過這個問題不是韓秋月能回答的。談芳將自己心底的疑惑壓下了，思忖著如何切入，才能不讓韓秋月有種被「挖心」的感覺——苦難會讓人堅忍到麻木，或者會讓人陰鬱暴烈，很少能讓人像她這樣淡然寬厚，談芳對韓秋月有些好奇了。

韓秋月看著窗外，眼角積了顆濁淚，她沒有擦去。她們靠著的窗戶正對著過街天橋，天橋上擺地攤的小商販像五月薔薇開花似的密密匝匝，熙來攘往的人群擠擠扛扛緩慢地通行。忽然人群起了騷動，小販們開始兜起貨品奔逃，談芳欠身看了一眼，果然，一輛城管執法車剛剛靠路邊停下。

韓秋月轉過臉，眼角那顆淚滾了下來，她說：「人總是為難著人，各有各的道理，可還是得彼此為難——他讓你苦，你讓他苦，沒辦法。」

看著她眼淚浸泡得微微發紅的眼睛，談芳身上又麻酥酥起了驚慄。

談芳並沒從韓秋月那裡取得真正的收穫。正當兩個人的談話氣氛越來越鬆弛愉快時，韓秋月接到了一個電話，護工頭兒告訴她有活兒了，趕快過來，來晚別人就接了。事關生計，談芳也理解，匆忙起身結帳，開車送韓秋月回了婦幼醫院。下車時韓秋月擦擦眼睛，對談芳說：「您真厚道。」

六

韓秋月誇她「厚道」，這帶給了談芳巨大的喜悅。記得還是剛和丈夫結婚，那天給劉老過壽，老先生高興，喝了幾杯酒，就給徒子徒孫們多說了幾句。其中有兩句話，談芳印象很深，劉老說：「中醫上講情深不壽，我給它補一句——機深傷福。聰明是長處，卻未必是福氣。你們都記住，要是哪天有人誇你，不是誇聰明、有才華有學問有本事，而是誇你厚道，那你就有福了！」

談芳到底是聰明的，心很軟，嘴上卻有些刁鑽，敏銳多感，厚道這個詞，常常會讓人聯想到傻傻笨笨，若非經過特定的事兒，一般不會有人想到用它來形容談芳。「厚道」帶來的喜悅，使談芳都忘記了早晨出門時家裡不大愉快的氣氛，一進家門，談芳就嚷：「哥哥，你想不到今天有人……」

丈夫頗為尷尬地乾咳了一下，談芳換了拖鞋直起腰來，愕然發現自己家客廳裡坐著一個女孩子。她顯然是哭過，大概談芳進門時才胡亂擦了眼淚，眼線液睫毛膏都化開了，兩隻眼睛黑得一塌糊塗，鼻頭卻是紅紅的。丈夫背對著談芳，將女孩兒丟在茶几上的一堆紙巾，團起來，擦了擦茶几沿兒，才直起身，踩了一下垃圾桶的腳踏，丟進去，垃圾桶蓋吧嗒一聲蓋上，那聲響讓談芳回過神兒來。

女孩起身鞠了一躬，帶著鼻音說：「師母好！」

談芳剛被誇讚過的厚道，遭遇巨大挑戰。

丈夫解釋說這女生報了劉老的碩士，要參加面試，競爭很激烈，壓力太大了。

談芳自然要說兩句冠冕堂皇的安慰的話，假得連自己都覺得難受，然後故作漫不經心地問：

「本科在哪兒讀的？揚州大學？」

女生點頭說是，又頗為可愛地一歪頭，「您怎麼知道？」

談芳說：「你猜？」

女生搖搖頭，顯然被師母的古怪問題弄得害怕又委屈，求援似的看著老師。丈夫慌忙說送她回住的地方。女生向談芳告辭，談芳還是保持了禮貌周全，客客氣氣送到門口。丈夫和學生兩個人慌裡慌張地出門，撞在了一起，談芳笑著疏導了玄關處的交通，又囑咐丈夫開車小心，才把門關上。

門裡的談芳，忍不住去想門外會發生什麼——談芳不能接受那種庸俗老套的情節成為自己人生的章節。不接受並不等於就不會發生——只是此刻就認定發生了什麼，也實在有些杯弓蛇影。

談芳心煩意亂，卻又為自己的心煩意亂感到生氣。

手機在包裡唱，談芳摸出來接了，是唐慧，她問談芳見韓秋月情況怎麼樣？

談芳嗯了一聲。唐慧在電話那端察覺她情緒不對，「怎麼了，親愛的？」

談芳深吸一口氣，儘量讓自己顯得平和，她對唐慧簡單說了從韓秋月那裡聽來的周家故事真相，然後告訴唐慧，自己不打算寫這件事。對於周家，這不是值得張揚的好事兒，自己家人關起門來鬥吧，何苦讓天下人知道？

唐慧在那邊噎了一下，忽然換了話題，「你們家教授怎麼樣？有新發現嗎？」

唐慧也有算不到的時候，正撞槍口上，談芳像被戳了一刀，音調高起來：「能有什麼新發現?!你怎麼跟盼著出事兒似的！」

唐慧在電話那端咯咯地笑起來，「這腔調可不像你！我回來想想，覺得你的態度挺英明，大事化小，小事化了，有事兒也得變成沒事兒，這才是高人。」

談芳煩躁地說：「好了好了，你那套庸俗哲學就別到處販賣了！掛了！掛了！」

掛了電話，談芳立刻意識到自己太不厚道了，不該遷怒唐慧。就算人家唐慧有擔待，自己方才那樣刻薄無禮，太過分！過兩天約唐慧吃飯吧，二十幾年的朋友，不至於因為一句話就生分了。

談芳窩在沙發上看電視，四五家電視台都在放那天透析室老婦人看的清宮劇。電視裡啼哭亂叫，反倒化解了屋裡讓人窒息的安靜。不知道前情，所以也弄不清劇裡人發狠報復有無道理，連綿不斷的陰謀詭計，說不盡的人心難測，看似錯綜複雜，其實情節邏輯非常簡單——鬥鬥鬥，主人公與天鬥，與地鬥，與仇人鬥，與情人鬥，與花草魚蟲鬥……殘酷得天經地義，沒有任何人和事值得信任！

在對電視劇的批判中，談芳恢復了清醒。她一直為自己溫情脈脈的膚淺文字自卑，但她決不認為這種猙獰醜陋就比她高明到哪兒去。何苦如此推想人心？詰人也是自詰——對丈夫，自己以為是洞若觀火，說到底也不過是自家的推想。推想他有罪的依據，同樣也可以推想他清白——譬如女學生出現在家裡，看你如何想了。佛家講所知障，殊不知自己也是入了迷障？

談芳算是把自己暫時安慰住了。片尾曲響起，談芳才被自己的轆轆飢腸提醒了。學校不遠，女生要參加面試，應該住在學校附近，這是送到哪兒去了？午飯時間——難道他們在外面吃了？

談芳給丈夫打電話，他的手機卻在書房裡響起來。這時門鈴響了，慌得門鑰匙也沒帶！談芳去開門，門外站著的卻是唐慧。

知道談芳一個人在家，還沒吃飯，唐慧就拉她去吃飯。談芳坐下就跟唐慧道歉。唐慧笑道：「你還跟我多心？真是——那好，算你對不起我，怎麼補償吧？」

談芳也釋然了，說：「我買單！揀貴的點！」

唐慧翻著菜單說：「這種雞毛小店，撐死我能貴到哪兒去?!沒的便宜了你！這樣，我買單，你把周家的事兒寫了，咱倆兩清！」

唐慧說完，並不看談芳，叫了服務員來記點的菜。談芳只是笑，不應，也不問。服務員拿著菜單走了，唐慧給談芳和自己倒茶，這才看著談芳眼睛說：「告訴你實話，這事兒氣著周丁了，把老爺子逼成這樣兒！她就是想噁心噁心她大嫂！」

果然！談芳低頭喝茶，「那你就把我奉獻出去給人當槍使？」

唐慧笑起來，「魯迅先生的文章還是匕首投槍呢！你寫倆字當槍使，不丟人！」

談芳也笑了，她看著唐慧：「何必弄得這麼複雜？要是這個目的，找個報社社會版的記者，嗖！投槍就投過去了！」

唐慧狡黠地笑著：「你不是著名作家嘛！人家要用名牌標槍！還有，周丁想的就是發在報紙上，雜誌發稿週期長，這個你不用管——寫完發給我！對了，」唐慧打開包，從裡面數出五千塊錢，遞過來，「報紙的稿酬跟那些雜誌比，約等於無，這是周丁給的。」

談芳笑起來，「我媽在世的時候常說，『七竅玲瓏』這種詞兒，都把唐慧說笨了，人家唐慧是真通透——眉毛都是空芯的！周丁怎麼會知道稿費多少的事兒？你也真是！人家姑嫂不和，你跟著湊什麼熱鬧？也太盡心了！」

談芳把錢拍回到唐慧手上，唐慧隔著桌子抓著她的手，「那你答應了？可憐可憐我嘛！」見談芳點頭，唐慧高興地收起錢，「找個時間，咱們吃了它！」

談芳被唐慧逼著點了頭，脫賴不得了。和唐慧分手回到家，丈夫還沒有回來，談芳坐下，開始理周家這件事，想著如何寫。雖然唐慧給她交了底，可談芳也不會真的要個二百五用投槍把周家大嫂釘在恥辱柱上，她知道分寸。

談芳決定刪繁就簡，直接寫老先生和保姆定下「苦肉計」，雖說他主要是跟大兒媳婦有矛盾，但其他子女顯然也不夠體貼入微，索性替老爺子訴一訴缺少精神贍養的孤單和委屈，哀哀怨怨的苦情調子談芳寫起來是駕輕就熟。打開電腦開始寫，遠比談芳預想得順利，只是她編的故事裡，保姆善良卻頭腦簡單，對老先生言聽計從，顯然不是她見識過的那個句句禪機的韓秋月。和韓秋月分手的時候，談芳說能見面聊天是緣分，希望還能再見。每次採訪結束時她都會說諸如此類的話，只是她自己知道，今天對韓秋月說的時候，不是客套。

丈夫的手機在書房裡又響了，談芳猶豫了一下，起身去接了。是劉老打來的，說丈夫申報博導的事兒。談芳掛了電話，抬頭看錶，已經快四點了——要是坐高鐵，都能送回揚州去了！

談芳正在心裡刻損，聽見鑰匙開門的聲音，拿著電話從書房出來，看見丈夫說：「劉老讓你回電話，說博導的事兒。去年開始那麼有把握，最後卻沒戲，今年怎麼樣？」

丈夫嘟囔了一聲，「不知道！」拿著電話給劉老回了過去，一路哎哎地應著，走進書房。談芳卻在丈夫的胳膊肘上，看到一痕桑葚樣的紫紅汙跡。丈夫在書房裡收拾了些資料，拎著包出來。談芳看他是又要出去的樣子，叫住他，拉開衣櫃取了件襯衣，要他換下來。丈夫有些不解，但還是順從把包扔在沙發上，站在客廳裡脫下襯衣，低頭看見了那痕紫紅，匆忙往談芳手裡一塞，抓起乾淨襯衣套上，看也沒看談芳，拎上包走了。

談芳既然要破心中的迷障，也就用不著福爾摩斯的目光了，從那痕紫紅演繹出兩片烈焰紅唇，豈不更加著了相？她將襯衣丟在洗衣機蓋上，繼續去編故事了。

到晚上七點左右，故事基本算是編完了，結尾卻還沒想好，不知道該往那兒著落——總得生發點兒什麼吧？丈夫打了電話，說在外面吃飯，談芳也就不做晚飯了，叼著塊餅乾，給自己沏紅茶。從紅茶又想到韓秋月，怔怔地出神。唐慧轉發來周丁的短信，提醒收看晚上九點半省台生活頻道社會經緯欄目。晚上，談芳一邊修改下午寫的周家故事，一邊留心時間，準時打開了電視。電視台的報導與談芳的故事基本口徑一致，韓秋月面對鏡頭還是那副淡淡的口吻，只是她頻頻擦眼淚，被那個小記者解讀為真情流露。真哭的是周家兒女，獲悉真相之後，尤其是周家老大，跪在父親面前痛哭流涕，小女兒周丁則摟著父親哭，周丙也扭過臉去擦眼淚——戲有點兒過。談芳還是忍不住刻薄了。不過周家兒女的這段表演，倒給了談芳一個結尾處的著落——兒女幡然悔悟，理解到老人的情感需要，和諧美滿大團圓。

嚴格來講還算不得大團圓。大嫂沒有出現道歉，記者撥通電話，她說在北京演出，好像全然不知情的樣子，聽了記者的話，吃驚遲疑地說是嗎是嗎，然後就說有事，匆忙掛斷了電話。周乙自始至終都沒被提及，彷彿周家沒有這個女兒。

談芳歪在床頭用遙控器翻電視頻道，沒什麼可看的，就再想想周老先生和他的甲乙丙丁……她忽然意識到自己是在等丈夫，這念頭一起，煎熬就來了。

七

丈夫回來得很晚。

在等丈夫的時候，談芳漸漸被一種巨大的無助吞沒了。她本是靠在床頭上，慢慢身體酸軟下來，骨骼正在融化似的，她一翻身，把臉埋在了枕上。這一刻，天地間只剩下了她自己——談芳哭了，孩子似的在深夜哭著找不見的媽媽。這種無助和孤單，似乎和丈夫的深夜未歸有關，但終究又無關——它縹緲而浩大，是一個人面對匝天星斗，是一個人迎著海雨天風，是一個夜行於磷火幽微的荒原，無所依附無所交託……談芳哭離世的母親，哭自己失去的那個可以依附交託不離不棄的懷抱……不知道哭了多久，她竟然在哭泣中睡著了。

談芳自己醒了，爬起來去衛生間洗漱，出來看見丈夫在客廳。他有些酒意，但還算清醒，一個人頹然靠在沙發上，滿臉的憂傷，好像受了打擊。

丈夫抬起頭看著她，「芳芳——」他沒有說下去，滿腹的話，不知道該如何說似的。談芳忽然在丈夫身上讀出了一份與自己類似的無助和孤單。她不知道原因，但她卻體會到了那種腐腸蝕骨的悲哀感覺。

談芳走過去，坐在丈夫身邊，輕輕用手摩挲著他的背。丈夫抓住了她的手，抓得很用力，喉頭滾了幾滾，到底還是把話嚥下去了。丈夫的手鬆開了，剛才那陣激動的情緒被控制住了，談芳的纖纖玉指被他握出了失血的印記，他把她那隻手放在自己溫厚的手掌間輕輕揉著。

談芳說，她今天見了一個人，那人說，人總是為難著人，各有各的道理，可還是得彼此為難——他讓你苦，你讓他苦，沒辦法。

丈夫放開了談芳的手，「這種說法不新鮮，薩特在《存在與虛無》裡不是說過，我們與他人關係的本質就是衝突。」丈夫頓了一下，基本恢復了常態，笑笑，「太晚了，咱倆別在這兒務虛了，洗洗睡吧。」

談芳方才趴的是丈夫的枕頭，被淚漬過的地方摸上去潮潮的，她猶豫著要不要把枕頭翻過來，丈夫進來，談芳也就上床躺下了。丈夫躺下，想必是臉頰有了感覺，欠起了身，談芳正好扭臉，兩個人在對視的瞬間，幾乎同時伸出了手臂。

他們是在彼此的懷抱裡了，安慰著對方，也安慰著自己。這個沉默的擁抱，卻又是含義模糊、詞不達意的。不斷用力貼緊的身體，像是徒勞的辯解，說不清道不明，唯恐對方誤解，卻又知道，對方篤定是要誤解的——沮喪帶來的疲沉，攀上了談芳的胳膊，丈夫只怕也是一樣。她慢慢將他的胳膊拉到了被下，兩個人躺正了，手還牽著，漸漸睡熟了，不知什麼時候翻身，牽著的手也就鬆開了。

接下去的日子，丈夫明顯的陷在一種陰鬱的焦灼不安之中。談芳理智上知道，可能與學校評審博導資格有關，他心裡自然是看重的，卻又不願意表現出來。談芳雖然明白這點，可看見他竭力掩飾，又忍不住猜度不只這點事兒。丈夫似乎生怕談芳察覺、追問他的情緒，有時故意用興奮愉快的聲調叫「芳芳」，略帶誇張地讚美她的廚藝和妝扮，或者笨拙的開玩笑諷刺她的穿著和舉動。

兩個人的角色忽然互換了，湊趣的人變成了談芳。談芳故作得意地享受著他的讚美，假裝生氣地給他的玩笑捧場……他們陷入一種「偽交流」的狀態，不是欺騙，多少類似演戲。這種「偽交流」不以蒙蔽對方為目的——其實也蒙蔽不了，只是一種化了妝的善意，還在顧忌著對方的感受，為家營造出一種友好的氣氛，來掩飾他們各自內心的困境。

談芳有時候想，說不定他們的困境就是彼此——但他們兩個人都不敢去求證這個問題，更不要說一起解決了。兩個人像掉進同一片水域的溺水者，不敢去拉扯對方，還要竭力把恐懼掙扎偽裝成花樣游泳動作。

兩人不約而同地減少了在一起的時間。丈夫明顯待在學校的時間多了，若是他在家趕要緊的文章，談芳就找個藉口出門逛一天。她倒是時常想起那個韓秋月，終於這天她撥通了韓秋月的電話——韓秋月又回了周家。

韓秋月接她的電話被周老先生聽到了，周老先生接過電話，非常熱情地邀談芳來家裡坐坐。

談芳知道周家有院子，可沒想到是這樣一個院子。雪白的鵝卵石小道從大門鋪到了屋門，夾道兩排修竹，竹根外窄窄的一帶曲水匯進院中間的荷葉狀小池，成群的錦鯉追著落進池子裡的花葉，忽東忽西。亭亭如蓋的兩棵石榴被牽拉修剪成了一座涼亭，下面放著藤椅茶几。周老先生坐著，笑著跟談芳招手。對面院角有一棵談芳不認得的樹正開著花，蓬蓬的小白花都在暗碧的葉子之上，像落了厚厚一層新雪，風一過，纖細的花瓣落了一地，樹上的花卻似不見少。

談芳坐下就問那是什麼樹，周老先生告訴她是流蘇。周乙有一篇散文寫的就是流蘇，說它十字形的花瓣朵朵向上，像《詩經》裡簡單優美的四言詩，開得蓬蓬勃勃，自有一番清明直烈，絲毫不見絲飄絡垂的婦人姿態，這陰柔嬌媚的花名反倒讓人誤會了它。談芳真見了流蘇，才覺得周乙說得又對又好。

周老先生依舊沒有跟著談芳讚自己的女兒。韓秋月拿來了茶葉和水，他一邊泡茶，一邊說：

「八分茶，十分水，泡出來就是十分茶；十分茶，八分水，泡出來就是八分茶。」他看著談芳，「茶葉好比人的才情，這水就是人的心性。我們家周乙，終究只是八分水泡出的八分茶！」

談芳雖然此前對周老先生行事，有些腹誹，可還是同情居多，只是他如此褒貶周乙，而且還盯著談芳，似乎在等著看她如何反應，談芳有些不解也有些不快，掩飾地低頭翻看竹茶托上的烙畫。談芳不知道周乙到底做了什麼，但作為父親，如此說女兒，細想卻有些可怕——他無異於在暗示女兒人品有問題！

談芳抬頭看韓秋月，韓秋月笑著讓談芳喝茶。周老先生又開始說韓秋月的眼睛，不肯好好地治一治，小病熬成大病，不像他……周老先生說起了自己治病的過程，他善於從細微之處發現大問題，故而常有先見之明，關鍵時刻也能英明決斷，他的口氣毫不驕矜自誇，只是跌宕起伏的情節聽下來，談芳得出的結論是他自己指揮著大夫和兒女拯救了自己，除此之外誰都不行——會犯錯，會動搖，會疏忽……談芳突發奇想，她很想看看這位周老先生犯錯羞慚是什麼樣子。不過她想，多半她是看不到的。

隨著一陣粗暴的晃動，大門被人連推帶踹地打開了，一個身形俏麗的女人帶著氣，拔了幾下，才把插在門上的鑰匙拔下來，腳下雖然踩著七八公分高的豹紋高跟鞋，卻非常俐落地左腳回勾，右腳後踢，大門呱嗒又關上了。

周老先生的講述被打斷了，他指著進來的這個女人，對談芳說：「王冰心，我們家大兒媳婦。」

王冰心拉了把椅子坐下，冷笑說：「已經不是了！你稱心如意了?!」

周老先生嘆了一聲，「你這是自作孽，不可活！怨得了旁人嗎？」

王冰心從包裡抽出一摞報紙，「說得好，自作孽，不可活！也不知道誰在作孽?!」王冰心握著報紙狠狠地指著周老先生，「趁我不在家，你們全家跑到電視上去演戲，在報紙上敗壞我！說話得憑良心——你是怎麼欺負我們家人的，你怎麼不說?!你自己親閨女是怎麼說你的?!挑著孩子互相鬥，挑散一家又一家，不是你挑唆，周乙能離婚？有你這樣當爹的嗎?!」

周老先生一臉的凜然正氣，「少家失教！我說你爹媽的話一點兒都沒錯！小市民，惡俗到骨子裡！人家文章寫得客氣著呢！談芳，你看看這醜惡嘴臉！」

談芳一直在想為什麼會對「王冰心」三個字有印象，提到文章才想起，去年有家雜誌發了談芳的稿子，同期也發了篇王冰心的專訪，談芳看過。大概記得省歌劇舞劇院新排獻禮舞劇《鍘刀下的紅杜鵑》，王冰心演的是女主角劉胡蘭。

王冰心聽到談芳的名字，猛一扭頭，怒視談芳，那姿態帶著舞台範兒，多少有些劉胡蘭怒叱敵人的意思，談芳下意識往後靠在了椅背上。

王冰心鄙夷嘲諷地笑了一下，「你就是談芳?!跟周家還真是親熱啊！」她的音調一下高了八度，「沒你們這麼卑鄙下流不要臉的！」

談芳被罵蒙了。周老先生指著門口，「你給我滾！」

「罵完就走！」王冰心站起來，「正好在這兒撞上你，倒省得我跑了！」她盯著談芳看，忽然又笑了，「你少在這兒一臉無辜驚訝地看著我！我不信你不知道！你的好姐妹那個不要臉的妖精唐慧，是勾引我老公的小三兒！」

談芳傻了。

王冰心接著罵：「我見過不要臉的，可沒見過你們這麼高水平的不要臉！」她瑟瑟地晃著手裡的報紙，「讓我解釋都沒法解釋——說你什麼了？人家什麼都沒說呀，只說老頭兒如何如何苦——我得惡成什麼樣兒才能把他逼得這麼苦呀?!你他媽真會寫呀！」

周老先生對韓秋月說：「打電話！給阿丙打電話，給丁丁打電話，打110！」

王冰心扯住韓秋月，用力搡了一把，「韓秋月——最他媽可恨的是你！」

韓秋月掙脫了，帶著點兒躲閃的意思，站到了那把藤椅的背面。王冰心手裡的報紙飛了過去，砸在韓秋月身上，散落。王冰心指著她罵：「你他媽拿著我的錢，跟著別人設計坑我——也難怪，你這種婊子賤貨，什麼髒事兒幹不出來?!」

談芳本不想跟她理論，此時卻也忍不住了，「王老師，您是藝術家，這也太有失身分了。」

王冰心不搭理談芳，刻毒地笑看韓秋月，「婊子放到你身上，應該不算罵人吧？你自己說，你來我們家之前是幹什麼的？」

幽雅庭院，落花游魚，安靜地陪襯著這猙獰醜陋的人生活劇。

八

周丁和唐慧都趕了過來，不過王冰心沒等她們到就揚長而去了。

周老先生見了他的丁丁和慧慧，哆嗦著手指著韓秋月，「王冰心那話是什麼意思？你原來是她安排來害我的呀？真是人心難測，人心難測呀！」

周丁把手裡的黑色普拉達包，朝藤椅上一丟，抱著胳膊，看著韓秋月，「說吧，什麼話把老頭兒嚇成這樣？」

唐慧則體貼地輕拍著周老先生的後背，問要不要喝水。周老先生搖頭，緊張地抓著唐慧的手，「你讓她說，快說！」

周老先生的哆嗦和緊張，是撒嬌和告狀。談芳看得出來，唐慧未必就看不出來，但唐慧還是疾言厲色地配合著周丁審起了韓秋月。

韓秋月一直低頭沉默著，被問了好幾句才抬起頭說：「王老師是在濱河公園那兒找的我，很多人都在橋底下找活兒……」

周丁誇張地「嗐」了一聲，隨即綻出笑容，「我說爸你也真是——王冰心那破嘴能說出什麼好話？她是生秋月的氣——濱河公園那兒是有個勞務市場，雖然不是正規的，你也不能說那兒的人都不是好人吧？」

這個城市的人都知道，濱河公園除了那個不大正規的勞務市場，更出名的是在河沿兒用粉筆寫數字的女子。那些數字就是她們的身價，男人上去用腳把字擦了，她們就跟著走。據說便宜的一位數就能領走。你願意領回家也行，更多是領到了河堤上的合歡林裡。附近的居民散步，尤其孩子亂跑，弄不好就被驚著了。於是起了民憤，警察帶著扛攝像機的記者，晚上包圍了合歡林，抓過一回。

談芳住得離濱河公園不遠，剛搬去的時候聽人說了，興沖沖拉丈夫去採風，被丈夫罵低級趣味。可談芳的低級趣味到底也沒被滿足，別說女人，連個粉筆字兒也沒看見過，也不知道警察最後從哪兒抓出那麼些捂著臉的男女。

談芳看得出，周丁最初的煞有介事不過是安撫老頭兒情緒，接著就開始努力驅散韓秋月的身分疑雲了。但周老先生不依不饒，又問：「錢是怎麼回事？你拿了她多少錢？」

韓秋月無奈地說：「我的工資，一直不都是王老師發的嘛。」

周丁笑了，過去揉著周老爺子的肩，「好了，爸！看你這神經過敏的！得找人來換鎖了，下回王冰心來不給她開門！」

唐慧的手一直被周老先生抓著，她有些難受，可又抽不得，只能忍著。周老先生黑著臉，始終沒有放話，顯然對周丁的處理結果很不滿意。

韓秋月說：「我還是走吧。老周心裡不舒服，何苦呢？」

周丁顯然想留她，避重就輕地說：「秋月你就別添亂了！王冰心說什麼，你就當被瘋狗咬了口，別放在心上。我們都是相信你的！」周丁笑著對周老先生說，「你要讓她走，八萬塊錢就打水漂了！可不敢讓她走！」

周老先生恨聲說：「你爹的命還不值八萬塊錢?!」

周丁臉上的笑一僵——老爺子開始鬧人了！周丁無奈自嘲地看看談芳，談芳理解地笑笑，知道這會兒不能亂說話。周老先生突然鬆開了唐慧的手，臉上的表情顯得很難受，掙扎著要站起來，唐慧和周丁忙上前攙扶，周老先生啞著嗓子喘著氣說：「我得躺下，難受……」

周老先生被扶進屋裡去了，韓秋月對著談芳有些抱歉地笑笑，撿起地上散落的報紙，疊好，放在了藤椅上。周丁這時從屋裡衝出來，從包裡翻出電話，快速查號，撥出去，「喂，何主任，我爸血壓高得嚇人，快一百八了——是不是得用救護車？我害怕自己送，路上再出什麼事兒——好——」她問秋月，「上回做透析什麼時間？」

韓秋月說：「前天。明天又該做了。」

周丁接著電話，又進屋去了。韓秋月也跟著進屋去了，談芳不知道自己要不要進去，周丁和唐慧用輪椅將周老先生推了出來，唐慧說：「芳芳，開門。」

談芳忙去開了大門，周丁和唐慧先送周老先生去醫院，韓秋月要收拾住院用的東西，談芳趕快說她一會兒送韓秋月去醫院——總算給自己找了個活兒，也免了閒呆著的尷尬。

韓秋月不只收拾了周老先生的東西，也收拾了自己的行李，一個塑料手提袋裡塞著衣服，窄窄的草席裡面裹著卷薄被，她對談芳笑笑，沒解釋什麼。談芳忽然心酸得不忍問了。在車上，穩住了心緒的談芳問後座上的韓秋月，離開周家她去哪兒。韓秋月說：「就在醫院裡，護工的活兒，不難找。」

談芳問：「要是一時沒找著，你住哪兒呢？」

韓秋月說：「就住醫院裡。」

韓秋月慢慢講給談芳聽。有活兒的時候，要守著病人，夜裡自然住在病房裡，等護士最後一次查完房，就可以從病床底下抽出鋪蓋打地鋪了。遇上有條件的人家，還能給你一張簡易躺椅或者折疊床。沒活兒的時候，過道走廊拐角，開水間盥洗室的角落，那麼大的樓，還能找不到個犄角旮旯兒？一個人躺下才占多大地兒？雖然護士時常警告他們這兒不能住啊，只要他們白天謹慎，把鋪蓋藏好，不遇上檢查什麼的，那些大夫護士也不會真的費勁趕他們出去。有些出來年頭多的護工就成了護工頭兒，在醫院裡有自己的地盤，跟別家醫院的護工頭兒也有聯絡，帶老鄉入行，替人介紹病人，討價還價要工資，還能拿介紹費或者提成。周老先生住得最多的就是省三院，韓秋月認識了腎科的護工頭兒，上次婦幼醫院的活兒就是她給韓秋月介紹的。病人生活基本自理，只是要守著，扶著，擦洗買飯跑跑腿兒，管吃，每天七十塊錢，不過介紹人要抽二十。

談芳輕聲說：「真的很苦。」

韓秋月還是淡淡地應著：「人哪有不苦的呢？各有各的苦！老周算是好的了，有兒有女還有錢——他那個病沒錢撐著，早不行了。可他心裡苦。那個王老師，別看她厲害成那樣，其實也是個苦命的女人。」

王冰心的父母就是南城早市兒上賣熱豆腐的，她先是考上了文藝兵，後來轉業到了省歌劇舞劇院。當年嫁給周甲也算如意，沒想到王冰心第一次懷孕不到三個月孩子掉了，還查出來卵巢有病，做完手術很難再有孩子了。聽說後來一直看病想辦法，直到王冰心過了四十，她娘家媽媽見實在沒指望了，就從鄉下親戚家抱來了一個男孩。這個孩子像扎在周老先生心裡的一根刺，嘴上不說也難受。

周老先生的老伴兒去世後，兒女怕他一個人住孤單，都表示願意讓父親去自己家住。周老先生偏挑了最不合適的老大家。當時孩子才兩歲多，王冰心的爹媽跟著做飯帶孩子。周甲家是複式兩層，只是房子再大，也裝不下心裡的嫌隙。

韓秋月到周家也就一個多月，那天王家媽媽在廚房裡教她做菜，忽然周老先生和王家爸爸兩個人在外面風狂雨驟地吵了起來，孩子大哭不止。

原來飯還沒做好，王家爸爸先蒸了一碗雞蛋餵孩子。周老先生不高興，嘟噥了一句：把一個孩子敬成了祖宗！

王家爸爸毫不客氣地回嘴：這孩子將來肯定是你們周家後人的祖宗！

王冰心回來正碰上周老先生跟王家老兩口對吵對罵。她自然護著自己爹媽，跟老公公吵。周家的甲乙丙丁齊刷刷都被叫了回來，周甲不好說話，只能吼自己老婆，周丙周丁護著自己父親跟著亂吵，一場家庭大戰，打得眼淚鼻涕亂飛。

韓秋月說，周家最明白的人是大姑娘周乙，只是當時的情形，容不得她說話。周乙開始還想平息事態，先替父親向王家爹媽道歉，說體諒母親剛去世，父親心情不好——話沒說完，就被周老先生劈頭蓋臉罵她糊塗東西，周乙只得走了。

說話間談芳的車開上了北城橋，橋兩邊就是濱河公園，韓秋月看著窗外，忽然換了話題，她說，「就在這河邊，我遇到過一個人，他給我講，人這一輩子，就是火中栽蓮。」

九

談芳當時沒有追著問，但她一定要聽聽這個「火中栽蓮」的故事。

過橋不遠，很快就到省三院了。談芳幫著韓秋月拿東西，一起送到腎科住院部，周丁在病房裡，周老先生已經被推去做透析了，十幾分鐘血壓就降了不少，周丁的心算是放下了。

周丁抱歉地說老爺子左性，勸不過來。他拗在那兒了，只能先順著他——要是能勸好，她再給韓秋月打電話，説著從包裡拿錢，給韓秋月結這幾天的工資。

韓秋月捏著那幾張錢，摸出周家的鑰匙交還給周丁，説她想到了，已經把行李帶出來了。她拿著自己的東西出去，談芳知道她是去找護工頭兒藏行李了。周丁向談芳道謝，談芳也客氣了兩句，就出了病房。

走廊盡頭，逆光過來的人影，應該是唐慧，她竟站下了——多半是看見了談芳。談芳正好走到走廊拐彎處，不管是哪兒先拐進去，省得跟唐慧撞上尷尬。唐慧和周甲的關係，王冰心應該不是無中生有——今天唐慧儼然已經以兒媳婦的姿態在盡孝了。

唐慧那天給她說的「實話」並不實——哪裡是姑嫂勃谿，分明是外室逼宮嘛！周甲身分特殊，遇上王冰心這麼一朵鍘刀下開出來的紅杜鵑，不是好開交的。又要換老婆又不能有礙官聲耽誤前程，不把老婆弄得十惡不赦至少也得犯上七出之條，不孝是古今通吃的大罪名……好一番苦心！唐慧和周甲生生擺了一座陣！

談芳有失足踏空被閃著的感覺。這要是換了別人，談芳可能都不會怎麼生氣——周老先生的口頭禪，人心難測嘛！但唐慧把她蒙在鼓裡，談芳還是有些傷心。

談芳躲在拐彎處看著唐慧走過去了，又拐到走廊上，邊走邊給韓秋月打電話，問她能不能一起吃飯，她誠懇而直接地說，「秋月，我很想聽你講講火中栽蓮。」

韓秋月在濱河公園的石凳上，給談芳講了自己的經歷。

韓秋月的老家在大別山區，丈夫開三輪車跑運輸，他們有兩個兒子。那天丈夫拉著他們娘仨兒去趕集，一輛拉山貨的大卡車從後面把他們的三輪撞飛了，丈夫兒子都死了，只有韓秋月活了下來，除了點兒擦傷連根骨頭都沒斷。

韓秋月沒死，可是很長時間也不算是活著，就比死人多口氣。村裡有個陰陽先兒說她命硬，剋夫妨子，一來二去婆家人心裡起了膈應，她在家裡就多餘了。加上她成天除了做活吃飯，見誰都是一句話沒有，更招嫌。在省城開小旅館的蘭春一家回村過年，連勸帶拉，加上婆家人在後面推著送著，蘭春把她領進了城。

到了蘭春兩口子經營的小旅館，韓秋月才知道要做什麼。蘭春幾句話就說服了韓秋月。蘭春說，你在這個世上，除了自己這個身子，什麼都沒有了。韓秋月想想，也是！出來的時候，婆婆已經讓老二家的大小子在他們房子裡結婚了；娘家爹媽不在了，兄弟姐妹都是各自一家，這個世上她也就剩下自己這個身子了。蘭春又說，你就用這個身子，痛快別人也痛快自己，還能掙錢，遇上合適的，再走一家——多好！

韓秋月倒沒想那麼長遠。她之所以沒有上吊喝藥「尋無常」——他們老家的土話，把自殺叫做「尋無常」——瞬間家破人亡，韓秋月明白了什麼是「無常」。她不用去尋無常，說不定明天無常就來尋她了。蘭春親親熱熱地待她，不為蘭春說的道理，只是為她肯拉著她死人一樣冰冷的手，說了那麼久，韓秋月答應了。

說來是蘭春哄她走上這條不好的路，可韓秋月還是念著蘭春的那點兒親熱。賣身也像賣飯，蘭春的小旅館原本還像個小飯店，後來連地攤兒都不如了。

韓秋月說這話的時候，談芳和她一家小飯店剛剛吃完飯。談芳笑了一下，兩個人結帳出來，朝濱河公園走去。

韓秋月說，其實生意越小越辛苦，越艱難，也越不掙錢。小旅館的生意並不好，也掙不到多少錢。周邊髮廊洗腳城的女孩子好歹都比她們年輕，也貴不到哪兒去，人家自然不肯來找她們。工地上的民工，有幾個上年紀且相熟的，間或來一次。韓秋月也不會兜攬生意，找她的人更少，說起來也沒幾次，後來她都快變成小旅館專職打雜的了。蘭春的小旅館到底被查封了，兩口子都判了刑，好在他們的孩子大了，能打工養活自己。韓秋月也被拘役了三個月，出來後跟著關在一起的飛姐去了濱河公園。

談芳又想起了自己的「低級趣味」，就問：「真的是用粉筆寫字嗎？」

韓秋月擦擦眼睛，笑了，「那都是外頭瞎傳。黑燈瞎火的，寫什麼看得見？還有不會寫的呢。真的，有一個比我年輕，不認字兒，廁所上的男女都分不清，得跟著人進。」

真的靠身體掙錢正經做皮肉生意的，不會去濱河公園。飛姐告訴韓秋月，那些真正的小姐，都在酒吧夜總會練歌房或者大酒店裡，站街的野雞，也都去郊外公路邊攔大貨車去了。到濱河公園來的女人，就連妝扮都跟家常女人沒什麼區別，她們白天都有別的事情做，很多還有家有業的，到這兒來，是副業，甚至還有點兒社交和娛樂的色彩。當然，多少是要收點兒錢的。她們主要在公園中間的小廣場上轉，看老頭老太太跳舞，看小孩兒溜旱冰，用餘光掃一掃周圍，買家和賣家自有默契，眼神兒碰上也就知道了。韓秋月還沒學會辨識那眼神，那個講火中栽蓮的男人，就找她說話了。

她記得他的手厚而軟。韓秋月的手被這雙厚而軟的手握著，在河邊的石凳上說了好久的話。她還記得那男人指著遠處熱鬧的小廣場，說那燈下面的熱鬧都是假的，人人心裡都跟你一樣孤單；人苦得沒辦法，才會一有機會就難為別人，讓別人也苦——誰要是難為你，你就可憐他，你要能看見他的苦，他的孤單，他的害怕。老天爺讓你苦，那是要成就你，人活著，就是火中栽蓮，苦就是火，蓮花就是你自己，你要把自己栽活……

談芳在心裡嘆了一聲，這種不無精神勝利色彩的克己忍耐，在各種宗教的教義中都有，那男人不過說得通俗家常些罷了。就算那男人不是騙子，也是個江湖油子，拿這套虛話，只怕是要白占便宜，省那幾十塊錢吧！

韓秋月卻在回憶那個讓她心醉神迷的晚上。她跟他去了合歡林，他的手摸過的皮膚，像蛻皮似的火辣辣，疼，卻是非常舒服地疼。那夜，她在合歡林裡蛻掉了身上的每一寸舊皮——被孤單和恐懼變成硬繭的舊皮，像那個人在她耳邊說的，她是一朵精金美玉雕成的蓮花……

那是夏天，合歡正在開，落下來的花簇像小小的翠玉柄芙蓉色的拂塵——韓秋月老家把拂塵叫做神仙撣子，戲台上神仙都靠這柄拂塵來表明身分。她的身上落滿了這樣的神仙撣子。就像真有神仙救了她，韓秋月說，她醒過來，在這個早上，帶著一身露水和落花，重生了。

韓秋月重生後，最要緊的事，是回想那個人的眉眼。沒想到這一睡一醒竟也真似死而復生投胎轉世一般，在奈何橋邊喝了孟婆湯，韓秋月怎麼也想不起那人是高還是矮，是胖還是瘦……她哭了，哭了很久，好在她還記得那隻手的感覺。

韓秋月每天晚上都在濱河公園找那隻又厚又軟的男人的手。

鬧過不少笑話，遇上過不少難堪——挨罵是常有的事兒，還被人打過一次，那人伸手拉她，她也伸出手，一摸不是，扭身就走。那人不讓走，強拉她朝林子裡走，她又咬又叫，那人惱了，打了她。

韓秋月再沒跟別人去過合歡林——當然，她再也沒找到那雙手。她總在附近找活兒，晚上下班就去濱河公園轉悠，她不再輕易去拉人家的手了，但來濱河公園成了她的習慣。後來遇上一個曾經跟她有過關係的民工，說他們工地離這兒不遠，缺一個做飯的，韓秋月就去了。在工地做了一年多的飯，每天下班後她還是會來濱河公園轉一轉。這不只是她的習慣，也成了她的快樂。韓秋月此時並不真的指望能再遇上那個人，但她在心裡信他靠他，遇上事就在悄悄告訴他，在心裡跟他商量，他開始還沉默，但後來也會告訴她該怎麼說——韓秋月腦子裡有時會出現自己都感到奇怪的話，而且靠著他給她的眼光，她現在特別容易看見別人的苦——韓秋月一個人活成了兩個人！

此時，韓秋月再來濱河公園，竟是和他一起故地重遊了！

後來，有一天晚上，她正在轉悠，被王冰心叫住了。

韓秋月頓了一下，才繼續說。王冰心到濱河公園來找人，的確別有一番用心。她和韓秋月聊了幾句，上下打量她，開了很優厚的工資。王冰心家離濱河公園遠，韓秋月猶豫，他在心裡告訴她，他和她一起去！韓秋月也就跟王冰心走了。

王冰心帶著韓秋月去了賓館，讓她一個人洗澡休息，第二天還給她買了兩身簡單乾淨的衣服。周老先生點頭把韓秋月留下了，處得還不錯。過了三天，王冰心就跟韓秋月攤牌了。如果是一般人，王冰心可以大張旗鼓地給老公爹找後老伴兒，也算是行孝嘛。偏這周老先生古怪，她還沒試著提一句，就碰了一鼻子灰，說她嫌棄他，想把老公公往外攆，還夾七夾八地說她要把周家變成王家。王冰心沒辦法，只得另闢蹊徑了。她要韓秋月贏得周老先生的好感，並且勸周老先生和她單獨出去過日子。

韓秋月什麼話都沒說，聽完王冰心的底牌，應了一聲就出去幹活了。她雖然只來了三天，但她已經看清楚了周老先生在這裡的苦處——周老先生原本要趕走王家爹媽才去了老大家，他實在有些自不量力。

韓秋月嘆了口氣，說：「我說了不知道你信不信，老周很可憐——他鬥不過王家兩口子，對他們又恨又怕。周甲去上班了，他呆坐在樓上自己屋裡，王家夫妻也不搭理他，只管帶著孩子在樓下玩笑，他生氣也沒辦法。有時候王家兩口就把他一個人丟在家裡，抱著孩子出去一天。那兩年他的病還不用透析，可他到底是得了大病的人，腿腫得厲害，忌口也厲害，好多東西都不能吃。要是不給別的孩子打電話來送飯，就只能啃麵包餅乾了。就算送飯也是街上飯店裡買的，一句話囑咐不到，再高級的東西也是油重鹽重，他也只能涮了開水吃。周丁找了鐘點工，老周搬個凳子坐在廚房門口，指揮著人家做，一頓飯沒做完，鐘點工被挑剔得摔圍裙走人了。我是事事順著他的，我知道他心裡苦，人老了，就弱了，心裡沒有不怕的，更別說還病成那樣！越是怕，越是要強，越是厲害……」

周老先生有挑剔難相處的時候，也有隨和好相處的時候，特別是韓秋月非常聽話，而且還能聽懂他的話。不到半個月，周老先生就已經握著韓秋月的手教寫字了。果然，又過一週，周老先生要給韓秋月表演茶道，就開始懷念老宅子的方便與雅緻了。那次爭吵純屬意外，即使沒有那場爭吵，周老先生也跟韓秋月說過幾次帶她搬回去住。

韓秋月笑了一下，「我和老周之間，不是王冰心想的那樣——老周就是想要一個可靠又聽話的人跟著，他總是不放心。我從來也沒有別的心思，不會有的。」

韓秋月說著，用她模糊的淚眼，看了看陽光下那片尚未著花的合歡林。

談芳輕輕吁出一口氣，她有些不知說什麼好。這個對著世界不停抹著眼淚的韓秋月，談芳忽然對她失去了判斷力：不知道這是一個被謊言和幻覺蒙蔽的愚昧婦人，還是個明心見性的得道高人……

和韓秋月一起走回醫院去，談芳忽然想起那個拿了八萬塊錢的兒子，忍不住問。韓秋月笑了笑，「其實是侄子，小叔子的孩子。他爹說不能讓長房無人，把這個最有出息的孩子過繼給他大伯，算是我的兒子。七八年也沒通過消息，忽然就跑來了，說完過繼，就跟我要錢。說拿了這錢，將來我老了他就得管我——親爹親媽他也未必管得了，有心無力呀！還能輪上我？哄我呢！」

談芳也覺得是來哄錢的，「那為什麼還要借錢給他？」

韓秋月說：「他親爹媽作難呀！山裡供養出一個碩士生不容易，又考上了本縣的公務員，沒房子找不下媳婦，如今縣城的房子動不動也得十萬二十萬地論，他爹連問問自己的腎能賣多少錢的話都說了。我能替他想點兒辦法就想點兒辦法。我倒也不是指望著他能給我養老送終。我想自己終究還是要回去的，等到不能動就自己了斷了，不管是埋是燒，總得麻煩別人，有了這點兒情分，他也好，他爹媽也好，總要伸把手，不能讓我爛在屋裡……」

談芳聽得喉頭一哽，什麼話也沒說。

到了車前，談芳穩了穩情緒，說：「要是今天沒有找到活兒，就來我家睡。不遠，我來接你。給我打電話，別不好意思。」

韓秋月笑著「哎」了一聲，一滴來不及擦的眼淚滾下來。

十

韓秋月並沒有打來電話，談芳心內不安，晚上到了九點半鐘，她給韓秋月打了過去，韓秋月有些含糊其辭，說正在說，應該能找到。談芳不知道她是真的聯繫到了活兒，還是不好意思客氣，不過聽那邊的確有人在說話，談芳就掛了電話。

丈夫從書房裡出來，似乎想著心事，抬頭看見談芳握著電話發呆，兩個人的目光撞在一起，丈夫又不能躲，就沒話找話地跟她開玩笑：「你怎麼心神不寧的？像戀愛中的女人——你再談戀愛可是違法的！」

談芳今天不打算湊趣了，也不想跟丈夫繼續這種「偽交流」，談芳忽然覺得與韓秋月相比，他們的內心生活過得實在猥瑣而可笑！她沒有迎合這種毫無幽默感的玩笑。定定地看著丈夫，丈夫有些尷尬地咳了一聲，轉身又進書房裡去了。談芳準備開口叫住丈夫，這時電話響了。

韓秋月打來的電話，她告訴談芳，周乙剛剛來過醫院，看望住院的父親。也不知道她是怎麼說服了周老先生的，又讓韓秋月回去照顧他了。

談芳掛了電話，想想周乙和她的父親的關係，實在有些特別。談芳進了臥室，打開電腦，在網上搜周乙的東西，胡亂看著，無意間看到周乙有一篇小說竟然叫做〈白頭吟〉，談芳沒有看過，看了開頭，不覺呆住了。她一口氣讀完，難以置信地翻網頁，重新確定了一下寫作時間——

至少是三年前，發表的刊物是三年前的。三年後，周家幾乎照著周乙的小說搬演了這齣「苦肉計」加「連環計」！

周乙在小說裡說：「他恨老病帶來的孱弱感覺，恨孩子甜言蜜語的輕慢敷衍，恨他們的年輕強大——孩子們擁有的能力和財富，使他的人生顯得不值一提……他珍貴的凝著血淚的人生智慧，逢年過節講一講，他們受刑一樣忍耐著聽，算是盡孝，像哄小孩兒似的誇讚他。沒事兒，他們永遠不重視他的意見。那就得出事兒，不停出事兒！他要教訓他們，就像小時候打他們屁股一樣……打疼他們他也疼，可還是要打疼他們——疼就知道爹還在，還活著！他若忍氣吞聲，最後只能用自己的死亡來提醒他們——原來還有個爹！」

周乙用悲涼的筆觸寫了老人在子女之間玩弄制衡的帝王心術，用盡三十六計，更寫了背後老人的心境——那是怎樣的一份無助和恐懼呀！

「看什麼呢？」丈夫洗漱完進來了。

談芳抬起頭，看著丈夫的眼睛，「〈白頭吟〉。」

丈夫笑了一下，挪開了目光。談芳知道丈夫誤會了，以為她又在弄小性兒。於是把點開小說頁面的電腦交給丈夫，說：「這世界上大多數的聰明，其實都是自作聰明了！」

談芳洗完澡回到臥室，發現丈夫正讀得專心，談芳沒有擾他，靠在枕上，等著等著竟然混沌起來，她不知道是自己睡著了做夢，還是出神發呆想著這樣的情境——其實母親在世的時候，這樣的情境發生過不只一回。

「……為什麼結婚生孩子？」母親瞪著談芳，手指頭戳得她腦袋一晃，「我不生孩子哪有你？趕明兒我死了，你老了，你總得有個親人吧……」

談芳額頭清楚地感到了母親的指頭，一陣尖銳的酸從鼻腔透到眼眶，額頭跟著也疼了，沉重的眼皮下浮出淚液。

有手抹去了談芳臉上的淚，她抓住那手，醒了，丈夫看著她，「做噩夢了？」

談芳感覺到兩個人之間那層透明的隔膜正在融化。

談芳問他：「我們為什麼要生孩子？」

丈夫說：「這是個不能探討、也沒有什麼真正答案的問題。」

談芳看著天花板上的燈，「我媽有答案，她說生孩子是為了有親人。」

丈夫笑了，丈夫用手撫著她的頭髮，「孩子充其量是分散我們的注意力，未必真能安慰我們。最有用的應該還是宗教，可惜你我都不是教徒。周乙寫得很透徹，老帶來的弱勢和危機，很複雜，我們將來不知道會什麼樣……」

談芳把手指放在丈夫脖子上，感覺他說話時喉頭的滾動，丈夫的手指緩緩捋著她的髮縷，說：「現在相信些什麼，也許到時候，真的就能安慰我們。」

談芳的思緒瞬間散成了粉末，跟著宇宙間的大風四散飛揚——她真的相信什麼呢？她將宇宙間所有的道理篩一遍——談芳的胳膊環上了丈夫的脖子，她說：「我還是相信我媽媽，你呢？」

丈夫的眼睛裡飄過一絲雲一樣的——悲哀，或者是憐惜，也許是好笑……談芳不知道該如何解讀那一閃而過的感覺，她催促地推了推丈夫，丈夫笑了，胳膊一鬆，身子壓在了她身上，低低地說：「我信你！」

兩個人糾纏在一起。談芳說，今天不是好日子，做了也白做。丈夫說，我們又不是蜘蛛，做完你就吃了我，沒下回了！談芳說不是蜘蛛不等於不吃你……

談芳醒來的時候，分明聞到了合歡花的甜香。這不是合歡開花的季節，再說樓下也沒有合歡樹，談芳笑自己連感官產生幻覺都脫不了多年訓練出的文藝腔。聞到了合歡香，但談芳並沒有韓秋月的福氣：一夜繾綣如同菩提涅槃，龍場悟道，在心裡鑄就了大信，交託依靠著心裡的那個人和他說的話，再無恐懼憂怖，眼前的世界是幻影，心底的幻影才是真身。

談芳與丈夫到底還是對平常夫妻，各自做各自的事，一起生共同的孩子過共同的日子。他們會成為彼此的指望，並且需要辛苦努力和適當的運氣，才能不讓這指望落空——誰也不能保證，他們不會再遇到下一個「〈白頭吟〉事件」。

丈夫昨晚決定用「〈白頭吟〉事件」命名他們婚後三年第一次真正意義上的危機。談芳在他懷裡笑著舉手反對，認為更為尊重歷史事實的命名應該是「揚州事件」，丈夫把她的手抓進被子裡，說反對無效……

他們，誰也成不了誰的神。
他們兩個繼續努力造人了。
夏天快到的時候，談芳在醫院裡碰上了唐慧，兩個人都怔了一下。
唐慧問：「懷上了嗎？」
談芳笑了一下，「還沒，剛換了這個大夫，你不會也是——」
唐慧笑了：「體檢！你看完大夫了吧？請你吃飯，還欠你五千塊錢一頓飯呢！」
談芳笑了：「你們怎麼樣？我也沒收到你開的紅色罰單——」
唐慧故作輕鬆地說：「周甲結婚了——新娘不是我！」
談芳愣了。唐慧推了她一把，「親愛的，求求你！別這麼天真受傷地看著我，感覺是我拋棄了你！」
談芳笑起了，冰釋前嫌，展開胳膊和唐慧擁抱。抱著唐慧的時候，談芳感覺到了她的憂傷。
兩個人出了醫院，沿著街邊走，臨街的圍牆上爬滿藤本玫瑰，小而圓的紅玫瑰密密匝匝堆絨盤絲，磚牆淹沒在蒼綠的枝葉和猩紅的花朵勾綴成的巨大瓔珞之下，無比奢華。
唐慧用自嘲的口吻講了自己親歷的這場螳螂捕蟬黃雀在後，她和周甲好了有兩年多，有周丁當幌子，外人不知道，王冰心也是離婚之後才知道的。唐慧說，如果不是周甲或者周丁有意洩露，王冰心怎麼會知道唐慧和周甲的關係？因為王冰心到處嚷嚷，有了輿論壓力，周甲也就只能

「遺憾」地和唐慧分手，若要娶她豈不坐實了流言？

談芳有些不解地看著唐慧，唐慧嗤笑了一聲，「不想娶我唄——娶了個二十六歲的，最佳生育年齡！我千算萬算，到底還是棋差一著——笨哪！」

談芳握著唐慧的手，站下，由衷而鄭重地說：「虧得你笨了！沒嫁給他，是你的運氣！『願得一心人，白首不相離！』你該嫁放心的人！」

唐慧笑笑，挽起談芳的胳膊，繼續走，「哪有放心的人?!周甲這樣，張甲李甲也這樣，我呢，跟他們也沒什麼區別，蛇鼠一窩！」

談芳阻止地拍了唐慧一下，唐慧的笑容裡有了嘲諷，「心強命不強！原本我也沒多大貪心，周家老爺子找我，他是要告自己的女兒周乙，欠錢不還，他真正目的不是要周乙的錢，而是從周乙前夫追索回來一部分錢。找了我，我聽聽情況，覺得困難很大。老先生很不高興，周乙前夫敲走了一筆錢，周甲是他的長房長子，白白被王家霸占著，反正是要找出一個來收拾收拾，王冰心當然更可惡了！我們倆一拍即合！沒想到，陰謀得逞，卻是替別人做了一鍋飯！嘶嘶！」唐慧做誇張的齒冷狀。

談芳笑了，故意說：「我幫你揭露一下那個周甲的醜惡嘴臉？」

唐慧咯咯地笑起來：「算了吧——趕快請這隻甲蟲爬過去吧！」她丟開談芳的胳膊，在正午樹影斑駁的人行道大步向前，揮動手臂，高聲宣布，「姐姐我準備繼續尋找如意郎君！」

談芳哀矜地看著唐慧的背影微笑。她們身側，五月的繁花，正在揮霍一年中最為豐沛的朱顏碧色。

二〇一二年五月二十一日

帥旦

一

「轅門外三聲炮，如同雷震，天波府裡走出來我，保國臣……」

溫暖渾厚的豫東調包裹住了趙菊書疲憊的身體，她滿意地朝小兒子周衛東點點頭，周衛東靠著屋門，溺愛地笑對母親，「進屋聽吧，天兒還涼呢。」

過了二月二，天兒再涼，也是春天了，還有這麼好的太陽——趙菊書靠在藤椅上，看著頭頂裸露的一小塊兒天空，明黃色的陽光從那兒落下來，落在老藤椅的扶手上，燦燦地閃。她憐惜地用手抹著那扶手上的光亮，明天，太陽是照不進來了，剩的這一角被大瓦蓋上，院子就沒了——成了屋子。

趙菊書從來沒想過要把院子變成屋子。她的梔子、臘梅、迎春、葡萄、凌霄，石榴，還有那畦像閨女一樣寶貝了多年的芍藥，一併無處安置了。可是西關大街要拆遷了。去年傳言開始的時候，那畦芍藥花開得正好，後來凌霄藤也結了纍纍的花苞，菊書篤定地等著凌霄開花。架上的葡萄彌散出成熟的甜蜜氣息，菊書心裡暗笑，那些沉不住氣的鄰居，在石棉瓦覆蓋的院子裡度過了一個無比悶熱的夏天。仲秋節，菊書還有自家的葡萄和石榴分送親友，不過她心底已經開始猶豫了，晚上在院子裡擺供願月兒的時候，她憂心忡忡地看著綠葉葳蕤的臘梅，還能看到臘梅開花嗎？

臘梅好像預感到了什麼，綠葉未落的時候，那些淺褐色的花苞就暗暗地冒了出來，偽裝得像枝上小小的凸起。頭場雪立冬剛過就落了，沒有絲毫的謙讓羞怯，汪洋恣肆地下成了一場大雪。臘梅的葉子一夜落盡了，虯曲的褐色枝幹被雪半浸半襯的，成了墨色，風過，吹落積雪，一段墨色的枝幹又添上了。菊書站在清晨的院子裡，感覺有個透明的人在她眼前描著一幅她腦子裡的花樹作畫，那些花正被點染出來，從雪白裡透出的一星半點黃，黃得嬌媚，明亮……香氣卻似與那花不相干——香氣不在花的附近，湊過去，花只木木地黃著，不應你，等你轉身離開，抑或擦肩而過，那香遙遙地像聲嘆息似的傳過來，人心跟著它一顫……

還有殘花掛在枝上，臘梅被連根起了出來，菊書早就找好了大蒲包，多帶些老土移栽，花木的元氣傷得輕些。跟著臘梅一起被大兒子拉走分送別人的還有芍藥石榴和梔子，菊書看著在車斗裡晃動的花木枝葉，心疼得噙了淚：別的花還好，那芍藥，嬌氣得很，這番折騰，只怕是難活了。她獨自站在院門口發呆，知道後院裡正在砍葡萄和淩霄的老藤——不看也罷。

老白媳婦端著個鋥亮的小鍋，隔著街喊：「周家嫂子，你到底也動事兒了！」

趙菊書頂看不上老白媳婦成天蠍蠍螫螫的樣子，朝她敷衍地笑笑，轉身要走，老白媳婦卻招著手，躲閃著車，過來了。菊書只得站下等她。

老白媳婦煞有介事地低聲說：「石棉瓦蓋的不算面積，知道吧？」

菊書笑著說知道，心下嘀咕：你都知道的我會不知道？菊書備下的就是紅色大瓦。她朝老白媳婦鍋裡看，見是從早市上買的粉漿，就說：「這漿顏色怪好……」

老白媳婦「啊」了一聲，並沒跟著轉移話題，反而欲說還休地看著菊書，不無遺憾地嘆了口氣，「我也是聽說，他們要到街道上調查，今年新蓋的都不算！」

菊書臉上的笑僵了一下，隨即又化開了，她輕描淡寫地說：「街道上那幾個人，又不是外國來的，跟哪家不是幾輩子的老臉？」

老白媳婦像被捏響的橡皮鴨子一樣嘎嘎地笑起來，「到底是你趙菊書，經過見過，可不是這個理兒?!」

打發走了老白媳婦，菊書心裡那點兒被花草逗引出的傷感也就煙消雲散了，蹬蹬地走回家去，指揮催促丈夫兒子和請來的幾個幫工。好在兵精將勇，一上午清乾淨了花草，和泥拌灰，平整地面，日影移上西牆，大半個院子已然成了屋子。

拉來的舊檁條不夠使，大兒子要再往熟人的工地跑一趟，菊書也就讓幫工走了。等大兒子回來，周家父子三人，搭個黃昏，也就把這一角給蓋上了。書菊吁了口氣，拉著藤椅坐下，才感覺四肢痠沉，她囑咐小兒子放張戲碟給她聽。小兒子倒是會挑，給她放了《穆桂英掛帥》。

「……頭戴金冠壓雙鬢，當年的鐵甲我又披上了身。帥字旗，飄入雲，斗大的『穆』字震乾坤，上（啊）上寫著，渾（啊）渾天侯，穆氏桂英，誰料想我五十三歲又管三軍……」

菊書身子懈著，閉眼隨意跟著哼唱，她沒學過，天生的本事，連那脆生生挑起的嬌俏尾音，也能學得酷肖——封侯拜帥也罷，五十三歲也罷，旦行演的畢竟是女人，金戈鐵馬，同樣脂濃粉香。接下去一大段二八連板拋珠滾玉地淌下去，絮絮叨叨欲嗔還喜地說兒女，更是天下母親的口吻。戲詞本是爛熟的，她卻忽然噎住了，不能跟著唱了，潮水樣的萬般感慨，洶湧地漫進了她的意識。

二

趙菊書這年正好五十三歲。她生於民國三十一年，也就是公元一九四二年，那一年，中原年饉，赤地千里，她幸運地托生在了溫飽無虞的銀匠趙寅成家。菊書七歲那年，父親在買下這處院子當天病倒了，半年後過世。父親去世後沒過幾年，開始有外人搬進了她家的院子，母親膽小又糊塗，只會背著人哭，也說不清楚為什麼騰房子，讀高小的菊書要跟人論理，嚇得母親捆了她央告半夜，才算安生了。

那之後，寡母帶著菊書姐弟，搬到臨街的鋪面二樓過活。

樓下是個茶館，茶館是街道辦的，喝茶的倒不多，主要的業務是賣開水。後來開始吃食堂了，很多人家索性連火也不開了，要熱水就讓孩子拿上一分錢丟進門口的木頭匣子裡。燒水的老黃頭兒是個五十多歲的老光棍，吃躍進糕吃得腰都塌了，聽見分錢落進匣子，就把開水連同他嘟囔囔的抱怨一起灌進暖瓶。

菊書一家與老黃頭兒的爐火熱水和抱怨，只隔著一層薄薄的木質樓板。天冷時倒好過，天熱就難熬了，端午未到，二樓就成了蒸籠。一年兩年，菊書被蒸成了珠圓玉潤的大姑娘——輕微的浮腫讓白皙的菊書著實配得上珠圓玉潤四個字。十八歲那年，背著母親，菊書去找街道的人理論。後面的院子是被國家沒收了，門面房卻是街道跟她母親租來開茶館的，如今她兄弟大了，跟她們娘兒倆一個屋沒法住，樓下的房子他們不租了。

這是趙菊書第一次為房子拼殺。

「趙菊書攆茶館」成了轟動整條街的新聞。事情沒有那麼簡單，街道說，他們這個「租」和一般人賃房居住的「租」可不一樣，這個「租」是社會主義改造的一種形式。趙菊書說，你們這是要久占為業呀！街道上的人說，菊書你是個年輕人，雖然生在舊中國，可好歹也長在紅旗下，怎麼滿腦子封建思想？菊書冷笑著說，我才不封建呢?!

菊書自己夾了鋪蓋，到樓下去睡了。老黃頭兒第二天一早，嚇得連滾帶爬地揭了門板跑到了街上，結結巴巴地說一睜眼，看見個赤肚露胯的大閨女。看熱鬧的人擠到了門口，菊書從地鋪上坐起來，大吼了聲「滾」，就又躺下了。深藍格子的粗布單子，把她裹得嚴嚴實實，什麼也沒露，只是到了下午，一街兩巷卻在津津有味地談論她雪白的大腿。

母親是管不住她了，菊書潑命地鬧，街道開會批判她，她當場撒潑打滾哭個昏天黑地。街道把堅持鬥爭的任務落實給了老黃頭兒，可老黃頭兒的革命性毫不堅定，他苦惱地看著菊書近在咫尺的地鋪。也許老黃頭兒被菊書提醒了，開始思考自己存在重大缺失的人生。也許跟菊書毫無關係，反正他在某個早上，突然消失了。菊書後來聽說，老黃頭兒拋下一切回農村老家去了。當時正在動員農村來的職工回鄉，街道就把老黃頭兒當成典型報了上去。

茶館也就此歇業了。街道上正經大事還忙不過來呢，也就沒人理睬菊書了，菊書莫名其妙地旗開得勝。勝利的代價是慘痛的，菊書落了個「刺貨」的名聲。在鈞州土語裡，「刺」音同「辣」，發陽平聲，有刺的東西扎手，說「刺手」；攙了麩糠的饃粗糲難嚥，說「刺喉嚨」；用在女人身上，意思就曖昧了，既指潑辣難惹，也指性感風騷。再加上，父親留下的房子有人沒收，可他留下的小業主的成分卻沒人收去，於是，菊書的工作、婚姻兩件大事，竟都無從著落了。

外人的言三語四，到底進了菊書的耳朵，她回家栽在床上蒙著被子哭了一夜。母親這時倒不哭了，第二天她照常去上班，從倉庫裡把草繩紮著的粗瓷碗一摞一摞搬出來，放在店門口，撣去灰塵，順手把毛巾搭在肩頭，就去辦公室找主任了。

也許主任那天心情不錯，也許平時罕言寡語的菊書媽媽竟說出了一排道理來震撼了他，總之，他同意初中畢業、又會打算盤的菊書來頂替不識字的母親上班了，母親又成了沒有工作的家庭婦女。菊書在土產公司一直幹到一九九二年，光榮退休。屬於供銷社系統的土產公司，這幾年鬧完承包鬧改制，職工工資都發不下來，退休工人更沒人管了。去商業局上訪要工資，大家又把菊書推為了統帥。

上次接待他們的領導，說這個月給答覆，等忙完自己家的房子，就召集老伙計們去催催。菊書也認定自己有膽有識，敢作敢為，是個帥才。只有丈夫周庚甫說，趙菊書啊，這輩子都是聽了他的主意，又拿他的主意來領導他。

菊書承認周庚甫比自己有智謀，但再有智謀他也不過是軍師，元帥還是她。趙菊書領導周庚甫，算上談對象的那一年，整三十年了。

三十年前，菊書擔著「刺貨」的名聲，有意無意地越發剛強自己的性子，嚷嚷著說話，動不動就摔摔打打，她的閒事，願意管的人不多。她還不肯撇下孀母弱弟出嫁，這無異於要求對方「倒插門」，家境、成分、性子，沒一樣好的，菊書縱然生得雪膚花貌，到底還是耽擱下來了。

周庚甫那個成分壞透的封建官僚家庭遠在武漢，他一個人住在運輸公司的宿舍裡，正要倒插對他來說無所謂。他雖說小學都未讀完就去學修車了，卻是個秀才，寫得一筆好字，不知道從哪兒念了些彎彎繞在肚子裡，說出話來新鮮有趣，更要命的是他能看穿菊書虛張聲勢的潑辣，不跟她爭強鬥狠，一味地柔順，做小伏低，深情款款，菊書反倒被他撮哄得服服帖帖，沒見兩面就淌眼抹淚地把心裡的苦都掏給他。

當年一無所有的周庚甫分擔了菊書的委屈辛酸，於是，多年後，菊書給他了一個兩兒兩女、九間屋子的家。

菊書志得意滿地笑談丈夫當年的一無所有，周庚甫知道，菊書是在變相表達她的幸福和滿足。可惜這種深刻而準確的理解力，在周庚甫提前退休後隨之退化，他竟開始激烈反駁菊書：什麼叫你給我一個家？這家是我們共同打下來的！

三

藤椅上的菊書，想起丈夫暴著青筋跟她爭功，不覺心裡一躁，可身子又懶得動，只是恨恨地用力拍打了幾下藤椅扶手。誰都不能跟她來爭，她豁出自己拼打來的家——丈夫，母親，兄弟，兒女，甚至侄子侄女，都可以享用她的勝利果實，只是不能跟她爭功！

婚後菊書跟丈夫一直住在西關大街鋪面房的樓上，好不容易從供銷社分到一套新公房，她讓弟弟一家帶著母親去住了。老房樓上樓下又變得擁擠不堪，她那兩雙兒女噌噌地長，再也摁不到一張大床上了。

小女兒周愛冬上小學那年的冬天，周庚甫和趙菊書在燈下為落實自己家的房產政策準備材料。周庚甫寫材料自然沒有問題，寫完了他看著趙菊書，那目光在無聲地發問：平白地要回自己的房子，這可能嗎？

趙菊書一把抓起他寫的那摞紙，塞進抽屜，上床睡覺。她不跟丈夫討論，甚至都不看丈夫的目光，看了會心慌，看了會害怕——菊書也不知道會怎麼樣。她的潑悍就像荒野中走夜路人的叫喊，不過是給自己壯膽而已。

街道，辦事處，房管局，法院——從市中院到省高院，銅牆鐵壁，千坑萬陷，也是一座天門陣！趙菊書人生最激烈也最輝煌的一幕就此拉開。

三十七歲的趙菊書，自然不再輕易撒潑打滾了，她敲開各處辦公室的門，耐心地記下裡面那些人措辭費解含義模糊地話——他們的話就是具體的現實的政策，對於政策要好好領會，菊書也沒白受這麼些年的政治教育，記下後回家和周庚甫深入探討，尋找到最適合自己的解釋角度。當然，要讓「他們」同意這個角度，還需要一些溝通。於是菊書帶著些難得一見的東西，諸如香蕉菠蘿哈密瓜上好的大棗木耳黃花菜等等，去跟他們溝通了。物質匱乏時代嚴格的配給制度下，在供銷社系統工作的菊書拿出來的禮物，還是有些影響力的。

最終的結果還算理想，父親買下的那處院子後面共七間房屋，四間無償返還，剩下的三間，現在的租戶不買，菊書可以購買。他們這樣處理自然有他們的根據，菊書全力拼湊夠了二百八十塊錢，拿到了一紙擁有房產的憑證。只是要把這張紙變成可以住的房子，還要頗費些周折。

七間房裡住了六戶人家，除了兩家聽說自己住的公房變成了私房，覺得不可靠，當即就打算搬家了，剩下的四戶都不肯搬，當過街道幹部的老司婆甚至警告菊書別得意，這事兒不定怎麼樣呢？

去法院是周庚甫的主意，菊書開始也聽了，後來發現打官司是個陷進去就拔不出腿的泥坑，沒完沒了地調解，好幾年下來，也沒人給她個痛快話。周庚甫倒像是上了癮，寫的訴狀被受理案子的法官誇獎了兩句，他就不知道自己姓什麼了。誰知道那人反而判得更不好，他們連攆人的權力都沒有了。

周庚甫拉菊書去了省城，花不菲的票價請高院一個年輕女子和她對象去看「走穴」來的明星演節目，結果案子發回市中院重審。又有兩家不耐煩折騰，搬走了，剩下的殷老師家是沒地方搬，老司婆還是死硬，菊書也就來硬的了。

菊書要翻蓋房子，那房子算來七八十年了，再不翻蓋，就住不得人了。菊書請了鄉下做泥瓦匠的遠親帶著幫工來施工，又囑咐兩個女兒放學去姥姥家，自己和丈夫都請好了假，大兒子摩拳擦掌——開工就是場硬仗！

果然，一抓勾築到牆上，老司婆就跳出來罵人了。她住的房跟隔壁伙用山牆，菊書這邊一扒，她家就只剩三面牆了。司家兒子媳婦接到信兒也趕了過來，衝突很快升級，罵對罵打對打，菊書勇猛不減當年，看熱鬧的擠得半條街水泄不通，反倒是周庚甫臊得躲到後街去了。大兒子周文革性子暴，不是菊書攔得緊，手裡的磚頭就奔司家兒子腦袋過去了。菊書又氣又笑——比劃比劃就行了，不能來真的！大女兒周愛紅讀高一，中午放學聽說了趕來給母親助陣，菊書囑咐小兒子把姐姐摁到屋裡不准出來——菊書「刺」，可不捨得讓女兒大庭廣眾之下跟著「刺」！

趙菊書馬踏天門，大獲全勝。老司婆罵罵咧咧搬到兒子家去了，殷老師的愛人跟菊書說了軟話，菊書就讓殷老師一家挪到臨街的二樓上去了。

工程順利進行，上梁那天放鞭炮，中午給師傅上酒，趙菊書正張羅時忽覺天旋地轉，被送進了醫院。菊書不知道自己有高血壓，知道了也沒大驚小怪。

老房子翻蓋成了兩層紅磚小樓，樓下客廳牆上，周庚甫當時趕時髦，裝了面巨大的鏡子，後來他動不動就指著鏡子裡的菊書說：「你看看自己，都成皮球了！」

菊書不看鏡子，她生完一個孩子胖一圈，幾年來為房子奔波，肚子反而更加滚圓起來，冬冬纖細的胳膊都摟不住媽媽的腰了，她抓了小女兒的手摩挲自己的胖肚子，笑説裡面還有一個小弟弟。菊書不在乎腰身，對周庚甫挑剔她的歪話更是鄙夷不屑，她又不去選鈞州小姐，再說，大兒子文革說話就把媳婦都給她領回家了，眼看要當奶奶的人，還臭美什麼？

一個人的時候，菊書反倒會看看鏡子裡的自己，她知道自己本是好看的，那眉眼臉龐，依舊能辨出曾經好看的輪廓，只是菊書的好看，連她自己都沒來得及好好看，就過去了。

菊書的好看折變成了她的房子和兒女，菊書還是幸福滿足的。幸福滿足的菊書喜歡上了養花，石榴樹是幾十年的老樹，臘梅凌霄葡萄芍藥，都是新房蓋好後，菊書栽的。她精心侍弄自己的花草，花葉掩映下看自家紅樓，越看越愛。
她沒想到，兒子給她領回來的那個差點兒選上鈞州小姐的準兒媳婦，一句話，就毀了菊書的功成名就志得意滿。

四

牆頭有棵沒被鏟掉的瓦松，在風裡搖搖晃晃的，肉質肥厚的葉子飽滿挺拔，不知道是不是夕陽的緣故，那蒼色的葉片竟露出抹紫紅。
戲裡的穆桂英依舊壯懷激烈，訴說著祖輩的豐功偉績，梆子聲忽的遠了，模糊了，菊書熱騰騰的心事也冷下來，沒來由的悲涼跟那瓦松一起在晚風裡搖。
文革領回來的女朋友叫蕭露桐，高中時兩個人就好上了，兒子技校畢業進了運輸隊，露桐師範畢業去了報社，兩人還一直好，文革就把露桐給媽領回來看了。
菊書一眼就喜歡上了露桐，模樣好倒在其次，難得她穩重大方，對人禮貌，話不多，卻會笑，看文革的眼神又專注又柔順。菊書本就很為一米八六的大兒子自豪，如今借了露桐的眼光看去，兒子越發俊朗不凡了。
周庚甫誇露桐的名字好，又問可是出自《世說新語》，「清露晨流，梧桐初引」。露桐笑著點頭，讚嘆周伯伯好學問。

周庚甫被誇得心花怒放，大笑著說你父母也好學問。文革說，人家當然好學問，露桐的父親是鈞州市文聯主席，還是一位作家。周庚甫瞪了兒子一眼，哦了聲，隨即跟露桐大談起了文學。

菊書本就不喜歡周庚甫賣弄的腔調，又擔心他麒麟皮蓋不住馬腳，鬧出笑話，插嘴攔他：「我這初中生還沒吭聲呢，你這小學沒畢業的就少說兩句吧。」

周庚甫氣青了臉，露桐抿嘴一笑，說學問不等於學歷，周庚甫這才轉怒為喜。菊書把這個準兒媳婦愛進了心坎裡，好好招待了人家姑娘一番，等文革和露桐出去了，就拉著周庚甫去了文革房間，商量如何鋪地板磚，如何添置家具。

女兒愛冬嗤笑著出現在門口，「您二老省省吧，那個蕭露桐說了，人家才不往咱這貧民窟裡鑽呢！周圍都是小市民，日子沒法過——就剛才，跟這屋，對我哥說。」

菊書登時氣噎了，「她是大市民，她——」

周庚甫連連擺手，「沒文化，沒文化——貧民窟？她懂什麼？去看看鈞州縣誌，這西關大街當年都是什麼人住的？讓她回去問問她爹！」

西關大街住的是什麼人？

住在西關大街上，是菊書父親趙寅成一輩子的夢想。趙家的房子，本屬於鈞州城赫赫有名的端木家。端木家的宅子占了半條街，趙寅成買下的不過是個小院，屬於端木家最不成器的七爺。寫文書拿房契的那天，趙寅成在宴賓樓擺了酒，那是他人生的大日子，他帶上了自己的一雙兒女。

菊書被母親著意打扮了一番，老油綠的紡綢棉褲上是棗紅大襖，掛著沉甸甸的銀鎖，自然是父親的手藝。趙寅成的好手藝不只在鈞州有名，開封城都有特意跑來打首飾的。菊書的鎖自然不是平常銀鎖如意元寶的樣式，下端是朵盛開的牡丹花，上面是飛舞的鳳凰，鳳頭優美而高傲地抬起，頭翎都纖毛可見。

菊書的小腦袋也昂得跟那鳳頭一般，她似乎能察覺父親胸口奔湧的熱烈高亢的情緒，菊書胸口也像被鼓槌一下一下敲著，脹脹的卻充滿愉悅快感的微痛，然而她卻壓得住那激動，走上宴賓樓的樓梯時，腳步放得格外鄭重，弟弟平素就乖，出來更是膽小，可菊書還是緊緊拉著弟弟，生怕他掙開去闖禍似的。

樓上雅間，七爺和作中人保人的兩位伯伯先到了。有一位來過家裡，菊書記得姓劉，劉伯朝菊書笑，菊書也羞澀地回應了一笑，低了頭。大人們寒暄，落座，菊書的胸口那股勁兒還在膨脹，弄得她頭暈乎乎的，幾乎聽不見人家說了什麼，聽了也未必懂，菊書只是知道，今天過後，西關大街那片灰蓬蓬的青磚院落裡，有一個就屬於他們家了。母親說，菊書進了那院門，就成了大家小姐，回頭讓爹給你買了丫鬟，就像戲台上那些小姐一樣。菊書抿嘴笑了，她要是有個丫鬟，絕不給她起名叫春香，春紅，梅香——那叫什麼好呢？

桌上的氣氛忽然有些不對，弟弟的小手指頭勾著她的手心，菊書回過神來，愕然發現父親的臉色鐵青。劉伯在低聲勸七爺，另外一個人則跟父親在耳語，父親的臉色更加不好了。這時候，又有請的客人來了，推門就笑著作揖，「恭喜趙掌櫃，恭喜趙掌櫃！」

父親有些尷尬地站起來，招呼人落座，七爺不停地拿起手帕捂著口鼻，用力吸幾下鼻子，放下，很快又拿起來，一點兒血色都沒有的瘦臉上，那雙眼睛格外地大，暗沉沉的黑眼珠，眼白卻有層古怪的淡藍色。

緊張尷尬的氣氛，似乎得到了緩解，只是父親的臉色一直沒有恢復。筆墨紙硯端上來，劉伯看看七爺和父親，兩個人都對他點了頭，他落筆成文，諸人簽字畫押。酒菜端上來，雖然大家都在恭喜父親，菊書和弟弟也得到了很多誇獎，她心裡卻惴惴的，連宴賓樓最好吃的鐵獅子頭，都沒吃足十分的滋味。

菊書的不安是有道理的，父親到底沒有堅持到酒宴結束，掃尾的雞蛋湯上桌了，父親突然從椅子上滑到桌子下面去了。

菊書守著躺在床上的父親落淚時，聽到屋門口劉伯對母親說：「端木家老七，太陰！都坐上桌了，他不賣了，最後拿了一把，又漲一成——寅成兄弟也是心勁兒提得太大了，我勸過他，你說這兵荒馬亂的，置什麼院子？」

母親哽咽說：「他想到那兒了，誰有什麼辦法？」

父親想到，也做到了。從民國三十八年元月六號那天起，西關大街上有了屬於趙寅成的宅子。父親到底掙扎了些日子，翻過年出了正月，二月二那天，菊書一家搬進了這院子，父親看見了院子裡的石榴樹開花，卻沒捱到端午，走了。

五

菊書似乎一直在用父親的目光貪戀著這個院子，愛得願意豁出自己為它拼殺，還為那拼殺感到自豪。那天聽女兒傳了露桐的話，菊書先是氣，等氣平了之後，突然換了看這院子的眼光。依舊愛戀，卻多了一層抹不去說不出的悲憐。父親那灰蓬蓬的大家院落，已然不在了，自己的紅磚院落，在花草枝葉遮蔽下，正跟著時間老去。偎著牆腳栽了一圈的迎春越發越茂，年年早春迸出滿院的黃花，嬌滴滴黃得稚氣，院牆和房子卻被那不變的稚氣比出了年紀，那磚紅一年一年暗下去了。

菊書沒拿著那話跟孩子們置氣，還緊囑咐周庚甫不能在露桐面前提這話，只是那話像根刺，扎進了菊書的心，再也沒有拔出來。

那根刺，扎進去時疼了一下，過後竟不覺得了，微微的不適，觸碰到了才會疼，是木木的鈍鈍的疼，深吸一口氣，慢慢吐出來，疼也就過去了。

心裡的疼，菊書跟誰都沒說，就是想說，她也不知道該怎麼說。露桐從來沒在菊書跟前有過一絲一毫類似的表示，菊書後來都忍不住想，到底那話是露桐說的，還是愛冬那丫頭弄鬼？不過哪個孩子說的，對菊書來說，並不重要。

露桐還是嫁進了菊書的院子，新房就是樓上文革的那間屋子。露桐在報社分有一套半舊的兩居室，文革不去住，露桐也只得順著他。菊書和露桐處得還算和睦，婚後半年，菊書幫著媳婦勸兒子，他們才搬到報社家屬院去了。

急急的鑼鼓點，鏘鏘的梆子聲，藤椅上的菊書知道，抱著帥印的穆桂英要去校場點兵了。她深吸了口氣，卻無力緩慢地吐出來，那口氣先是哽在喉頭，猛地嗆咳似的噴了出來。

夕陽落下去了，空氣裡有了涼意。菊書看著那角還在天光裡的院牆，那棵瓦松成了黑色的剪影。菊書忽然感到拽不住那天光了，一日將去，霧霾般的恓惶不安，隨著她不大均勻的呼吸進到心肺裡去了。

「他們要到街道上調查……」早上老白媳婦的話裡，此刻再想，竟有幸災樂禍的底色。老白媳婦不是「他們」，她的話是不作數的。菊書見識過「他們」，各種各樣的「他們」，站在濃霧中的「他們」，面目模糊變幻無常的「他們」……不知道這回的「他們」是誰——會知道的，菊書不僅會知道他們是誰，還會知道他們的辦公室、家，多半還會知道他們的親戚朋友……戲裡的穆桂英說：「……這些年我不往邊關走，磚頭瓦塊都成了精……」

好大的口氣！菊書心裡笑了，她要抖擻精神，提起心勁兒，「他們」也不過是成精的磚頭瓦塊，有什麼好怕的?!

攥緊拳頭提足氣說「不怕」，其實還是怕。

骨頭縫裡有些酸冷，四肢變得沉重——累了。這才哪兒到哪兒呀？別的地方拆遷時發生的故事，菊書聽得多了。「禮」和「兵」兩手，菊書都備下了。這一陣，她老將出馬，得拼下一大一小兩套房來——小兒子衛東也該成家了！

周衛東扯了根帶著燈頭燈泡的電線過來，用個鉤子掛在新出現的屋頂下，黑洞洞的由院子變成的屋子，亮堂了起來。菊書朝兒子微笑了一下——她的兒女個個都是好的，說不上有多大出息，可知道跟她親，知道顧家，還求什麼呢？

煞戲的鼓樂起來了，衛東調整著燈泡的高度，「媽，不是我跟你犟嘴，還是京劇雅緻，一樣的戲，你聽人家——」

衛東教小學數學，卻喜歡京戲，還喜歡旦角，玩票的水平很高，一開口能嚇人一跳。菊書身上沒來得及發揮的藝術基因，一點兒沒糟蹋地傳給了小兒子。菊書聽著兒子亮嗓子唱了幾句，「猛聽得金鼓響畫角聲震，喚起我破天門壯志如雲，想當年桃花馬上威風凜凜，敵血飛濺石榴裙……」

菊書竟聽出了兩眼淚。這個穆桂英也在自己給自己提心勁兒呀！桃花馬，石榴裙，當年她是何等鮮亮人物！菊書眼皮劇烈地抖動起來，兩行淚不聽話地滾了下去，她看見兒子臉上綻出了驚愕、慌亂的神情，聽得到遠遠有汽車停靠的聲音，丈大和大兒子回來了吧？小兒子掛上的燈泡晃得厲害，光也昏暗了，汽車聲竟變成了沙沙的雨聲，遠得聽不見了……

六

菊書中風的後果除了說話、行走不便，還有就是他們只得到了一套低價的回遷房，這使菊書下決心買下同病房病友東郊的那處院子。

病友絲毫沒有瞞她，之所以如此便宜賣那院子，是因為村裡人三天兩頭找麻煩，欺負他們是外來戶。菊書的決定，家裡沒人贊成，可也不敢直接反對。

周庚甫期期艾艾地說：「郊區農民，最難惹，城市農村的壞，都會使……」

菊書手裡的拐杖噔噔搗著地，嘴角歪了半天，帶著口水噴出兩個字：不怕！

十五年之後，菊書的孩子們會充滿感激和感慨地想起母親的這聲「不怕」。隨著鈞州城的迅速膨脹，他們發現，當初對著碧綠麥田和金黃菜花地的那處院子，竟然被拉進了這個城市新的黃金地段。

這是後話，菊書不知道的後話。她搗著拐杖歪著嘴角，在東郊那個叫陳官村的地方，率領丈夫兒女跟各色人物較量了近十年，赴單刀會，擺鴻門宴，軟的硬的，明的暗的，大大小小無數陣仗，輸輸贏贏也算不清楚，她這個村頭臨路的家，卻變得固若金湯，輕易沒人能動得。

菊書院子裡很容易又有了葡萄石榴淩霄和臘梅，芍藥不要了，沒氣力伺候，這些花木也由著它們自己長。石榴花開滿樹，一年才結三五個果子，葡萄果子倒多，味道卻差，臘梅開出花才知道品種不對，菊書此前那棵是上好的「倒掛金鐘」，只有淩霄差強人意，橙紅色的花年年纍纍地鋪在牆上。

深秋了，陽光很好，菊書坐在那把老藤椅上，看淩霄花一朵一朵落在地上，噗噗的發出了聲響——不只是聽覺，菊書所有的感官都尖細敏銳起來，透明的空氣在流動中彎曲她都能察覺……她真的聽到了，母親的聲音，依舊年輕，低低地像是自語地念著：老不死的佘太君，長不大的楊文廣，打不敗的穆桂英……一個小女孩跟著在念……那是她，五六歲的菊書，跟著母親一句一句在念……母親在她耳邊低笑了一聲，那是戲……

是啊，那是戲。現實中她的母親老了，死了；她的孩子長大了，各自幹各自的去了；菊書呢，拼殺了一輩子，輸贏難計，可最終還是敗了，敗給了時間……在敗給時間之前呢？自己給自己扎靠插旗，想要扮威風八面的帥旦，可惜人生沒給她備下華冠霓裳，她的行頭太簡陋了，簡陋得做什麼身段都會惹笑……菊書粗糲衰老不大靈便的右手，遲緩地摩挲過光滑潤澤的藤椅扶手——帥旦也許只在戲台上有，在戲台上才會有浴血拼殺依舊雍容華貴的女人……

菊書在意識消散的最後一瞬含混地想，也許她的人生角色本不必這樣演……

殷紅的紙，飽滿的墨汁，規規矩矩的正楷柳字，父親寫得很用心，六歲的菊書站在桌邊，四歲的弟弟踩著紫榆條凳趴在方桌沿上，小手沾著紅紙的褪色，父親寫完那副春聯，念給書菊聽：新年納餘慶，佳節號長春。

菊書並不懂那聯句的意思，只覺得那是兩句靈妙的符咒，念動它，一個福祉無限的世界就敞開了，雅正，蘊藉，溫暖，四時有序，父母在堂，無憂無懼，不急不躁，千秋萬世的安穩歲月在那裡緩緩流淌……

辛卯年　清明

開片

一

母親離開時，鈞鎮變成了鈞州市，不到三歲的我，對這些變化還毫無概念。我上小學了，忽然發現新城區剛蓋好的樓房，外牆上都貼滿了雪白的窄瓷片，房簷則貼著深紅的瓷片，我們學校也是這樣。放學了，從包著一層鮮亮刺眼瓷片的新城區出來，穿過北關城門，就是灰撲撲的老城區了。

老城十字街口連著東西南北四條大街，僅剩的北關那點兒城牆和帶甕城的城門已經用鐵柵欄保護了起來，但門洞可以過車，城牆還可以爬。從寫著「北拱神京」的城門上往城裡看，能看見北關大街上一片青灰色的磚瓦院落。

姥姥嫁進來時，那些院落還都是秦家的。秦家有七房，分過家的，各方各院地過日子。當時秦家各房的人大多還住在北大街上，幾十年，越來越多的外人混雜著住了進來，但我們的鄰居中，老親戚還很多。

姥姥曾經是六房的少奶奶，老親舊眷一直還叫她六奶奶。六房那院，大門上的漆剝盡了，黑黃的木頭還在壯心不已地炫耀著優良的材質，只有開關時才略帶悲涼地於門軸處瑟瑟地落下一些木屑。仰頭能看到門斗上生動依舊的雕花，流雲百蝠，鹿嘴含花，桃之夭夭，喜鵲登枝⋯⋯秦家各房的門頭都有這樣的木雕，明八仙刻的是人物，暗八仙刻的是法器，大朵的牡丹開在雲頭笏板上是富貴如意⋯⋯真能說得清這些名堂的人並不多，但姥姥說我還不會走路，在她懷裡抱著，就能指著說得一清二楚。

大門裡面，其實已經成了逼仄的巷子，早辨不出幾重幾進了，很多戶人家雜亂地擠在一起。我記事兒的時候，已經落實了房產政策，前院的房客都搬走了，姥姥只出租後院，且在通後院的過廳屋那兒壘起了一道牆，姥姥帶著我，這才又過起了獨門獨院的日子。

院裡有三間正房，兩邊是廂房，還有廚房和放蜂窩煤和雜物的小屋，角上是廁所，定期會有拉糞的在我們院牆外，掀開水泥蓋板，清理糞坑。我很喜歡拉糞車的那頭栗色騾子，聽到牠脖下的鈴鐺聲，我就會溜出門，靠著青灰的磚牆看牠清亮的大眼睛，那大眼睛裡有個穿水紅兜兜衫的小妞妞，無聲地跟牠說著話。

正房的門一年四季掛著簾子，冬天是沉重的棉簾，簾腳兒墜著壓風的木板；春秋天是布簾子，我最喜歡那條湖藍色的布簾子，上面有雨絲一樣的線條；夏天是青竹簾子，竹篾子碧青，編竹篾子的線隔幾年要換，剛換那年掛上去，雪白的線一點一點在竹篾間露出來，像嵌著兩串珠子。

姥姥的日子過得講究，講究得無微不至，又不落痕跡。講究倒未必奢侈，一樣的黑疙瘩大頭菜，跟後院那些人從一個鹹菜攤子上買回來的，姥姥切得細如髮絲，點了香醋麻油，搭白米粥吃。絕不像他們，把黑疙瘩切成黑檩條，夾在饅頭裡滿大街跑著大嚼。

講究的人必然是巧的，姥姥就是巧的。可惜我笨，姥姥恨起來，拿著尺子敲著我的手背，「白長了一雙水蔥似的手，捏根針跟拿根通條似的，笨死算了。」

我不知道還有沒有同齡人這樣度過童年。長大後才知道，我大概能歸入計畫生育成為國策後的第一代獨生子女，曾被報紙稱為「小公主」、「小皇帝」的一群人，我這個「公主」當得有點兒慘。不過倒是被姥姥的尺子敲打得學了些特殊的本事，比如說我會鎖扣眼，會縫被子，會把蝴蝶牽牛花、小貓釣魚這樣簡單的圖案描在的確良布上，用各色絲線繡成門簾或搭布。

我有記憶之後，生活裡只有姥姥。母親的美麗，是北關大街上餘韻悠長的傳說，特別是女人們，打量著我，嘴裡說著記憶中母親的眉眼，沒來由會曖昧地笑，誇張地嘆氣，我覺得莫名其妙，卻又無緣無故地滿心羞惱。

小學二年級的暑假，一個陌生的阿姨，忽然到了姥姥家，說是帶我去見我母親。姥姥給我收拾了幾件衣服，煮了幾個雞蛋，放在我的書包裡，我背著書包跟那阿姨上了火車。我在母親那兒一直待到快開學，被另外一個陌生的阿姨領著，坐火車又回了釣鎮。

北京，是個存在於新聞和故事裡的地方，母親在那兒做什麼？

我從北京回來後就被人堵著問，大人小孩兒都問。我就是抿嘴不說。女人們撥拉著我蓬蓬的粉色紗裙，再扯一扯襪口翻過來的奶油色蕾絲花邊，我被她們擺弄得兩腮發燙。

東院那個夏天總光著脊梁、總也找不到媳婦的牛兒，壞笑著氣我：「你媽傍上『大款』了，不要你了！」

我噙了淚，咬牙說：「沒有！」

「那你媽怎麼又把你打發回來了？你說呀！」牛兒在院門口堵著我問，很快會招來一群人，對我母親好奇的人實在不少。

我忍住了，什麼也沒說，捎帶著把淚也給忍回去了。

出了趟遠門，我忽然長大了，心底能存住事兒了。

我在北京一直住在大姨家。很久之後，我才理清了大姨與我們之間曲裡拐彎的親戚關係。這位大姨的母親，跟我姥姥是遠房表姐妹。母親最初就是去北京幫大姨的女兒帶孩子，帶得能上幼兒園了，又去別人家帶孩子做飯。北京似乎有很多人家需要保姆，母親總是能找到活兒。

我去了，母親也不能天天陪我，只有禮拜天才回來，帶我出去玩。我大多數日子待在大姨家，那院子很深，擠擠扛扛住了很多人家，大姨大姨夫都退休了，院子裡還有不少跟大姨一樣的老太太，大腔大嗓、熱火朝天地過著日子，我倒覺得比跟著姥姥有趣。大姨夫一直在練各種各樣的氣功，不練功的時候很和氣，笑瞇瞇領著我看迴廊下的紅漆柱子，還有他養在石榴樹下的那缸墨色龍井。

我不肯說母親是保姆，並非以此為恥，我那時候很小，還不懂革命工作有高低貴賤之分，我不說只是因為我聽話，母親不讓說，姥姥也不讓說，我就不說。

有時候，被人逼著問急了，我就想給他們編故事。我隨口就能用一些聽來的或是看來的不相干的東西編成有趣的故事，就像有人手指一繞就能把柳條編成漂亮的筐子。母親曾帶我在一家醫院門口停下來買了一隻赤豆冰棍兒，身後有人帶著敬畏的口氣說什麼友好醫院；一個女人匆匆走進那醫院，身上帶著來蘇水和夜巴黎香水兒混合的味道——我記得母親當時抽了一下鼻子，說來蘇水和夜巴黎；我記得櫥窗裡纖細的皮鞋後跟以及那皮鞋的牌子；時髦女人額頭上高聳入雲的瀏海，後面爆炸開的捲髮，都用一種叫摩絲的泡沫噴得硬邦邦的……差不多夠了，我用這些就可以編個讓他們張著嘴聽的故事——總也沒有機會，我稍微在外面逗留得長一些，姥姥就會找出來，一箭雙鵰地把我和堵著問我的人，都罵上一頓。

母親帶給我的真實感覺，很複雜，回頭想想，八歲的我已經領略了百感交集。從出站口出來就見到了母親，她看著我掉淚，我卻有些呆——母親跟那個帶我坐火車的阿姨一樣陌生，只是更好看。那晚母親給我洗澡，一起上床睡下，我聞著她身上和我身上一樣的爽身粉香氣，忽然哭了，母親跟著也哭了。

過了一星期，母親再來大姨家時，拿著那條粉色的紗裙，把我打扮得漂漂亮亮的，帶我去動物園。在動物園意外地碰到了一位胖阿姨，母親曾經在她家做過保姆，她見了我歡喜得拉著不丟手，跟母親說舞蹈學院、考試什麼的，還很懂行地拿手比著量了我的胳膊腿兒。我的命運就被這次偶遇決定了。

母親對我說，要好好學習，好好學跳舞，我就能永遠跟她在一起了。我記得她說話時的表情，臉紅撲撲的，老是半垂著的眼睛也睜圓了，光閃閃亮晶晶的，說了一遍又一遍，唯恐我聽不懂，記不住。

那時候，各種少兒藝術培訓班還不像後來那麼遍地開花，不過也已經有了，只是不大像樣。我把母親的信交給姥姥，姥姥就帶我去找母親的一個同學。那個同學是個小學老師，姓王，我叫她王老師。她愛人也姓王，早年畢業於國家舞蹈學院，如今在群藝館工作，我也叫他王老師。男王老師就是我的舞蹈啟蒙老師。

讀研的時候，一位教「西方藝術史」的老師說，我們至今還在用訓練雜技演員的方法培養舞蹈家，著實荒謬。我不知道他說的對不對，反正從一開始我就註定不會成為舞蹈家。舞蹈對我基本就意味著踢腿下腰折磨自己的身體，但我依然很刻苦地練功，因為母親說，好好學跳舞，我們就能永遠在一起。

無論是姥姥敲打下學的女兒手藝，還是群藝館王老師的舞蹈訓練，我都不喜歡，卻也習慣了。我同樣不喜歡、卻很習慣的，是一個人的夜晚。

從記事起，我就是一個人住。姥姥跟我分住正房的兩個房間，中間隔著堂屋。所以，除非偶爾有留宿的遠來親友，我童年的夜晚都是一個人度過的。總有東西，在我睡著之前，攪擾著我，讓我忍不住要流淚。春天秋天是院子那些花草的氣味，要是下雨還有雨的聲音和氣味，冬天卻是那份靜，尤其是雪後，彷彿天地都凍得不能呼吸了，我縮在被窩裡，積雪下那些乾枯的樹枝發出細微的開裂聲……這種時候，我的心突然會被一種東西抓住，揪扯，睏意再也不來，難受得眼淚會流出來——我還太小，不知道那種感覺叫做寂寞……

最難熬的是夏天。放學後在院子裡做作業，吃晚飯，偶爾姥姥心情好，吃完飯能讓我看一會兒《七巧板》，更多的時候，姥姥吃完飯就插好院門和房門，上床睡覺了。外面還是大亮的天光，後院那些小孩成群結隊地在街上呼嘯而過，嘰嘰嘎嘎地笑著，奔跑追逐——姥姥的話，野馬一樣。

我也想像野馬一樣，可惜不能。揣著野馬一樣念頭的我，當然不可能睡著，下了床，拖張草枕席坐在堂屋的青磚地上，歪著頭，看寬厚的木門和門檻之間的縫裡透進來的明亮光線，想著有什麼有趣的遊戲，可以像野馬一樣奔跑，卻不會弄出任何聲響……那些有魔力的光線帶著奇蹟降臨，我開始給自己編故事。

我編的故事常常讓自己流淚，淚水無聲無息地滾下來。我都不記得自己是什麼時候學會這樣不發出聲音地哭，我能很好地控制自己的鼻息和呼吸，即使在落淚的時候，也能讓自己的聲音一如往常，應付姥姥突然的呼喚。

姥姥最看不慣誰動不動就淌眼抹淚的樣子，她那鄙夷不屑的表情，弄得我一直到現在，偶爾多愁善感那麼一會兒，還有罪惡感和羞恥感。

不管自己編的還是別人編的，不管是快樂的還是悲哀的，只要是故事，我都喜歡。電視機我做不得主，只有去書裡找故事，尋到每本書，能被我嚼得連渣兒都化了。我從來沒有向姥姥要求買故事書，甚至腦子裡都沒出現過這種妄念，母親跟我們的聯繫是一封封的信、匯款單和一袋袋漂亮的糖果。那些糖果被姥姥控制著，酌情發放給我，我從來不吃，替每樣糖果編一個來歷非凡的故事，然後把故事和糖果放在一起去換同學手中的故事書。那時候「忽悠」這個東北方言裡的語彙還沒傳遍大江南北，我不知道該怎麼命名自己的江湖騙術，心虛卻是有的。但我很注意分寸，絕不會驚動老師和家長，漸漸地我倒也積攢下了幾本書，最喜歡那一套橘色封皮的《意大利童話》。

我對故事的癮越來越大，跟著男王老師學跳舞，早把心操在了女王老師那成架的書上。三年級以後，認的字足夠我讀她那些沒有插圖的厚書了。每週上完課，還書借書成了慣例，女王老師對我很大方，我倒有些過意不去，破天荒朝姥姥要果仁巧克力，攢下來，還書時帶給女王老師，她反應很強烈，又是笑又是嘆的。

這些都要瞞著姥姥，姥姥不喜歡故事。不過對姥姥陽奉陰違的日子，終於要結束了。

十二歲那年，我考上了國家舞蹈學院附中。走在北關大街上，老親舊鄰的目光跟頭頂的烈日一樣灼得我臉皮發燙，女人們還會拉住我從頭到腳地掰扯著看。我比平時更加不願意出門，只在自己屋裡悶頭看閒書。那天聽見姥姥叫我，掀開門簾出來，一個陌生男人坐在堂屋裡抽菸，雪白的襯衣，看上去很文弱。姥姥開口，說他是我爸。

這話像個雷似的在我頭上炸開——父親是我生活裡的禁忌，偶爾想想，年幼的我自然想不清楚，可也不會去問，不敢。嚴嚴實實遮著父親的幕布忽地揭開了，刺眼的投光，還有雷一樣的配器——我的父親生了一張如此瘦長的臉。

我竟是怕他的——我手把繡了紫紅牽牛花的半截白門簾，有點兒想往後退，卻又怕那「雷」追著我進到裡屋去，竟然硬著頭皮朝他笑笑，挪到了門口，靠著門框，低頭，忽然很想哭，但還是忍住了。

姥姥慢條斯理地說了句：「妞兒大了，出息了。」

姥姥就是這樣，家常話，淡淡說，可不知怎麼的，就讓人覺得被她壓了一頭。對這個「前女婿」，她的傲慢更不會收斂。姥姥的傲慢不是無禮，反倒是禮數周詳，只是那禮數是她自矜身分，對方是阿貓阿狗卻無所謂。

父親大概也知道這趟來得尷尬，這些年對我不聞不問——他走後，姥姥說，他又有了一窩老婆孩子。他丟了菸蒂在磚地上，起身到我跟前，跟我說了句什麼，我腦袋嗡嗡直響，根本沒聽見，只記得他塞了張一百塊錢在我的口袋裡。

父親走了，我掏出那一百塊錢放在方桌上，拿笤帚掃他留下的菸蒂，青磚縫裡灰白的菸灰，我也拿掃帚尖兒給挑乾淨了——省得姥姥囉嗦，灑了清水，下了半截竹簾子，我正要走，一直坐在方桌邊的姥姥還是叫住了我，「收起來吧——」

她朝桌面上捲著的一百塊錢努嘴，我過去，沒有拿錢，倒是拿起了父親喝過的茶杯，到院子裡的水龍頭下刷洗。

白花花暑天的日頭晒著我的臉，臉上汗津津的，眼角的餘光忽然看見一道濃黑的影子投到我身後，是張瘦長的男人臉——他又回來了？我驚得一跳，杯蓋失手掉在水泥池子裡，碎了。碎瓷器的聲音過後，院子裡一靜，連槐樹上的知了都被嚇得頓了一下，緩過神來才蠍蠍螫螫大驚小怪地叫起來。

我也回過神來，那不過是廚房窗台上一隻扭曲變形的塑料瓶的影子。我在院子裡磨蹭著，不肯進去看姥姥的臉色。姥姥說什麼我能猜到：東西倒沒什麼，姑娘家最要不得就是冒冒失失，心慌意亂……

那茶杯倒真不是什麼好瓷器，日雜店裡買來的處理品，鈞鎮是出名貴瓷器的地方，顏色好的杯盤瓶罐多了，只有姥姥用這寡素素的青花，故意要跟人不一樣似的。我看了看杯上眉眼不清的八仙，丟在了水池沿子上，扭臉看見捲了下端的簾底出現了姥姥的半截老藍褲子和雪白的襪筒。姥姥沒有出來，只是在簾子後面淡淡說：「你也值當的？認他作爸，那是人倫，這些年他跟異姓路人有什麼兩樣？拿一百塊錢來，不夠打嘴現世的！」

父親那「打嘴現世」的一百塊錢，還是由姥姥收起來了。那天我的收穫是對父親的容貌有了具體的印象，十二歲的我，為此心慌意亂地打碎了茶杯蓋。過後幾天，父親的出現和那一百塊錢帶來的快樂，慢慢從我心裡沁了出來。從北關大街上走的時候，後背挺挺的，腳步也有些驕傲的雀躍。

那是一九九二年，中國改革開放的總設計師去了南方，一個十二歲名叫殷彤的小姑娘，也就是我，去了北方。

二

十二歲那個夏天之後，我的一切都開始變得迥然不同。

青春期正常的變化，我是知道的——關於青春期的書，我看過；寢室裡的女生晚上也會聊身體發育時的異樣感受，我不參與討論，但聽得很仔細——我不會大驚小怪。可我從不聽說過誰的頭髮在進入青春期後會自動變捲——荷爾蒙又不是冷燙劑——我的頭髮就發生了這種怪異的變化。它隨著我隆起的胸部和每月一次的身體出血，變得越來越捲。十六歲時，我那原本稀薄柔軟的直髮，變成了滿頭又厚又密的螺絲狀捲髮，洗完頭，蓬起來像斗篷一樣披在身後。

這種無法解釋的變化讓母親和我都覺得驚奇和苦惱，那頭蓬亂的捲髮成為我容貌中的缺陷，我不能剪短髮，平時總是結結實實地把頭髮編成辮子，然後用摩絲把前面抹得溜光，除了辮梢處還是捲曲的一團，像是人家故意燙的髮尾，差不多就看不出了。練功的時候，辮子再盤起來，用髮卡狠狠地卡住，頭髮還不老實，總想突破桎梏亂蓬出來。

與頭髮搏鬥，是我少女時代的主要煩惱之一。母親看不到的時候，我會懈怠，毛烘烘地亂了一頭，跟人家順滑烏亮的如雲長髮相比，是不好看，可我也不管它，週末回家的時候，定要把頭髮收拾俐落，省得母親跟著煩惱。

我與母親，用個戲劇化的詞語描述，是相依為命。但我們完全不像那些在故事裡相依為命的母女，彷彿連皮膚的隔膜都沒有，親得血肉相連。母親和我，始終有著某種距離。我們很親，卻並不近，常常互相猜著心事。

我雖然也不喜歡自己的亂髮，覺得不好看，可母親對我的頭髮不只是不喜歡，而是厭惡——厭惡到神經質的地步。她見不得我頭髮亂，一見定會放下手裡的活，抓住我給我梳頭。捲髮一亂，就會糾結在一起，她恨恨地梳下來，很疼，比疼更讓我難受的是羞恥和委屈——頭髮彷彿是某種隱密罪行的標誌，我在為它受著懲罰，卻又對它毫不知情。母親梳得我滿眼是淚，滾下來，不擦，也沒聲息，她就在我身後站著，並不知道我在哭。

我來上舞蹈學院附中之後，母親不再做住家保姆了。當時有了專門的家政服務公司，母親就去登記，開始做小時工。她租下了大姨鄰居家的一間小屋，只有姥姥院子裡放雜物的小屋一半那麼大，一床一桌一椅，灶就用大姨家的，我住校，而母親要跑好幾家做工，早出晚歸的，做不了幾頓飯，但母親不錯日子地給大姨用灶火的錢。姥姥的話，這叫明白事理，不然親戚是處不長的。

兩週三週我才回來一次，母親會著意歇半天，在大姨家的灶上燒一桌子的菜，吃飯的時候我們母女卻不怎麼說話。有了好菜，大姨夫就喝上幾杯白酒，問我些學校的事，我回答的時候，母親故作淡然，其實留心地聽。

我的回答多半是陽奉陰違的敷衍，有時候竟成了編故事。吃晚飯跟母親回到小屋裡，彆扭得我渾身生刺——我越是急著走，越會裝出無所謂的樣子，無聊地靠著門不說話。

我在母親面前，跟在姥姥面前一樣，得裝，陽奉陰違地過日子。在學校也一樣，只是老師的眼睛又不會盯在我一個人身上，裝一會兒就過去了。我跟同學不親近，別的女生上廁所都要拉個伴兒，我卻幹什麼都一個人，一個人舉著本書。

母親似乎沒有察覺到我不對勁兒。姥姥對我的小奸小滑那是洞若觀火，姥姥常冷笑著說：

「你眼皮一耷拉，我就知道！就你那點兒小心思——紙包不住火！」

紙包不住火。母親被請到了學校。經常裝病不去練功，還會逃課躺在寢室看小說……班主任老師歷數我的罪狀，不過倒沒發火，她很懇切地對母親說，孩子興趣不在跳舞上，舞蹈是條很窄的路，不一定非得讓孩子走……

母親第一次打了我，用的不是尺子，而是掃床用的大刷子，我疼得不斷吸著氣，淚流得很凶，卻咬著牙不出聲。母親打我，關上了小屋的門，她也在哭，也無聲無息地落淚。母親忽然丟開了我，跌在床邊的地上，淚糊住了我的眼睛，啪啪地抽打聲還在響，我的頭皮一跳一跳地，那抽打卻沒落在我身上——母親狠狠地抽打著自己，我被嚇住了，淚竟然沒了，瞪著眼睛看母親，母親不看我，勾著頭，手裡的大刷子一下一下甩向自己的背，最後，那鮮綠色的塑料刷子脫手甩了出去，啪地打在牆上又落回地上，母親伏在床邊，身體在抖，有種透明卻密不透氣的東西從屋頂壓下來，安靜、絕望、瘋狂地壓下來，我感覺自己的身體和周遭的一切都要被壓碎了——我恐懼地爬到了母親身邊。

我與母親，外人眼裡娘兒倆一樣溫和安靜，再沒人能想到我們相互溝通達成理解的方式竟如此激烈暴虐。

不足為外人道，是句多好的話，一言難盡又是多好的詞，把日子拜託給這些言語，日子就滑溜溜地過去了。二〇〇四年秋天，是我讀研究生的最後一年，母親四十六歲生日，我送了她一條暗綠的絲巾當生日禮物。母親也給自己買了件玫紅的薄呢風衣，裡面搭了我送的那條絲巾，朱碧相映，格外的媚人眼目。

母親此前的身上的色調總是清冷的，清冷得有股寒苦之氣。那股寒苦之氣，從母親眉梢眼角帶的笑意與爽利潔淨的妝扮之下悄然彌散。母親很重修飾，可她的修飾只有一條原則，乾淨。母親的美是收斂的，眉眼總是低著，也許是事情做得順利，漸漸地人就舒展開了，雖然依舊話不多，神色卻活潑了不少。

母親還在做小時工，我覺得她把小時工也做出了境界。她盡職細心，人乾淨又練就了一手做菜的好手藝，一直都是他們家政公司的明星小時工，想請她的人很多。如今她的主要業務是上門做家宴，雇主自備材料也行，看她的菜單包工包料也行。一個人張羅家宴，比單做小時工更累也更費心，當然，收入要好一些。

我考上研究生之後，母親更顯得精神一振。可我既不天真，也不樂觀，一路掙扎著跳，自然跳不出什麼名堂，進了一所不入流的藝術學院讀完本科，考上了一所不上不下的大學讀研，總算把自己的專業從舞蹈變成了舞蹈學，可我清楚，念完這個舞蹈學的碩士也沒什麼錦繡前程等著我，工作還是難題。

如今的就業形勢，母親應該清楚。母親雖然一直做家政服務，卻不乏見識。我上學的這些年，母親也一直在學習。想想母親該讀書的時候，正遇上「文革」，應該沒學到什麼，可我發現，沒什麼基礎的母親其實頗有些水平，她閱讀相當駁雜，除了食譜、中醫養生、科學飲食之類的書，她也看《參考消息》、《南方周末》，董橋、張曉風的散文和暢銷小說，我也在她床頭見過。她還通過自己的職業意外地打開了一條交往的道路。開學後導師開給我們的書單上有本書，書店沒有，在網上查到了卻早賣斷了，母親問了，就說給我找找看。竟然讓她找到了，是從作者手裡找來的，那位教授是她的老主顧之一。

母親自然比我更明白生之艱難，只是對我，卻還存著她的盼望。我是被姥姥規訓出來的，敗興的話，絕不會說，只能自己揪著心。也許是大了，對母親的體恤理解跟少年時不同，看著母親興興頭頭買新衣過生日，我只能湊趣，心裡卻一陣一陣地替她覺得悲涼。母親在我這個年紀，早就做了我的母親——如今灼紅冷綠簇擁下的母親，臉上還有霞光——我忽然心疼得想擁抱她——只是想，還是把那股熱熱的衝動嚥下去了，喉頭有些哽，哽著帶笑說：「媽，你真好看。」

我們母女出門，碰上大姨在院裡跟幾個鄰居老太聊天，拉著母親嘖嘖讚嘆了一番。「素梅你就是不聽勸，別說以前，就是現在……」母親防身似的拉了我擋在身前，含糊地笑著，匆匆走出了院子。

母親知道，我也知道，大姨下面要說什麼話。這些年，大姨幾次想給母親說媒，都被母親拒絕了。大姨為此還專門跟我談過話，那是我上大學後。大姨直截了當地問是不是我不願意母親再婚。我忙說不是。大姨就進一步問那你同意嗎？

被大姨逼得緊了，我眼皮一耷拉，說起了官話：只要媽媽幸福，我什麼都同意。大姨像是得了敕書，眉開眼笑地又去給我母親說媒，母親還是不見。大姨把母親想簡單了。母親是個有主意的人，柔和裡面的剛強，任誰也難撼動。姥姥那麼強悍的性格，也拿母親無奈。

我們出門後，先去看姥姥。

如今姥姥住在大姨家附近一家名為「松鶴園」的老年公寓——我上大二那年，母親派我回鈞州把姥姥接來了。姥姥一千個不願意，不願意可還是來了。

住進松鶴園的姥姥，最不滿意的就是那兒的飯菜。隔幾天，母親會另外做了菜給她送去添補。她的孝順感動了松鶴園的服務人員，卻感動不了姥姥。姥姥對她不僅沒句好話，輕易連個好臉兒都不給。姥姥年逾古稀，走起路來還是蹬蹬的，性子一點兒都沒軟和的跡象，母親送去的鹹菜刀口不好，還會被她丟到門外頭。姥姥對我，倒比小時候跟著她的那些年，親昵多了。

長大之後，我才開始慢慢理解姥姥。姥爺去世時相當年輕，母親是姥爺的遺腹子。我小學五年級時就有舅舅帶著老婆孩子從台北回來探親，是四房還是五房的忘了，給每家都送連褲絲襪作禮物，連我都分到了一雙。以後陸續各房都有人從外面回來，姥姥淡然依舊，那層淡然下面隱隱透著一層灰灰的黯然。歷史學得很好的我，腦子裡能刷地拉出一份二十世紀五六十年代的中國密集的政治運動名錄，後來想想，那些龐大生硬的名詞，每一個都曾從姥姥溫軟單薄的身子上碾過，該碾出多少血淚四濺的故事呢？我多少明白了，姥姥為什麼不喜歡別人編的悲歡離合盛衰聚散的故事了——她心裡積著自己的故事，還沒運化，裝不下別的了。

那天我們去看姥姥，母親帶了一盤糟魚，一缽八寶豆腐羹，還有一盒蒸好的滷麵。姥姥見了那滷麵，想起是母親生日，就冷笑著說：「生不生你有什麼兩樣？我不還是一個孤老婆子住養老院？」

母親聽慣了，並不吭聲。松鶴園的管理員聽見母親來了，過來給母親看一些單子，姥姥前兩天有些著涼，輸液吃藥的錢要另繳。她恰好聽見了這話，就笑著接口：「您老可真是——不生這閨女誰給你送魚吃呀？」

姥姥拉起我的手，「我的彤彤給我送魚吃！」

她若不生閨女，哪兒來「她的彤彤」？可誰也不會跟姥姥認真，母親去繳費，我的手還被姥姥攥著。姥姥被窗外明媚的秋陽照得瞇了眼，臉上的笑有些狡黠，低聲問我：「你媽又有男人了？」

我愣了一下，強笑道：「沒有……」

姥姥把我拽得更近些，「沒有她穿那麼紅？——你媽這輩子早毀了，我就是怕，怕她糊塗，拉扯上不三不四的男人，再帶累了你！」

姥姥疼愛地摩挲著我的手，眼睛還是瞇著，我卻能感覺到有悲哀的光在裡面閃，「彤彤，自己要金貴自己，女孩家一定要知道金貴自己！」

從松鶴園出來，走著走著，被姥姥弄出來的心慌就散了，姥姥的話也被我丟到了腦後。母親似乎還當我是八歲呢，竟然帶我去了動物園。

陽光很好，暖洋洋的不像深秋，姥姥把這種天兒稱做小陽春，可當不得真，北風一起，就是天寒地凍了。我們母女倆走得微微有些汗意，在長椅上坐下。

母親沉默了半天，伸手摸了摸我散在肩上的頭髮，頭髮依舊蜷曲蓬鬆，我的頭髮裡，藏著母親的故事。

一九七九年的鈞鎮，還是鈞鎮，母親在鈞鎮供銷社日雜商店站櫃台，一夥兒無所事事的待業青年蒼蠅似的在商店裡旋，哄也哄不走。供銷社領導就把「招蒼蠅」的母親調到北關外倉庫當了保管員。

倉庫有大門高牆攔著，閒雜人等是進不去的。從倉庫出來到進北關有段路，路邊有國營鈞瓷廠廢棄不用的老式窯口，憧憧地立著，廢棄的瓷窯間，開始有人影在晃，等著母親下班路過，他們用呼哨聲把母親召喚過去，過去說話。

母親講得語焉不詳，我只能用想像力進行描補。

可惜母親與他們說的是什麼，我實在無從想像。然後有一天，出事了——母親說完這簡單的三個字，沉默了。青春有種很容易失控的殘酷力量，無論任何時代的青春都會如此。我不知道母親的青春到底遭遇到了什麼——野蠻的強暴，還是不慎失足？我不知道，也不用去猜了……母親伸手摸了摸我的頭髮，「他們那夥兒，領頭的叫捲毛兒——」

我感覺血一下凍上了，母親收回她的手，低頭，看著自己的手，模糊地笑了笑，「沒有人知道，我瞞住了所有人，你姥姥都不知道——可是我懷孕了，懷了你。我找了殷至誠，你姥姥不同意，我就對她說我懷了殷至誠的孩子——你姥姥恨得牙癢——她的女兒太不知道金貴自己了——她恨到了現在……」

血管裡的血開始緩慢移動，帶著冰凌傾軋時發出的斷裂聲，這種來自體內的巨響震得我鼓膜生疼，「……那夥兒人，捲毛兒……後來……」

母親抬起頭，「生你那天，架子車拉著我往醫院送，鎮上的大喇叭裡廣播著法院的嚴打公告，那個捲毛兒，槍斃了。」

我僵在那兒。這段晦暗殘酷的前傳，生硬沉重地嫁接進了我的生命——母親一直沒抬頭，我只能看到她低垂的脖頸，低得幾乎要折斷的脖頸——我一下抱住了母親，「媽媽，沒關係，其實他跟我們根本沒關係……」

母親抬起了臉，笑了笑，展臂也抱住了我。

我們是在彼此的懷抱裡了。我聞著母親身上柔和的玉蘭香氣，臉靠著她的胳膊，感受著那玫紅薄呢柔和細密的質地，那一刻我憂傷而幸福……

母親真正要給我說的話，在後面。她說，年輕女子就像件兒瓷器，若不找個穩妥的地方安放，像她似的，哪天一失手，就粉身碎骨了……

對面有一棵高大的槐樹，枝上一片未落的槐葉，忽然落了，沒有風，墜得如此緩慢，迎著日光看，規整的橢圓，純正的杏黃，形狀和顏色讓我錯覺那葉會帶著果的香……母親盼望：我的人生，能有完滿的幸福，不再支離破碎……

我盯著那槐葉，在心裡數數，如果樹葉落地的時候，我數到偶數，那我就能妥帖地安放自己……眼看它要落地了，我嚥下十一，飛快地加了個十二，杏黃色的槐葉彷彿等我似的，在草尖上晃了一下，才落進草叢裡不見了……

三

我沒告訴母親，那時我正愛著魯輝。

魯輝是我同屋女同學的老鄉，學中文的，他們學校跟我們學校隔一條馬路，他有事沒事愛來我們寢室，後來還常約我一起去國圖，車流湍急時過馬路，他會拉起我的手。

魯輝家境不好，江西山裡的，他們那個村的名字，在普通話裡都找不到對應的發音，魯輝用土話念給我聽，像外語。想來魯輝讀書，身上的背負同樣沉重，可他性格裡一點兒陰霾都沒有，陽光燦爛的，話也有趣——他當然不只是個天真的陽光大男孩，這正是他不俗之處，別人裝深沉，他卻在遮蔽自己的深沉，就像別的八〇後女孩要個性，我卻學著母親的樣子，用溫婉隨和遮蔽我的真實個性，我們是同類。

魯輝是我真正意義上的初戀。上舞蹈學院附中時，半真半假的戀愛，在我們同學間已經不是什麼新鮮事，更不要說上大學了，可我卻始終沒有真的戀上誰，說不清楚原因，對那些男生就是沒感覺。第一次見魯輝的時候，他穿著件雪白的制式白襯衣，樣式過時，顯得土氣，可那土氣卻莫名其妙刺激了我，讓我心裡一顫。他似乎立刻就察覺了，跟著身上起了震動。我們在相識的瞬間就形成了默契。

我們的一切都在不言而喻的默契中進行，除了眼神，微笑，心照不宣的「偶遇」，還有我心裡起起伏伏地期待，我們之間始終連一句異樣的話都沒有。可我卻糊裡糊塗地愛著他，只要見了他就覺天地清明，萬物安定。

母親帶我去動物園後，我猶豫了一段日子，可能是那片槐葉給了我盲目的信心，我對母親說了，說的時候緊張得手冰涼，對魯輝說的時候也是一樣，卻還得故作淡定，彷彿隨口邀請，元旦去我家吃飯吧？魯輝說好啊。我們正踩著積雪朝學校走，我腳下一滑，他敏捷地抓住我的胳膊，順手伸到腋下把我拎了起來，我渾身發麻，僵在了他的臂膀之間，他攬著我，忽然低頭輕輕地親了一下我的嘴唇。

魯輝對我母親的廚藝印象深刻，雖然他只吃過一次。那天是元旦，大姨大姨夫、母親、我和魯輝加上表姐一家三口，團團圓圓坐了一大桌子。魯輝表現得輕鬆自然，說話又討人喜歡。表姐背後說這孩子真不錯，可惜家庭條件不好……

母親出人意外地接口說：「挑人不挑家，高門大戶的，我還怕彤彤受委屈呢。」

接下去的日子，我忙著寫畢業論文，魯輝除了論文，還在準備三月份的考博，我約他，他還是會出來，我藉口說論文，他就很認真地說論文。他論文選題是沈從文，我的論文選題是「霓裳羽衣舞」，我們彼此都給了對方很多意見。說著話，我們之間會突然出現瞬間的沉默，在那沉默中，我耳邊會響起細微的斷裂聲，像我小時候獨自在那張漆黑的大床上，聽到窗外寒枝被積雪壓斷，整個世界滿是孤寂和憂傷……

我無法判斷，那沉默裡的孤寂和憂傷是我們倆的，還只是我一個人的……

沒有魯輝，也就沒有後來的張偉，這其中的邏輯，很難對別人解釋。

魯輝那輕得像雪落湖面樣的吻，再也沒有過，甚至連我的手，他也再沒拉過。我只會折磨自己，絕不肯去問魯輝——就是去問，我又能問他什麼呢？

畢業前那段日子變得無比艱難，工作還沒著落，跟魯輝的事又無疾而終——我難過得形銷骨立，自己不覺得，從母親心疼的眼神裡照見的。

張偉這時出現了，偶然在一次聚會時遇上的，他跟我同歲，早上了一年學，已經在讀博士了，生了雙馴良漂亮的大眼睛，讓我想起童年那匹拉糞車的栗色騾子，我忍不住也到他的眼睛裡尋自己的影子了。他又約我，一次兩次……我覺得張偉單純，善良，卻又無趣，自我，孩子般地任性。後來張偉說我最吸引他的是我的性格，溫柔隨和的漂亮女孩，本就不多……我聽了只是笑，我的溫柔隨和，一半是習慣，一半是我當時一腔心事，懶得跟他廢話。

真正把我們聯繫在一起的是我的工作問題，張偉帶我回家去見他母親。他母親打量著我，笑著對兒子說：「你以為你媽是誰呀，工作是一句話的事？」

張偉當時就黑了臉，低頭，他母親從沙發上湊上去看，「要掉大米呀？」

張偉重重地抽了一下鼻子，我大窘。他母親笑起來，坐到他兒子身邊，揉著他的頭髮，「媽媽逗你玩呢——好了，好了……」

他母親摟著他，晃著他，看著我笑。我想如果抱得動，她多半要抱他到腿上去了。張偉不領情，掰開他母親的手，起身到房間裡去了。他母親怔了一下，笑著對我說：「這孩子，越大越不懂事……」

我的窘勁兒還沒退，見他母親的目光掃過來，本能地堆起了笑，低聲說：「他做什麼都太真，不知道掩飾……」

他母親含笑看著我，我只得垂了眼簾，不跟她對視，我自己也能聽出自己聲音裡的假，可那「假」換個角度看也是「真」——那份柔順隨和、低聲下氣是真的，看來她並不討厭。

我去了張偉母親所在的那家雜誌社，說來也算專業對口，那是家關於舞蹈研究的學術期刊。張偉也是單親家庭，不過父親是車禍去世的，母親一直沒再婚，他家客廳裡一直掛著他父親當年的劇照，扮的是《雷雨》裡的大少爺周萍。

我的工作是在辦公室值班接電話，替人跑腿打雜，還輪不到我來編稿子。張偉的母親是管財務的領導，不專門去她辦公室，也見不著她，我有些怕見她。

剛上班，我的工資很低，只有一千出頭，跟張偉出去，玩得太晚沒了城鐵，打一次車就會造成經濟危機，可我無論如何還會回家。母親說：「兩家見個面，把你們的事定下來吧，成天這樣進進出出的……」

我知道母親在擔心什麼。可她擔心的事情，其實已經發生過了。

那天去單位報完到，晚上我們一起出去慶祝，吃牛排喝紅酒，然後回張偉家看碟。我不知道他母親出差了，被他帶著滾倒在床上的時候，我掙扎得很真實，張偉有些受傷地停下了動作，滿臉驚愕和譴責地看著我。我當時也感覺不對的是我——於是我投降了，扭開臉，看著被扔在地板上的白色胸罩，想起騙同學故事書時給出去的那些糖果。

我給的不是一塊果仁巧克力，是我的處子之身。

那天我還是強撐著回了家。躺在母親身邊，我閉著眼睛，感覺著身體裡那撕裂的疼痛還在蔓延，眼睛裡有淚，喉頭哽咽，可我不敢發出任何聲息，苦苦熬了一夜，閉著眼，不能睡。我痛惜的倒不是所謂的貞操——我對這兩個字說不出的反感，而是別的我無法為之命名的、卻更為珍貴的東西……

那條沾了血跡的床單，張偉異常珍惜。我甚至懷疑他會拿給他母親看。

兩家母親見了面。張偉母親的態度讓我很不舒服，那種禮數周全的傲慢，我在姥姥身上是見慣了的。張偉倒是傻乎乎地很開心，對我母親也很親熱。

我們準備結婚了。

母親竟然給了我十萬塊錢的陪嫁，用姥姥的話說，每一分錢都是母親十個手指頭磨出來的。我按母親的吩咐，把錢給張偉母親，張家正在裝修新房，我說這是我母親讓我買家具電器的。張偉母親沒有拿錢，只是此後買東西的時候帶上我，讓我去付帳。新房離單位很近，上班那年年底，我開始跟張偉和他的母親一起生活。張偉母親把以前那套小房子出租了，租金用來還這套房子的貸款。

張偉忙著弄論文，我負責全部家務，他母親負責指揮我。我忽然感覺又過回了童年，張偉母親倒不會像姥姥那樣拿尺子敲我，可她的目光比尺子厲害多了。張偉想黏我，可被母親一盯，就心虛地朝母親笑。他的論文開題就有問題，再不好好弄，說不定會推遲答辯。

與魯輝的機敏思辨相比，張偉就是個弱智，我認為他讀博士，不過是一個略顯堂皇的「啃老」的藉口罷了。張偉母親顯然不這麼看，她把我當成她遭遇的兒子成長中的問題之一，類似於網絡遊戲，需要好好引導，妥善處理。於是她就給我布置各種任務，竭力延長我待在廚房裡的時間，或者把我耗在客廳裡，一老一小兩個女人在張偉父親的遺照下，弄毛線，或者在那些永遠也不知道會蓋到什麼地方去的布上繡十字繡，不到半夜不放我進屋。

我至今也無法理解當時自己內心的那種麻木的感覺。也許我那種麻木的沉默遮蔽著某種危險的東西，我自己沒有察覺，而比我多吃了幾十年飯的那位準婆婆大人，卻已經嗅出來了。所以我跟張偉說好找個日子去領結婚證，他去跟母親要戶口本，可就那麼巧，戶口本沒在家，被一個親戚借去遷入戶口了，說是為孩子上學。我十幾歲時都不會編這麼拙劣的故事。

自從我住進張家之後，張偉就再也沒陪我回過我母親那兒。每次母親都只問一句，張偉呢？我就說他準備論文很緊張，母親不深問，反覆叮囑我在人家裡要懂事、勤快……我每一口飯都是拌著母親的囑咐吃下去的。走的時候，母親照例給我裝兩大飯盒糖醋排骨和糟魚——張偉說過愛吃，她就回回做了讓我帶——堅持替我拎著到地鐵站。

那天剛出院門，陡然旋過來一陣風，母親沒繫扣的玫紅色短風衣被風托起來，飄成了斗篷，她手裡拎滿東西，下意識哎喲了一聲，我忙回身給母親整好外套，繫上扣子。又一陣風旋過來，我展開雙臂，用身體把母親擋在懷裡。

春天，這個城市的風，常常這樣毫無理由地說來就來，飛沙走石，被那些林立的高樓東一下西一下地擋惱了，就開始不辨方向地要性子。街邊的人無遮無攔地站在風裡，哪兒都是風口，繁華的都市瞬間成了荒野。我腦子裡出現了一對披著鮮紅斗篷、在色調陰鬱的法國腹地荒野中頂風前行的母女。

這幅畫面，屬於一部名為《濃情巧克力》的電影，茱莉亞．比諾什在片子裡扮演那位四處漂泊的單身母親，那是一個色彩穠豔的美麗寓言，看得人哀哀地笑——寓言說，所有的破碎都將得到整飭，所有的傷口都將得到療救，就像那扇被砸碎的甜食店的門，會有命定的人來修補，幸福跟著在門外輕輕敲……寓言於是在結尾處成為童話——讓人欣慰，卻難讓人信服……

風刮得我睜不開眼睛，我低頭從母親手裡奪過飯盒，不讓她再送。母親說：「打車走！」說著去路邊攔車，我想反對，可一輛出租車已經被母親攔下了。

我被母親塞進車裡，她還塞過來一百塊錢。我歪在後座上，看車窗外，亮黃色的前燈和紅色的尾燈，兩條流向不同的車河，一來一往，緩慢地流淌，淹沒了人的河，荒寒的河……母親塞過來的錢，在短上衣淺淺的口袋裡，我摸出來，緊緊攥著那錢，無聲地落下淚來。

我在心裡罵人，不知道罵誰，只是狠狠地罵著真他媽該死真他媽該死！我再也不能忍受自己這種孱弱、無力、被動得近乎屈辱的生存狀態了！我自己委屈，忍忍也就嚥了、消化了，可想想母親在跟著我驚懼委屈，我立刻就痛不欲生了。該死啊！我不知道該罵誰——也許該罵自己，我太無能了！

這種無能的感覺畢業後一直糾纏我，我不大能像周圍的同學，無論是讀博的，還是工作的，多多少少都還在啃爹媽，可嘴裡卻能說出奮鬥啊成功啊之類的大話；更不可能像張偉那麼厚顏無恥，自己神聖偉大，別人為他怎樣犧牲都是理所應當。想想張偉母親也不易，養兒子還得養兒子領回來同居的女朋友！

我下車了，拎著東西走上過街天橋的步梯，一階一階走得很沉重，慢慢走到天橋中間，我站下了，飯盒就放在腳邊，朝下看著一輛接一輛被燈標出輪廓的車一閃而過，日子都將這樣閃過去了，抓不住……

我難道就在那個一半財政撥款一半自籌經費、始終半死不活的雜誌社裡熬下去？在單位熬，熬職稱，熬位置；在家裡也熬，熬男人，熬孩子，熬得婆婆大人死……我彷彿一眼把自己可能的人生看到了底——我不要這樣熬！

高處風更大，在我耳邊呼嘯而過，我感到臉皮被風刮得緊緊的，木木的——我能做什麼呢？我甚至想到了跟母親一樣去做小時工——這是不可能的，就算我能做好，母親也未必能承受——想想她白白浪費在我身上的那些學費吧。我用崇敬的心情想起了母親，又想起了姥姥，她們都比我了不起，姥姥靠給人打毛活做衣服養大了母親，母親靠給人做飯看孩子養大了我——她們始終都靠自己活，那麼艱辛，又那麼好！

我被陰沉的絕望壓得幾乎窒息，回去後，把飯盒往冰箱裡一塞，然後拿出自己的手提電腦，放在廚房的小餐桌上。張偉母親給我看她買的毛線，菠菜根紅，我當然不會說這種顏色放在她兒子身上有多可怕多滑稽，只是敷衍地笑了笑，說我要寫點兒東西。

她似乎怔了一下，還是退出去了。我說出這話之前，並沒寫什麼的打算，只是找個獨自待著不說話的藉口。我憋著一腔淚，翻看著存在電腦裡的老家的照片，那年回去接姥姥來北京，借了同學的好相機拍的。雕花的門斗與廂房格窗，磚上苔痕，青竹簾子，少頭沒尾巴的五脊六獸，帶甕城的城門，殘破的城牆，城外暗沉沉一片廢棄的窯口……我還看見浮動在一切之後影子似的故事……

我在狹窄的廚房裡，周遭是冰冷的象牙黃的瓷片，可我又不在那裡，我坐在陰涼昏暗的秦家老宅堂屋磚地上，明亮的光線，從寬厚的木門和門檻之間的縫裡透進來，這些有魔力的光線，再次帶著奇蹟降臨——我向空幻化出了自己的鈞鎮。

我的命運不可思議地就此轉彎了。

第二天，我把電腦帶到了單位，值班的時候繼續寫我的鈞鎮故事。一個陌生的女人找主編，她進去的時候掃了一眼我的電腦，我又在看老宅的照片，她出來的時候，我正寫得專心，沒留意她站在我身後看了半天。等我抬頭的時候，她笑著遞給我一張名片，說他們的雜誌有個主題為「一個人的城」的策畫，如果我願意，可以把我寫的東西發給她看看。

我低頭看名片，她竟是那本大名鼎鼎的文化生活週刊的執行主編林風。

林風對我的欣賞不只是接連發了我的幾篇長文，她說我如果願意，可以到他們雜誌來工作。

我立刻答應了林風。

我跳槽了。

張偉的腦容量有限，論文寫得那麼艱難，已經占盡了他的內存，沒空間考慮別的了。我給他說時，他只啊啊地應著，可他母親卻大發雷霆，怒責我突然辭職陷她於被動難堪之境地。我不吭聲，手裡的堅果鉗嘎巴嘎巴地夾著核桃——她給我的任務，她兒子天天吃核桃，從不知道核桃還長著硬殼。

張偉後來從房間裡出來了。他母親電閃雷鳴之後，開始嘩啦啦下雨，我卻在一邊繼續嘎巴嘎巴地夾核桃，他先是茫然地看了看哭泣的母親和麻木的我，開始吼叫：「你們搞什麼名堂？讓我還怎麼寫？……」

我丟下鉗子到廚房裡去了，除了客廳只有兩個臥室，我沒地方去，只有進廚房，廚房的窗子能看到對面樓上的人家，影影綽綽被燈映出來——那燈下在演什麼樣的故事？

那次哭過之後，張偉母親不再跟我說話。有一次我參加新單位活動，回家大概十一點多，她反鎖了家門，我用鑰匙打不開，就站在門外打電話給張偉。張偉黑著臉出來開門，聞到我嘴裡的酒氣，跳著腳發火，我又是醉，又是累，歪在沙發上睡著了，意識稍一朦朧，我就掉進了噩夢裡——有雙巨手掐著我的脖子把我拎起來。這是我打小最怕的一類噩夢，腳下是空的，喉頭是疼的，窒息，恐懼，徒勞地掙扎，有時候會哭著醒過來，渾身是汗。

那天矇矓睡去，被暴怒的張偉抓了脖子晃，他下手並不重，只是要我醒過來。我卻腳亂蹬，胳膊揮舞，哭喊著醒過來，看見的是張偉愕然的臉——他反倒被我過激的反應給嚇住了。

我嚇著了張偉，張偉也嚇著了我。兩個人都被嚇醒了。分手成了嚥不下去的一個詞，在兩個人舌頭底下壓著，不知道誰、什麼時候會吐出來。

我與張偉真正分手，到秋天了。

說是分手，跟離婚也差不多，只是不用去民政局——張偉母親的先見之明此刻顯現了出來，但財產問題還是有的。虧了張偉母親是會計師，有保存原始憑證的良好習慣，找出大沓的發票，一張一張用計算器加給我看，她不累，我累。

算下來，大概八萬多點兒。我不知道她是怎麼算的，反正母親給我的十萬塊錢，買東西買得一分不剩。她一臉仁至義盡地說，給你十萬，張偉畢竟是男孩子。

我倒沒覺得有多傷心，就是累，累得連嘆口氣的力氣都懶得費，更別說哭或者跟她爭辯了。跟張偉母親一起去銀行轉帳出來，我覺得從眉毛到肩膀都向下耷拉著，一顆心更是不知道沉到哪兒去了，自己摸半天都摸不著。

我不打算再回母親那兒去，所以我得去租房。我站在銀行門口，給同學打電話，忽然感到撲面來的秋風，涼是涼，卻涼得神清氣爽，春意盎然。

幾通電話打下來，果然有收穫，跑了兩天，有一個別人分租出來的房間，位置、價錢都合適，我就租下了。搬家那天我誰也沒告訴，在高架橋下面，找了個開麵包車的師傅，講好價錢，主要是書和衣服，一趟也就從張偉家搬完了。

最艱難的是如何告訴母親——新工作只是聘任，很忙，壓力也大，我不在乎；失去原來那個雞肋一樣清閒穩定的職業，我更不在乎；失去張偉和我可能的婚姻，我也不在乎——我在乎的只有母親——母親那個要我圓滿幸福的盼望，註定要破碎了。再難也得說，搬出張家後一個月，我去給母親坦白交代了。

母親的反應完全出乎我的意料，她把那張十萬的存單和登著我文章的雜誌放在床邊，抬頭看著我，笑了笑，「我懂——當初我也給你姥姥說過這話，不離婚，會死，活活憋死！——委屈我的彤彤了！」

我攢了一肚子安慰母親的話，瞬間雪化冰消。我趴在母親懷裡，失聲痛哭起來。這是我積攢了很久的一場哭，哭得奔騰恣肆，痛快淋漓！

母親一直沒有落淚，她的胳膊攬住了我，像哄孩子睡覺似的輕輕晃著，我漸漸的收住了暴風驟雨地哭聲，還在抽泣，她倒替我抹了淚，說：「會好的，以後會好的……」

話是這樣說，可閃在她眼睛裡那悲哀的光，似曾相識——真的會好嗎？想也無益，不如不想。我擦了淚，來之前我還給母親買了禮物。雖然離母親四十九歲生日還有半個月，可我現在薪水漲了，而且還有稿酬和獎金，我想送母親禮物。我打開盒子，一對天然珍珠的耳墜，在乳白的絲絨襯底上泛著溫潤柔和的光，那風致宛若母親。

四

完成了對母親的交代，我渾身輕快得像根羽毛，在和風裡飄啊飄。

忽然想起魯輝，他在讀博，一年多沒有聯繫了，我撥通他的電話，他立刻就接了。我們在電話裡聊了很久，大部分是我在說，不知道怎麼回事，我的話像解凍的冰河一樣，嘩嘩地奔流不住——以前吐給他的每句話都會在心裡暖半天——曾經折磨過我的那點兒對他的異樣心思，不知何時已經煙消雲散了。

魯輝趁我停頓的當兒，問：「你是不是會縫棉被？我記得你好像說過……」

我笑道：「我不只會縫被子，我還會繡門簾……」

魯輝說：「太好了！」

魯輝帶我去了他導師家。他的導師叫蘇戈，對這位既是學者又是小說家的導師，魯輝崇拜得五體投地。一路聽下來，蘇戈不是生活裡的人，而是文摘類雜誌上被小方框框起來的一則則名人軼事。我被他誇張的描述逗引出了期待和好奇。

我站在蘇戈家赭紅色的杉木地板上，落地窗外滿是蜜黃的秋陽，地板上有斜斜的明亮光線畫出的窗格與書架的影子，空氣中飄著淡淡的翰墨氣味，蘇戈起身招呼我們，因為是逆光，看不清他的面容，先聽到了那渾厚的男中音，還有魁偉的身形和散亂的髮梢微捲的頭髮。我的心一下就跳得亂了節奏。

魯輝故意跟蘇戈說我是他的女朋友。我抿嘴笑，並不急著撇清。蘇戈笑著看我，眼光中有徵詢的意味，我忽然心裡生出一絲逗引他的衝動，眼波裡想必也閃了出來，我用眼睛問他：你覺得呢？

蘇戈的笑裡有了會意。那瞬間的會意像甘洌的酒，絲絲沁到心裡去了，人卻不勝酒力，只那麼一口，我就有些薄醉。從窗子裡透進來的風，也是薰薰的，潔淨的木地板上鋪了席子，我一個人在通陽台的房間縫被子，總共三床，都是蘇繡的緞子被面，棉胎是網過的，沒什麼難的。針線都是現成的，一個簸籮盛著，不只有棉線，還有成束的各色絲線和繡花用的繃子。

倒像是我姥姥的針線簸籮，蘇戈家卻有這些東西。我自然不會亂打聽，穿針引線，低頭做活，猛抬頭，本來跟魯輝在客廳說話的蘇戈，卻在門口站著看我。

我臉一熱，頭又低了下去，蘇戈是輝煌的太陽，我是被陽光灼得低了花盤的花。蘇戈後來有些感慨地說，我縫被子的情形，活脫一幅仕女圖，只是畫上的人物也沒這麼明媚香豔。我還記得那天穿了件秋香色的裙衫，新草綠的長絲巾飄在肩後，長而粗的髮辮卻垂到了胸前，墨綠的九分褲裏出兩條秀頎的腿，並著曲在身後，被裙衫遮去了一半，由深至淺一個碧玉人兒，傍著一片鳳穿牡丹圖案的大紅緞子坐著，他說他只看呆了。

他那天一點兒也不呆，見我抬頭，就閒閒地跟我說話，後來略帶傷感地說，這些被子是他母親入春後拆洗的，拆了，卻再沒縫起來，母親就走了。蘇戈說他母親身體很好，八十多歲的人了，在太陽光下，還能繡花——人生無常，你這麼年輕，不會理解的……

我雖然年輕，卻未必不理解人生無常。可我沒說話，只是斂了笑，仰著頭，很心疼地看著蘇戈，他有多大年紀？說起母親，神色間那份恓惶還像個小男孩……蘇戈似乎被我的目光刺到了，挪動步子，我心裡一緊，感覺他要走近，這時響起了敲門聲，蘇戈轉身去開門了。

我怔了一下，才察覺心口那兒沁出了汗，此刻汗下去了，有些涼。

魯輝出去買菜了，買了青菜黃瓜西紅柿，還有幾樣滷味。我縫完被子出來，看看被魯輝切得橫七豎八、涼冰冰油膩膩的滷味，實在不能吃。跟著姥姥長大，又被母親慣著，我的嘴也挑剔得很。於是我去廚房裡翻揀，幾個香菇、加上西紅柿和蔥薑蒜，把那幾樣滷味燉成了一個砂鍋，炒了青菜，拍了黃瓜，蒸了茄子，還燒了一個紫菜蛋花湯，原本乾巴巴的一頓飯，頓時豐美起來。

魯輝笑著說：「殷彤，你讓我太有面子了。我怎麼讚美你才好呢？」

我笑著把一碗熱氣騰騰的飯塞在他手裡。

蘇戈在廚房外朗聲說：「魯輝，老師給你個例句：殷彤，你如此美貌，本不必如此能幹；你如此能幹，本不必如此美貌……」

這話跟米飯蒸騰出的熱氣一起熏燙著我的臉，蓋上電飯煲，坐到了桌前，我用手握了一下粉盈盈汗津津的臉，輕聲說：「不要取笑我了，這要是讓我媽媽看見了，肯定說我丟她的人。跟我媽媽比，我是笨死醜死了……」

魯輝接口說：「那倒是，跟你媽媽的手藝比，你就太業餘了……」

我斂了笑，舊事如煙，可心下難免有一絲悵然。

魯輝的笑裡有了尷尬，為掩飾那尷尬，他更誇張地笑，「媽媽的醋你也吃啊？」

蘇戈大笑著說：「傻了吧，魯輝？母女之間的妒忌，更甚！」

蘇戈的怪論讓我抬頭盯他一眼，這一眼卻把蘇戈連貫的朗笑給盯得斷了線，那笑聲也心神飄蕩似的，七零八落地散了。

三天後，我接到蘇戈的電話，說是要謝謝我，請吃飯。他說那家飯店的位置不大好找，魯輝很熟，讓他帶我去。那晚人很多，都是蘇戈帶過的學生，吃到一半，我才弄明白，是蘇戈給一個去英國訪學的弟子送行。

我正常情況下話本就不多，那晚有些莫名其妙的失落，就更沉默了。大家起初都以為我是魯輝的女朋友，蘇戈忙打斷說：「糾正一下，還不是正式的。魯輝正在追求人家！我也準備追求殷彤，公平競爭，行不行？魯輝，你不要瞧不起你老師，年紀一大把，人也不帥，又沒錢，核心競爭力不一定比你差！」

大家大笑，起哄，魯輝笑著跟老師碰杯，「吾愛吾師，吾更愛美女！」

我被蘇戈的玩笑驚得渾身發麻，身子發飄，頭暈騰騰的，好在我慣會控制情緒，倒還沒失態。很快我發現，蘇戈原是慣開這種玩笑的。十幾分鐘後又對著別人抱怨說如何辛苦地追也追不上。那女孩就拿蘇戈剛才的話打趣，假裝吃醋，嗲嗲地說他小貓釣魚似的，一會兒追蝴蝶，一會兒抓蜻蜓，這樣子三心二意，自然釣不到魚嘛。又是哄堂大笑。蘇戈竟如此喜歡那個「小貓釣魚」的故事，重覆了好幾遍，一次比一次笑得厲害。真不知道有什麼好笑的！

我飄起來的身體，摔得生疼，本就不慣這樣的玩笑，加上自己也弄不清自己存了一腔什麼心思，只是滿心羞惱，快十一點了，我又擔心城鐵沒了，幾乎坐不住了。蘇戈這時忽然宣布結束，鬧哄哄亂了一個晚上，出來時還是亂，蘇戈藉著酒意拉住了我的胳膊，我後來猜想他是怕我趁亂溜了，拉住了卻不跟我說話，在那裡嚷還有誰往東的，還有誰？大家按方向分撥兒走，蘇戈沒開車，卻不肯讓開車的學生送他，帶著我跟另外兩個同方向的女生上了一輛出租車。

我第二個下車，蘇戈落下車窗說了聲好好休息就走了。我嗯了聲轉身，頭忽然針扎一樣尖銳地疼起來。到樓下時手機收到條短信：在剛才下車的地方等我。

蘇戈！

我像一蓬浸滿油脂的柴火一樣燒了起來，頭頂的夜空彷彿也被我的心火燎成了暗紅。站在冷冷的夜風裡，不斷拿手冰自己滾燙的前額和兩腮。二十分鐘後，那輛出租車又出現了，蘇戈下車，替我拉開車門，擁著我坐在後座上。他在後座上就深深地吻我，我被他身上極具侵犯性的菸氣和酒味吞沒了。

那輛出租車成了浮槎，把我從現實渡進了夢境。

次日清晨，我從蘇戈枕上醒來，陡然生出來要把夢境變成現實的心思。我愛蘇戈，更愛蘇戈的世界，我想把這兒變成我的世界。

我那點兒小心思，連姥姥都瞞不過，更不要說蘇戈了。我睜著眼睛躺在那裡想自己的「心思」，心思也就明明白白寫在了我的眼睛裡，他看著我的眼睛，深情款款地說：「我不想傷害你。」

這話後面有危險的潛台詞。

我拿手把他的嘴堵上了。我也不知道自己怎麼會如此冷靜，起身做早飯，吃完就去上班了。我的當止則止，不糾纏，倒讓蘇戈在最初幾個月對我頗為眷戀，週末就會打電話讓我過來，兩個人一起吃晚飯，度過一個春風沉醉的晚上。

那晚蘇戈和我正吃晚飯，家裡的電話響了，是他兒子從英國打回來的，祝賀老爸生日快樂。蘇戈自己都忘了自己的生日，接完電話坐下感慨，年齡這個話題順著也就出來了，他兒子八二年的人，只比我小兩歲。

蘇戈彷彿一下從沉醉中猛醒了。那晚，他跟我很誠懇地談了一次話，我一口一口嚼著自己在他接電話的當兒衝進廚房下出來的麵，聽著他的話——作家也沒多少創意，說來說去竟還是年齡，年齡是障礙？我忍不住微笑了。我耐著性子聽完了，淡淡地扯開了話題，「我姥姥說，過生日吃麵條是嚼壽呢。麵條越長，嚼得越久，就越長壽。」

蘇戈無奈地看著我，開始給自己嚼壽。

無奈成了此後蘇戈最常面對我的表情。他倒是能拔慧劍斬情絲，我豁出去春蠶到死絲方盡，你斬一回斬兩回，我纏纏綿綿斷了又續，破了再織——我心裡很篤定，他捨不得。不捨歸不捨，話卻說得很明白，讓我不要為他耽誤了自己，他不可能給我那個想要的結果。話說明白了，心裡就輕鬆些，反又留戀來日無多的這點兒暫借的甜美。說好了斷的那夜，蘇戈必定跟我格外癲狂——最後一次，豁出命去了。我自然奉陪，同樣「須將一生拼，盡君今日歡」，跳舞時練的那點兒功都用到了床上，柔荑一般的身子，變換出匪夷所思的姿態，蠱惑得他真的要把命拼掉了。

我氣定神閒地聽著身邊的蘇戈幾乎不成人聲的喘息，這是我們第十一個「最後一夜」了。後來蘇戈大概不好意思湊夠莎翁的劇名，再不提最後一次云云。

蘇戈再也沒讓我去他家裡做過飯。春分沉醉的晚上，被十一個欲仙欲死的仲夏夜取代了，接下去的耿耿秋夜，卻過成了「青燈照壁人初睡，冷雨敲窗被未溫」。蘇戈在寫一本新書，我說去看他，十回又八回他會說改天吧。偶爾答應了，兩個人匆匆一聚，也就散了，他還要寫。

那夜忽然變天了。我下床，穿好衣服，到了門口，蘇戈走到窗邊朝外看看，風狂雨大，他說要不別走了……我說：「算了，我在，你會分心的。」

說完還是換鞋要走，蘇戈過來，把我拉進了懷裡，「進去睡吧。」

我一個人去睡了，潮乎乎的雨意秋氣，隔著被子透到身子上來了，做夢也夢不到去年那蜜黃的陽光了，好在剛才那一擁的溫暖在睡著之前，還未散盡。

溫暖並不意味著讓步和動搖。不覺一年過了，我跟蘇戈的弟子們也混熟了，蘇戈跟魯輝「公平競爭」的玩笑每次聚會時必提。蘇戈自矜魏晉風度，最厭迂腐，弟子們學老師，個個倜儻不羈，文采風流，隨時隨地根據氣氛，當場現掛，發展衍生出新的情節。我也習慣了，蘇戈正話反說，永遠是追求不到我，我聽了只是笑，當然不是幸福喜悅的笑，可那點兒心酸與苦澀藏得很深，除了蘇戈估計也沒誰能看得出來。

玩笑終究是玩笑，號召大家齊心協力把我嫁出去，蘇戈說得鄭重其事。學生們舉杯表態，一定鞠躬盡瘁。大家深諳不求甚解的妙義，並沒哪個不省事的此時去抓魯輝和蘇戈來說事。我也只能大大方方地笑著跟大家碰杯，眼皮一耷拉，喝光了杯中酒，然後說不帥的我可不要！

說這話的時候，我會把眼波朝蘇戈一轉，他必定會躲閃了目光。過後蘇戈對我說，他這時候才讀懂我的眼神，粗一看，會讓人覺得很溫和，秋波婉轉，總有三分笑，三分柔情，清清淺淺，盈盈欲語——那是騙人的，這雙眼睛識盡炎涼，透著明白，那溫和也不是溫和，卻是外人未必看得懂的擔承與堅韌……

「若不是醉眼矇矓老眼昏花，我著實不敢招惹生了一雙如此眼睛的女子喲！」

我被他說得三分委屈三分生氣，卻又有三分歡喜，恨聲掐他，他抓了我的胳膊，我就把身子壓過去，兩個人就從沙發上糾纏到了地板上。纏綿完了起身，他又一疊聲地懊悔耽擱了他的新書進度，「從此君王不早朝，從此君王不早朝啊！」

蘇戈不知何時把劍術換成了太極，跟我虛虛實實，進進退退，推手似雲，行步如水，用綿力卻又綿裡藏針，時不時刺一下，提醒我，也提醒他自己，以免沉醉不知歸路。

五

我成了母親的心事。

母親並不知道我的生活裡還存在著一個蘇戈。同事朋友包括大姨的熟人給介紹對象，我都去見，也無可不可地跟人家吃飯看電影——某種時候，我甚至盼著能出現一個「終結者」，終結我對蘇戈的幻想。結果，卻是毫無結果。

我挑剔人家的時候不多，人家總在挑剔我。我得到的最過分的反饋竟然是：漂亮，可惜太漂亮；聰明，可惜太聰明。有才，可惜太有才——更可惜的是，出生的日子，還早了那麼三五年。

真是反諷，在蘇戈面前，我只是不難看而已，聰明也只表現在有自知之明，才華這樣的字眼，他更不會放到我身上，他常說，從小跳舞的孩子，沒好好讀過什麼書，要補的課還很多……

時間一臉反諷地朝前走。舉世矚目的盛典也好，天塌地陷的災難也罷，都絆不住它的腳，我的日子還是被「一言難盡」與「不足為外人道」滑溜溜地帶走了。

大姨家，說不清楚是我不願意去——我也的確不願意，還是母親不願意我再去，反正我們母女非常默契地把見面的地點改在了姥姥住的松鶴園。

母親帶著做好的菜，我們三代女人聚在一起吃頓飯。這兩三年姥姥胖了不少，胖得很虛，有些淤脹似的，特別是她那雙手。姥姥手很巧，可手的模樣卻有些拙，她常自嘲十個手指頭放一起就是半斤胡蘿蔔，如今那胡蘿蔔只怕要有一斤了，而且摸上去油膩膩的，不再是那雙爽利乾脆攥著尺子敲打我的手了。如今這雙手始終戀戀地攥著我的手，使每次的離開都變得有些艱難。

跟母親分手是另一種艱難。她還是要送我到地鐵站，母親一定說：「彤彤，當心。」我也一定笑著回答：「媽，放心。」

轉身後，母親看不到我的表情，我也看不到母親的表情，可我們彼此都能猜得到……因著對方，母親和我，承受著雙份的痛苦。

母親和我一樣，焦灼地想拯救我即將變得支離破碎的人生。

現在，我不認為自己和蘇戈身邊的那些「女獵手」本質上有什麼不同。蘇戈把那些勇敢向他表達婚姻意願的女子們稱為女獵手，他說落到她們誰手裡，他的命運都是一具皮可以遮體肉可以果腹、頭角骨架可以充作裝飾品的屍體。

「殷彤你不是女獵手，」蘇戈說，「你是姜太公。」

我聽了哀哀一笑，低頭不語。漁翁與獵手大概也就姿態上不同，這話未必不是在譏諷我以退為進。我心裡有些羞惱，卻不反駁，不辯解，只是低了頭，這種姿態倒能把蘇戈弄得半是尷尬半是不忍，反過來撫慰我。一句好話，心裡雖然過不來，我的臉上定會泛出霽色。我不使性子，不嘔氣，說實話，我也沒跟他使性子嘔氣的心情。

我之所以跟蘇戈的關係能超越他跟別的女人，一半是因為我隨方就圓地貼著他，另一半，蘇戈對我到底是喜歡的——這才是我真正的指望。我能感到蘇戈對我依賴，特別是他孤單和累的時候，寫東西把腦子寫塞了的時候，或者不管因為什麼，想跟一個人說話時——能說話的女人，比能上床的女人，要珍稀一些。

蘇戈什麼話都跟我說，從學術紛爭到風流韻事，話題無所不包，但主題只有一個，就是他自己。有時候，他還很願意跟我談他的前妻。與蘇戈交往後，無意間我才知道，蘇戈的前妻竟然是林風。

林風的名氣比蘇戈大，所以現在有人背後提到蘇戈時還會使用「林風前夫」這樣的稱謂。蘇戈在我面前，倒沒有故意妖魔化林風，且從來不吝於讚美林風的美貌與才華，連稱呼都是「當年我那位林妹妹」，半是悵惘半是調笑，況味複雜。但他也時常掀開灑脫的衣襟，給我看一看那位林妹妹留下的可怕傷痕。傷疤是好了，疼痛卻還記憶猶新，九死一生的蘇戈說，他對那些企圖再次把他捕獲進婚姻的女獵手，幾乎是望風而逃。

蘇戈從不放過表達對婚姻拒斥態度的機會，我都能把他那套詞背下來了，只是我並沒有真的被他那些表面的言辭拘住，鐵嘴鋼牙地說著，肚子裡未必沒有柔腸百轉的掙扎。從某種意義上說，當年的林風遙遙給我設置了當下的難度，但我對自己所知所識的林風，欽敬之意絲毫沒被消滅。只是，我不是林風，我沒有她那清明剛烈的立場，我委屈，卻還想著求全。

蘇戈說我是姜太公，其實我只是個普通漁者，我的鉤也是彎的，我的餌就是我自己。蘇戈的掙扎，不過是所有吞了餌鉤的大魚的正常反應，有經驗的垂釣者不會急著收線，就讓魚拖著線來回游，遛得他累了，也就沒跑了……

再堅持一下，再堅持一下，魚跟漁者的命運，就都轉彎了。

我不知道自己的堅持對還是不對，又沒人可以商量——因為沒有誰真正知道我和蘇戈之間的關係。

二〇一〇年的元旦快到了，大雪一場接一場地下，樹上還沒落盡的黑綠葉子上積了厚厚的雪，人行道上隔不遠就能看見不堪重負而折斷的樹枝。我踩著積雪躲著樹枝去赴約，魯輝請我吃肥牛火鍋。他博士畢業後去了一所高校當老師，上次吃飯還是跟蘇戈一起，說來又是半年沒見了，隔著火鍋騰騰的熱氣，魯輝向我彙報這半年的大事記。其中最重大的，是經別人介紹，他有了女朋友。

我涮下一大筷子肥牛，撈起來蘸料吃著，又追了句：「這條兒詳細點兒！」

魯輝莫名其妙有些吞吐，是他們系主任的女兒，剛讀研一，一般人兒吧，很活潑……我不再問，魯輝也就不再說，我們之間那種瞬間的沉默又出現了。我停下來，靜靜地看著魯輝，此時此刻，我知道了，當初那沉默裡的孤寂和憂傷，是我們倆的，不過那是他理智的選擇，而我只是懵懂地承受。

我心裡的悵然忽然成了愴然，雪原一樣橫在心底，冷而白，凍得結結實實，不必擔心再會融化成悲傷的沼澤……

我說：「來點兒酒吧？」

魯輝立刻招手要酒，一人一瓶「小二」，扭開倒進玻璃杯，我們倆把杯子碰得叮噹作響，卻都只抿下去一點兒。兩個人都笑了，一起說不勉強不勉強。

菜吃得差不多了，魯輝的酒下去了一半，他忽然說他也是去了女朋友家之後才知道，那女孩兒的父親，他們系主任，跟蘇戈是二三十年的好朋友。

我抬頭盯他了一眼，魯輝笑了笑，沒再接著說什麼，端起酒杯竟然一口乾了。

吃完了飯出來，都說過再見了，魯輝又叫住了我，頓了半天，說：「殷彤，我知道有些話我不該問，可我覺得好像有責任似的，問錯了你別生氣——你跟蘇老師，就是開玩笑，還是——真的……」

我微微一笑，「玩笑如何，真的又如何？」

魯輝被噎了一下，半天才說：「蘇老師不適合你。」

我按下了反唇相詰的衝動，淺笑道：「別瞎想了，就是玩笑。」

魯輝似乎還想說什麼，可終究什麼也沒說，笑笑，沉默地陪著我朝地鐵站走去。我也沒說話，竭力驅趕著內心的恓惶。魯輝的話後面埋著很多話，不說，我約略也能猜得到，無非是他從準岳父那兒聽了蘇戈的亂事兒——其實我知道的更詳細，或者是蘇戈掛在嘴邊的，單身生活成就了他的學術也成就了他的創作之類的話——說出來了只會讓我更難堪，不說也罷。

不說，也等於是說了。和魯輝再次告別，進地鐵站。電梯向下，我的心也忽悠悠地落進了黑沉沉的地下。也許我的堅持，不過是一廂情願自以為是的愚蠢，白白耽誤了自己。我咬住了那苦苦的四個字：白白耽誤——最是人間留不住，朱顏辭鏡花辭樹。女子過了二十八九，不是一年一年地老，而是一個月一個月地老——我何曾願意這樣耽擱？

在站台上等地鐵，我有些麻木地看著對面站台牆上絳紅色的大幅燈箱海報，國家大劇院，比才歌劇，永恆的經典，《卡門》……

那晚之後，三十六天我沒和蘇戈聯繫。我有意的，不單是看看蘇戈的反應，也是看看自己的反應。

蘇戈的反應倒在意料之中，沒一點兒消息——說明他寫得很順，沒有覺得沮喪孤單。我自己的反應倒有些讓自己意外，古典詩詞裡那種刻骨銘心的相思，並沒有出現，當然，雜誌社這一段特別忙，除了正常出刊，中間還要出一期關於各地「非物質文化遺產」在京系列演出的增刊，老是加班。百米衝刺地趕末班城鐵，四十分鐘坐回來，累得嘴歪眼斜，倒下就能睡著——梧桐樹三更雨、斜倚熏爐坐到明的相思，是何等奢侈的閒情！

不去相思，也忘不了蘇戈，那是我未竟的事業，自然時刻掛在心頭。

我也弄不清楚自己究竟是何種情緒了，悲欣莫辨。第三十六天，是個週末，手頭的工作剛好完結，下班我直接去了蘇戈家。這樣直接殺過去的莽事兒，以前我還沒幹過。

不打電話，到了又可巧有人開樓門，連對講門鈴都用不著了。我在電梯裡調整了一下呼吸，出來，摁響門鈴。門開了，裡面站著一個陌生的女孩子，玄關處的燈射出微黃的光，打在她略微暗沉的膚色上，說不上十分的姿容，好在生了雙魅影重重暗蓄風雷的眼睛，長睫毛忽閃一撩，放得出電光。

我發愣，那女孩子也發愣，蘇戈在裡面問：「哪位？」

我應了聲，繞過那女孩子，換了拖鞋，徑直進客廳去了，女孩子在我身後一言不發地關上了門。不知道是不是燈光的關係，蘇戈的臉色很不好，被一堆墊子埋在躺椅裡，皺眉說：「還是腰椎，坐不住——這是小陳，沒想到我也落到了動口不動手的地步。」

女孩子端了水過來，聽到蘇戈介紹她，遞水杯時朝我一笑，立刻回到電腦前去了，垂著睫毛似乎在專心地調整剛才記錄的內容。我敏感地覺得那笑裡有些勉強和敷衍——我盯著小陳短款夾克和低腰褲之間露出的那段線條嫵媚的腰肢，大冷天她也不怕涼……

蘇戈朝我哎了兩聲，我才回過神來，喝了口水，放杯子的時候發現茶几下面有一摞新書，白底紅字，《欲望的容器》，我伸手拿了本，翻看著，「這是我給你校過兩遍的那本書啊——名字改了？」

蘇戈看上去疼得厲害，表情痛苦，略緩一下，又朝我笑了，「這名字比前面那個棒！內容沒動——我在〈後記〉裡向殷彤女士付出的無私勞動致謝了……」說著，艱難地欠身想起來，我放下書伸手要去扶他，小陳早已無聲無息地飄到了蘇戈後側方，手從他的腋下伸過來，蘇戈抓著她的胳膊靠著她的身子站了起來。

我伸出去的手，只得拐向茶杯，端起來喝了一口，那口水進嘴裡就成了強酸，腐皮蝕肉地螫刺刺一溜兒疼，從喉頭直達心口，可我故作淡定地看著小陳把蘇戈扶到了沙發上。蘇戈對她說：「咱們歇會兒，阿姨中午做的菜在冰箱裡，你熱一下，我跟殷彤說會兒話。」

三十六天拉開的距離，忽然出現了——我成了客人。

小陳進了廚房，我無聲地吸了口氣，堅定地站起來，走過去坐到了蘇戈身邊，蘇戈沒有動，我把頭靠在了蘇戈的肩上，「想我嗎？」

蘇戈沒有回答，寬厚的手穿過了我的頭髮，有一縷被他夾在指縫間，輕輕扯了扯，「把遙控器給我，看會兒新聞。」

我只得起身，把遙控器找來遞給他，蘇戈打開電視，人卻趴在了沙發上，笑著伸手勾住我的小拇指，帶點央求意味地晃著，「按按咱們的腰吧。」

我嗤地笑了。蘇戈忽然拽著我的胳膊又要坐起來，原來電視上廣告結束，訪談節目繼續進行，說話的女嘉賓正是林風。

我扶他坐好，拿靠墊把他的腰塞妥帖，蘇戈帶點兒解釋意味對我說：「這是上週六的重播，有人告訴我林妹妹在電視上罵我，正巧趕上，聽聽她怎麼罵。」

「……有人說女博士心比天高，貌比猴醜（觀眾笑聲），鳳凰衛視要為女博士正名，就找來幾位打扮入時、貌美如花的女博士上節目來駁斥這種說法。媒體所謂對社會問題的討論，最後都會變成製造噱頭，娛樂大眾，我們今天也一樣，從秦淮八豔到二十一世紀的知識女性，這題目就很有娛樂精神——主持人朝我瞪眼睛了，在導演衝上來把我趕下台之前，我抓緊時間，爭取說完（觀眾笑聲）。鳳凰衛視那期節目讓我頗為震撼，震撼的原因有兩個：一，女博士色藝雙絕——真的很漂亮，都是大美女！你沒看太遺憾了！（笑聲）更重要的是第二點：在我想來，這些多少讀過些書的女子們，應該多少有些思想力——可是，她們在那裡，馴服地甚至不無迎合地順應著我們這個社會性別文化中最卑下最惡劣的部分！那份按照性別標準自我規訓和自我塑造的自覺，讓我無比驚訝！我讀本科時，有位老先生，愛罵那些冥頑不化的學生：你們的書都讀到狗肚子裡去了？我當時也想這麼罵人。不客氣地說，一個沒有生長出健全的主體意識的女性，博士學位對她的意義不會超過一瓶香水和一管口紅，她優雅地優美地多少還有點兒憂傷地充當著『欲望的容器』。這詞兒不是我原創，引用某人的書名。很有表現力的一個詞——欲望的容器，但以此為題的那部小說卻很爛，是一個無知愚蠢、內心孱弱又無比自戀的男人瘋狂膨脹的色情想像。我知道，我這麼一說，反而很可能是替他做了廣告，如果您能忍耐拙劣艱澀的文筆，又有追腥逐臭的特殊癖好，可以買一本看看（全場大笑，有人鼓掌）……」

林風在電視上嬉笑怒罵，蘇戈在屏幕前也只能做出大肚能容的姿態，漫不經心地換了台，笑著說：「女人到了更年期，是很可怕，啊？」

我沒應聲，蘇戈看我了一眼，「想什麼呢？」

我一笑，「想你的林妹妹……」

蘇戈哼了聲，「林妹妹——如今都快成林奶奶了。」

小陳熱好了飯菜，都是現成的，三個人一起吃晚飯。想必是那位阿姨特意為晚飯做的菜，又是微波爐熱的，外觀沒大改，味道很好，我對蘇戈說：「你請的這個阿姨，做菜水平快趕上我媽了。」

小陳低低地笑了，朝我忽閃著大眼睛，說：「中午那位阿姨不是保姆，是蘇老師的未婚妻。」

「哎——」蘇戈這聲「哎」的尾音不贊同的拐了彎兒，「這孩子不會說話，我這把年紀了，還什麼未婚妻？應該說『後老伴兒』！」

他看著我，笑得像個惡作劇的孩子。

六

許久沒有聯繫的大姨給我打來電話，讓我回去一趟。大姨如今耳朵聾得厲害，只在那邊嚷，聽不到我的問題。電話被表姐接了過來，說別問了，有好事兒，回來就知道了。從她雀躍而曖昧的口氣裡，我猜測多半又是要給我介紹男朋友。我正在單位校稿子，不能再多問，應了就是。

掛了電話，又回到面前那篇梳理長江流域女性文學創作的長文，從先秦兩漢直到民國，一代又一代那些如花似玉蘭心蕙性的女子，無論是瓊閣閨秀、蓬門碧玉還是青樓豔姬，寫下了那麼多淒婉哀怨的句子——幾千年女子的悲哀淌出來，怕不是又一條長江……女人哪兒來的那麼多悲哀呢？

作者條分縷析的論述讓我有些厭倦，經濟基礎，封建禮教，男權文化……頭頭是道，條條有理——我忽然想起了姥姥，想起她清明剛烈的態度，還有她對多愁善感、淌眼抹淚的小女兒姿態的鄙薄不屑……

還是皺著眉頭校完了稿子，收拾東西去了大姨家。母親也在，表姐咯咯笑著正跟她說著什麼，大姨也興奮得臉頰紅撲撲的。我聽了才知道，所謂的「好事兒」不是我的，而是母親的。母親比大姨冷靜多了，大姨喋喋地朝我說著母親交往的男人條件有多好，母親默默地看著我。

我非常意外，一時有些反應不過來，按照大姨的說法，母親已經做了決定，就看我的意見了。我能有什麼意見？雖然心裡的確有些莫名的不安，可還是笑著祝福母親。那天晚上，母親讓我留下。我能察覺到母親的傷感，也就留下了。

還是那間小房，還是那張大床，還是母親和我，十八年過去了——

十八年是經常出現在故事裡的時間，那是一個男嬰長大成人中狀元替生母伸冤的時間，是一個如花女子苦守寒窯等來正宮娘娘名分的時間，是一個被砍頭的死囚轉世為人再成一條好漢的時間……

故事總是這樣，有因有果，環環相扣，愛恨情仇，報應不爽。我喜歡故事裡的世界，它是可靠的，生活不是這樣，它處處弔詭，毫無邏輯，一路與它的偶然荒謬刮擦碰撞下來，幾人能躲過支離破碎的命運？

我這段日子想什麼都會想得心灰意冷。小房沒有暖氣，那台小小的電暖氣關燈時也關掉了。我摸摸自己的鼻尖，冰涼，縮進暖和的被窩，聞到了母親身上柔和的玉蘭香氣。

「等你安頓好了，我就跟你姥姥回老家……」母親在黑暗裡忽然說了句上不著天下不著地的話。

我聽得滿心疑惑，卻又不敢深問，她與之即將開始新生活的那個人怎麼辦？

母親頓了一下，說：「這週六你有時間嗎？我跟那人請大姨大姨夫吃頓飯，我就從這兒搬過去了，你也來見見面吧。」

我哦了聲，翻身推了推母親，「媽，剛才說了半天，還是沒說清楚他是哪所大學的，叫什麼？」

母親輕輕地吐出「蘇戈」兩個字時，我呼地坐了起來。

母親也被驚著了，摸索著床頭台燈的開關，我的頭轟轟直響，回答母親疑問的聲音卻鎮定自然：「媽，你別動，你別動，我剛想起來——有篇稿子得校完，不然趕不上進印刷廠了——怎麼會忘呢……真該死！」

我胡亂穿著衣服。燈亮了，強光下母親哆嗦著眼皮，「外面冷——打車啊，媽給你錢……」

我彎腰拉上長靴的拉鍊，把母親摁進被窩，伸手摁滅了燈——我擔心自己的表情，「你接著睡，接著睡——」

一個小時之後，我坐在了蘇戈面前。蘇戈腰上繩捆索綁地帶著護腰的墊子，正埋頭寫東西，被我半夜打擾，倒也沒有格外惱火，大概覺得早晚得給我個交代，索性關了電腦，像孕婦似的扶著後腰站起來，坐到靠背藤椅上，一臉坦率誠懇開始給我講了他與那個名叫秦素梅的家政女工的故事。

蘇戈給我的故事是這樣的。

一個多月前，蘇戈在美國讀博士時的導師來中國，說要到家裡看看蘇戈曾跟她說過的蘇家祖輩收藏的書畫扇面。蘇戈正想著如何招待老師，當時在他家的一個朋友向他推薦了秦素梅。

那晚蘇戈的家，成了秦素梅的舞台，她的人在廚房裡，可是她帶來的氣氛如同菜餚的香味，籠罩了整個房子。餐後，那位研究東亞文學的美國老太太把秦素梅從廚房裡找出來，跟她擁抱向她道謝，說她和她的菜餚一樣，很美麗很中國，特別是她的珍珠耳墜，讓她想起了玉卿嫂。

秦素梅讓蘇戈聯想起來的倒不是玉卿嫂，而是《浮生六記》裡的芸娘，那個被林語堂讚不絕口的最完美的中國家庭的女主人。

不過蘇戈也就是那麼一想，送走了導師，跟秦素梅結帳，就接著寫他的書了。也是機緣巧合，一週後，蘇戈又被那個推薦了秦素梅的朋友請去當陪客，也是家宴，那天客人雜，說的話題蘇戈覺得無趣，他就湊到廚房，看秦素梅做菜，瞎聊。

等他出來，女主人在廚房門外笑著攔住他，「要不要我給你做媒？娶了她可比找個小姑娘，幸福指數高多了。」

蘇戈打個哈哈想溜，女主人扯著他西服的袖子不放，「現在胡混，總有動不了的一天，你還指望兒子從英國回來伺候你呀？」

蘇戈好不容易從充滿做媒熱望的女主人手裡脫身，他沒想到，這幾句話被廚房裡的秦素梅聽去了。

第二天，秦素梅敲開了蘇戈的家門。蘇戈那天腰椎的老毛病犯了，疼得成了殘疾人，正半躺著打電話託人趕快給他找個打字能跟上口述的人來。秦素梅進門，先從廚房找出半袋綠豆炒熱，裝進個枕套讓他熱敷。他趴著，她坐著，開始談話。

蘇戈不知道該如何措辭才能準確描述秦素梅與他的談話內容，說是求婚不大準確，說是勞務談判也不準確，應該是兩者的混合體。秦素梅淡然平和的態度，讓一貫自詡蹈於俗見之外從不大驚小怪的蘇戈也有了一絲驚訝。她說完了，起身進了廚房，做了幾樣簡單的菜，洗淨手出來，拿起大衣，笑著對蘇戈說：「您考慮一下，不著急。這頓飯我不收費，再見。」

秦素梅飄然而去，蘇戈趴在那兒想想，忽然覺得這個穿著月白絨衫天青長褲的小時工，把他周遭那幾個愛弄點文藝、講究氣質的異樣女子都比成了庸脂俗粉。

蘇戈覺得自己被打動了，但他說不清楚是被什麼東西打動了。這個與自己年紀相仿的女人，毫無遲暮美人的張惶，從容地坐在那裡，淡淡地說著，話很直白，直白得刺眼，可是很本質，很透徹，剝光偽飾，洗盡鉛華，撕掉自欺的皮膚，真實的人生定是這樣一張血肉模糊的臉，醜陋，殘酷，悲哀……她就那樣毫不躲閃地直視著那張「畫皮」下面的真臉，勇敢，但勇敢得並不潑悍，異樣優雅……

蘇戈也許是被這種矛盾的氣質打動了，更為重要的，她非常理想地解決了蘇戈生活中諸如吃飯穿衣這樣瑣屑卻又無法迴避的現實問題，這種自由的、不傷害他的書齋寫作生活的「類婚姻」狀態，蘇戈想過，卻沒想到真能遇到幫他實現的女人——不是隨便從勞務市場拉一個人回來就能讓她滿屋子晃的。而這個女人需要他支付的對價，只是一個白色的謊言。

蘇戈幾乎不認為這是謊言，更近似於玩笑，他決定與這個不同凡響的家政女工一起，跟世人平庸的理解力開一個玩笑——蘇戈喜歡這樣的玩笑。

暖氣充足的房間讓我口乾舌燥，就起身給自己泡了杯綠茶，蘇戈也說要一杯。

我把兩杯茶端過來，示意他講一講那個「謊言」或「玩笑」。

「她要我幫她一起嫁女兒。她有一個女兒，美麗，優秀，讀書的時候，有個感情不錯的男朋友，女兒帶他回來過兩次，她張羅了一桌子菜給他們吃，她們住的條件很差，加上親戚家大人孩子亂哄哄的，她從那男孩的目光裡讀出了很多東西，後來女兒與那個男孩果然沒什麼結果。這讓她很心痛。她想給女兒一個好的環境，說得再直接一點兒，好的包裝，然後讓女兒有個好的歸宿。」

我像冰山一樣端坐著，巨大的羞恥感在身體裡滾動，臉在燒，指尖在麻。蘇戈看著我，目光裡流露出困惑。我竟然還能擠出絲笑，「你可真善良。」

蘇戈大概以為我接受了既成事實，也笑了，「共謀！各取所需而已。」

我起身離開了蘇戈家。

我想起了母親那次打我。只是這次她用的不是那柄鮮綠的塑料刷子，而是羞恥的鞭子。罪責在我，我不會埋怨母親——想起母親，我覺得心疼而愧疚——我讓她擔憂恐懼到了什麼程度，母親才會選擇如此極端的方式呢？

我像得了瘧疾。有時候混身滾燙，血液是灼熱的岩漿，手指也腫脹似的又麻又痛——幾天來這種羞恥感不停鞭笞著我的身體，越來越燙，越來越麻；有時候我又被丟進了冰冷的湖水中，不只是冷，還有恐懼和絕望——掙扎出頭，看到布滿裂紋的冰面上站著母親，我如何才能不讓冰面開裂，不讓母親跟我一起掉進冰冷的湖水裡呢？

週四，母親打來電話，說要這週六一起吃飯。我腦子嗡嗡直響，說不出話來，母親以為我在忙，就掛了電話。我呆著，手機忽然又唱起來，我一驚，盯著屏幕看，卻是鈞州的號碼。

「彤彤，我是爸爸呀！」電話那端一個陌生男人對我說。

「誰？」我懷疑自己聽錯了。

「我是爸爸，殷至誠——」他一字一頓地說。我的意識漸漸明晰，知道那端是誰了——十八年前，那個夏日午後，讓我跌碎了茶杯蓋的男人。

他邀請我回鈞州看看，說很想我。如此突兀的抒情，他似乎也有些不自在，呵呵地不停笑著，我突然說：「好，明天我就回去！」

他似乎也愣了一下，馬上歡天喜地地連聲說著好好。

掛了電話，我就去林風辦公室請假。我說要回鈞州，老家有事，請一天假。

林風沉吟了一下，「要回鈞州呀——好吧，抓緊時間，快去快回。你那篇〈不器〉寫得不錯，我有個想法，你能不能把採訪深入下去，『剩女』現象現在也是個熱點，可以做個系列——等你回來我們再仔細討論。」

我點頭應承，出門給母親打電話，說我要出差，週六吃飯不能去了。

動車帶著我離開北京後，我的「瘧疾」奇怪地好了，悲哀水一樣漫上來，心沉到了水底。週五黃昏時到了鈞州，不讓殷至誠來接，他還是帶著一群人來了，我竟還能認出他，父女久別重逢，老爹爹又愧又痛的哽咽是免不了的，可惜我不入戲，摘了掛在臉上的巨大墨鏡，平靜地說：「您別這樣，大家都會尷尬的。」

我跟所有人客氣地打招呼，卻不稱呼人，不要說他帶來的七大姑八大姨，就是殷至誠本人，其實跟我也沒什麼關係。我當然不會去他家，住進了位於新區的鈞州酒店，房間在十一層，從窗戶望出去，能看到護城河與北關城樓。只有殷至誠跟我到了酒店房間。坐下交談，噓寒問暖之後，聽他的話音，我漸漸明白了他突然請我回鈞州的真正原因。

殷至誠現在也經營一家鈞瓷店，叫做道玄堂。他偶然看到我寫的那篇關於鈞鎮的文章，就留心了，後來發現我又成了這本文化生活週刊的編輯，躊躇了些日子，決定還是給我這個「女兒」

打個電話，看能不能宣傳一下「咱家」的道玄堂。

察覺到真實動因，我和他的關係反而好處理了。我說明天就去看看，拍些照片，如果有機會，我會盡力的。他沉默了半天，問了句：「你媽媽好吧？」

我很快地回答：「挺好的。」

他悶坐了半天，我能察覺到那些舊事在他心裡汩汩地湧著，他想解釋——我不需要他的解釋。我跟張偉分手後，從不提和殷至誠那段婚姻的母親，斷續跟我說過他兩次。殷至誠那時候在北關一小教語文，愛舞文弄墨的，以前毛澤東思想宣傳隊寫快板書、對口詞之類的東西，都會去找他。後來他又寫起了詩歌，小說，雖然只在黑板報上發表過，卻在周遭人口中積攢下了一些才名，當然，自己也積攢下了一肚子的懷才不遇。

我猜想，母親的青目，定然讓他產生過才子佳人的比附。二十多年後母親說起這段婚姻，對他竟是有些歉意的——到底是她騙了他。婚後他自然能察覺到佳人並不欣賞才子，文弱的他，對母親開始拳腳相向——打母親的原因跟母親無關，跟他的文學創作有關。收到退稿他必去喝酒，喝完酒回家必打母親。母親說我小時候倒是膽大，看到他們打架竟然不哭，還敢在床上舉著拳頭敲殷至誠的後背，「你個鱉孫，你打我媽，我打死你！」

說到這兒母親笑了，「鱉孫」是姥姥罵我的話，在我嘴裡出現並不奇怪。殷至誠打碎了母親對完整人生的幻想，母親就離開了。

殷至誠近乎懺悔地開始講述往事，在他的講述中，母親成了不可掌控的卡門，而他就是那個掙扎、妒忌的堂·何塞……我試圖攔住他的話頭，可沒能成功，只能無可奈何地看著他，原本瘦長的臉，因為發福，腮上多出了兩大疙瘩肉，成了隻梨子，腮上的肉隨著情緒的激動而抖著。

他沒有撒謊，至少沒有刻意撒謊，想當然而已——可他敘述的調子為何讓我覺得如此熟悉？我困惑地在記憶中搜羅著——蘇戈！殷至誠講述往事的調子竟然跟蘇戈毫無二致！不無傲慢的想當然和如對異類般的莫名其妙——女人呀……居高臨下降貴紆尊地追悔莫及深深自責——女人嘛……深沉悠長無法忘懷的痛楚與恐懼——女人啊……還有那永遠用「我」字開頭的句式——我突然笑了。

殷至誠的講述被我笑亂了節奏，我索性將笑擴大，笑著說了句經典台詞：過去的事兒，就讓它過去吧。我不是敷衍，我還能想起十二歲時他的出現和那一百塊錢帶給我的隱密喜悅，我想留住我和他之間溫暖的善意。並且，我矯詔，代表母親原諒了他。都有惡，都有罪過，都曾苟且，都曾軟弱，天到這般時候，也該相逢一笑泯恩仇了。

這笑救了我，送走殷至誠，我洗了澡，幾日不能安眠之後，我終於有了一夜沉沉無夢的好睡。

次日我參觀了道玄堂的珍品廳。殷至誠在廳內揮灑指點，滔滔不絕，描述起那些漂亮的瓷器，錦心繡口，唾珠咳玉。

他正說著，突然舉起雙臂，「——把心靜下來，聽……」他的兩隻胳膊催眠似地緩緩落下，我不知道他要我聽什麼，他不無得意地把戲劇性的沉默保持了一分半鐘，然後開口，「這就是我要說的鈞瓷另一美，音。開片之聲，於靜室，月夜，或有心賞玩，或無心聽來，如同風過寒塘，冰面開裂，又如雨落竹梢，枝葉瑟瑟，聽得深了，心神澄澈，物我兩忘……方才說鈞瓷的顏色，如同鳳舞九天，絢爛之極，能迷人眼目，而開片之聲，卻如深潭龍吟，聲清而靜，能滌人邪思，恰應了陰陽相循，動靜相宜，沖和中正的意思。所謂形而上者謂之道，形而下者謂之器，鈞瓷雖為一器，但其中有道，所以鈞瓷又被稱為『道玄瓷』，這也正是我這道玄堂的來歷。一器一物的高下，關鍵在會心處，再好的瓷器遇不上懂它的人，遇不上能悟出它好處的人，那它也就是瓶子罐子……」

這廳裡的瓷器的確讓我流連，照片拍了不少，我還留了郵箱，請殷至誠把剛才解說的文字稿發給我——這篇才氣縱橫的解說詞我料想定是有底稿的。殷至誠故作為難地笑了笑，「隨口說的，未必能記得全了——我試試吧！」

他那臉上被俗人俗事逼迫了的無奈又得意的笑，都跟蘇戈一樣。我婉拒了殷至誠要擺的「團圓宴」，但收下了他送的那隻「踏雪尋梅」的盤口梅瓶。

隨便在街口吃了碗陽春麵，回到酒店房間，清空了窗下茶几上的東西，我把那隻梅瓶從錦盒裡取出來，放在上面。

「踏雪尋梅」說的是它的顏色，通體月白，或肩或肚，偶爾有那麼一星半點兒的胭脂色點子，放在仿大漆的黝黑几面上，渾似無色的琉璃瓶裡裝進了泉中月影，泉水在瓶中凝成了冰，冰裡卻又有瑩瑩月華透出瓶外。這隻瓶子的好處不只顏色難得，更難得從上到下開得極均勻細密的冰片紋，那些紋路不是平面的，盯著看，深邃不可測，一重一重碎到心裡去了。

可惜，對著它，我不曾聽到殷至誠描述的龍吟細細的開片聲。

開片到底是怎麼回事？

我打開了房間裡的電腦，上網搜了一下。生長在鈞州，此時才補了一些關於陶瓷的基礎知識。開片原本是陶瓷工藝上的一種缺陷，因為陶坯與釉遇熱後的膨脹係數不一致，從而使釉產生了破碎……看得眼睛睏了，我起身站到了窗前，遠遠看著青灰色的北關城樓，穿過城樓就是北關大街，我沒有急著去自家老宅，彷彿回來真的就是為了殷至誠和他的道玄堂。很多故事中的主人公，被處心積慮的作者逼得四面楚歌進退維谷上天無路入地無門，轉頭跑回了故鄉——故鄉定有一個啟示等著他（她）——鈞州城裡也有啟示等著我嗎？

從那個困著我的空間中抽離了，一切看起來似乎是有些不一樣。我憂傷地審視著遙遠的北京城裡的困局，羞恥感依然在咬齧我的心，蟄蟄地疼——為什麼我會落入如此羞恥如此痛苦的困境？

無比荒謬的是，那答案竟然是為了得到讓人豔羨的宗滿的幸福！

我想著母親，想著自己，自外而來的傷害與打擊——哪怕是災難性的毀滅性的，也未必真能讓我們的人生支離破碎，但如果我們開始撕裂真實的自我，哪怕因此得到了整個世界，人生依舊是無從收拾的一地羞恥而痛苦的碎片。

問題是，如果我們不苟且，不軟弱，就能逃脫千瘡百孔支離破碎的命運嗎？我不會天真愚蠢到自己給自己編童話故事，姥姥盼著母親，母親盼著我，盼來盼去，命的薄厚，還是閨女穿娘的鞋——老樣兒。

這句俗氣的歇後語，淺淡的嘲謔裡能品味出了透骨的痛楚與無奈，千芳一哭萬豔同悲的集體歌舞早化作了遙遠天際的隱隱和聲，比襯著紅塵深處這一聲嘆息，聽來格外刺耳刺心……破碎是我們的命運，如同那些開片的瓷器，在內外不一的悖論中，無法逃遁。

難道這就是在鈞州等著我的啟示？如果是，我也不願意接受！

黃昏時，我在北關大街上走，臉上蓋著大大的墨鏡，混在成群的遊客中，並不曾遇到一個熟人。秦家其他幾房的老宅子，都租了出去，成了頗具風情的旅遊店鋪，只有姥姥家的宅子門上掛著鎖。我站在門前，身邊有兩個遊客仰著頭看那雕花的門斗，我舉起相機，拍下大門上生鏽的銅鎖。他們奇怪地看了我一眼。

等他們走了，我開門進去，院子花木荒老，攀牆的十字茉莉倒葳蕤得很，臘梅正著花的時候，那香氣也清洌如水如冰……我站在院中間，看著雕花格窗上的日影，日影照著定格在窗上的老故事：鶯鶯會張生，呂布戲貂禪，白蛇盜仙草，寶黛讀西廂……看了很久，然後，我給母親打了一個電話。

我說：「媽，咱家院子裡的臘梅，開花了……」

臘梅花落了，椿樹就發芽了，椿芽老了，石榴又開了。石榴開花的時候，母親和姥姥已經回到了鈞州。姥姥回家自然很高興，高興也擋不住她嘟嘟噥噥地罵她閨女秦素梅，因為秦素梅讓她住進了後院。

老親舊眷幾乎全搬走了，只剩姥姥一個叔伯妯娌跟一個保姆在三房那院住著，這位老太太一隻眼睛生了白內障，聽說姥姥回來了，自己拄著拐就過來，兩人三奶奶六奶奶地叫著，卸核桃車似地說起話來。母親倒舒了口氣，這麼些年不肯回鈞州，就是不願意看秦家人的臉，受秦家人的眼，如今倒好了。

母親騰出前院，略作修正之後，一家頗有格調的小餐館就在鈞鎮古街上開出來了。餐館的正堂上掛著一副隸書對聯，「閒貪茗碗成清癖，老覺梅花是故人。」隸字一朵一朵在灑金紅宣上開著，端麗嫵媚。那是蘇戈在母親離開時送她的。

母親照顧蘇戈了幾個月，到他完成手中的書稿才離開。一如我與蘇戈那段往事，對母親是祕密；母親與蘇戈之間，對我也是祕密。我不知道母親如何解釋她的毀約和離開，只是從蘇戈那「梅花故人」的句子裡，讀出了一絲悵惘。

那天站在老宅院子裡，我打電話給母親，重提那夜我們母女躺在一起時，母親說的那句話：

等我安頓好了，她跟姥姥就回鈞州。回鈞州是姥姥的願望，如果那也是母親的願望，為什麼要加那麼一個不相干的前提？為什麼不直接實現這個願望呢？我問母親：「媽，如果安頓指的是找一個──或者哄一個條件合適的男人結婚，世上還有比這更虛妄的安頓嗎？」

媽媽，我自己安頓自己，一如你自己安頓了自己。破碎是我們的命運，但破碎未必就是悲劇，媽媽，知道嗎？這世界上有一種美麗完整的破碎，叫開片。

我真正聽到開片的聲音，已從鈞州回到了北京。

一回來，林風就找我談關於「剩女」的系列報導，我忍不住向她賣弄了我從故鄉得到的「啟示」，我認為「開片」比「不器」，是一種更理性的姿態。

林風看著我，「姿態──太柔弱了吧？『剩女』這一說法本身就讓人反感，『剩』就意味著曾『被挑選』，受傷了，破碎了，還在那兒嬌花照水顧影自憐，自己給自己製造美麗完整的幻覺，有點兒可笑吧！」

我被打了一下，但略一頓，我又開口了，「林老師，柔弱並不意味著軟弱。再說，美麗完整的感覺，就應該是自己給自己的，如果向自己之外去尋求，反而不對了。『不器』是針鋒相對的鬥爭，是指向性的；而『開片』含有對自我的反思──如何確認自我，遠比跟全世界作戰更重要！」

林風那依舊白皙漂亮的食指斜放在嘴唇邊，聽我說完，手拿開，笑了，「殷彤，你變了──

以前你身上有種我不太喜歡的氣質，想取悅全世界，卻又不想放棄自我，結果只能是陽奉陰違！現在，好多了！言歸正傳，『開片』這種微妙的說不清道不明的小道理小格調，還是留著你自己玩兒吧！我們的專題，依舊用『不器』，我們是媒體，要旗幟鮮明，想想吧，讀你文章的人，有多少是惶惶不可終日，『想做奴隸而不得的』！戰爭是殘酷的！」

林風敲著桌面，活脫一個俛爐將軍，在給我下軍令。我保留意見，服從命令。

立春後，又一場大雪落下了，我熬夜看稿子，暖氣忽然停了，桌子前冷得坐不住，我就進了被窩，靠在枕上。倦得看不動了，合了眼，就在耳畔，啪地好像一根細細的枯枝折斷了——我激靈清醒了，這聲音不像我童年的冬夜裡就熟悉的，遠處積雪下的寒枝在斷裂，聲音遙遙地傳來——它很近——我的目光落在床頭櫃上，那隻「踏雪尋梅」的瓶子幽幽地在燈下泛著瑩潤的光澤。

許久又是如此輕微的一聲，落進充滿緊張感的寂靜中去了，我閉上了眼睛，在下一聲開片落下之前，有時間和空間，來想些什麼……

二〇一〇年六月五日　魯院一稿
二〇一〇年六月二十二日　魯院二稿
二〇一〇年六月二十五日　魯院三稿

剔紅

一

鈞州出貂蟬。

貂蟬跟鈞州關係不大，沒生在鈞州——據説她是米脂人，應該也沒死在鈞州。秋染猜度，貂蟬不過是借代，具體指什麼女子，不好說，但肯定美貌。鈞州卻又並沒出過什麼著名的美女，大名鼎鼎如褒姒西施楊玉環，顛倒乾坤禍國殃民的，沒有；就是名頭略低些，如蘇小小李師師馮小青柳如是，讓後來多事的文人酸酸地嘆息一聲卿何薄命的，也不曾聽說。

但若換外人眼光來打量鈞州，的確是此鄉多美人。

鈞州西邊一馬平川，曾經沙白水清的鈞河在西關外流過。鈞州的女子，膚色多如那昔日河底的細沙，白得起亮，再平常的眉眼，也被襯得別有風致。

秋染是土生土長的鈞州女子，卻是鈞州女子中的另類，她不白，日後被人讚美的小麥色皮膚，曾是她的缺點。

鈞州東依鳳翅山，山不高，信步走走，汗沒出就到了山頂，遍山槲樹，一到秋天紅葉盡染——據秋染的小説《枉凝眉》後記所載，秋染祖父因愛鳳翅山上這片秋林，遂以秋林顏色為孫女取名為「染」，秋染説她還記得後院花廳上掛著祖父擬的對聯：「秋似美人無礙瘦，山如好友不嫌多」。

這些卻是秋染扯謊，可扯來扯去，謊言敷衍成故事，故事又化為記憶，秋染常常會無限悵惘地思念鳳翅山上的槲樹林。

鈞州出貂蟬，這話鈞州人不愛聽。個中緣由，老輩的鈞州人不願意説，後來的鈞州人就説不清了，反正秋染在鈞州時，這話不是什麼好話，曖昧得讓人羞惱。要是外鄉人不知就裡説了，鈞州人會連笑帶罵地給頂回去。

外鄉人多半打西邊來，過鈞河，鑽進帶著甕城的西關城門洞，被千年之前浸在城磚裡的森森兵氣弄得心神一凜，重見天日時，跟陽光一起耀得人眼花身熱的，是西關大街上那些冰肌雪膚的擺攤女子。

那是上世紀八十年代末，中國老百姓已經被商品經濟充分啟蒙了，鈞州自然也不例外，鱗次櫛比的買賣攤子擺上了西關大街，工商所的人除了拎著黑皮包來撕票收費外，任事不管。賣布的挨著賣肉的，賣菜的挨著修鞋的……擺攤的大多是女子，雞爭鵝鬥的就難免，可鬥著鬥著就鬥出了自己的秩序，無為而治相安無事，有時還相得益彰：等鞋匠給磨歪的後跟修補釘掌的功夫，翹著腳坐在小凳上的婦人，扭身給自己挑了一兜新鮮毛豆……

家住西關大街的秋染，剛讀高中，多愁善感心高氣傲的她絕想不到，幾年後，她會變成那個拎著黑皮包撕票收工商管理費的人。

秋染在西關大街上收了一年管理費之後，多愁善感的她更加多愁善感。秋染高中時代的好朋友林小嫻也從中醫學院畢業回到了鈞州中醫院，經過寂寞的九十年代，常常結伴散步的她們，成了西關大街上讓人發愁的倆老姑娘。

小嫻和秋染散步常常會走到西關城牆上去。是個晴好的冬日黃昏，秋染踢著磚縫裡乾枯的蒿子棵，對小嫻說：「我寫小說給你看，好吧？」

小嫻笑了一下，說：「好啊——寫什麼呢？」

秋染說：「不知道——寫心裡的東西唄！」

把心裡的東西寫出來，並不容易，秋染純屬難為自己，虧得旁邊有小嫻拼命讚美加油。後來小嫻遠嫁，秋染一個人又多讓西關大街愁了兩年，她也離開了，不是出嫁，而是到省文學院繼續拿小說難為自己。正當小說寫得求生不得求死不能時，她遇到了江天。

江天和他的天一書局當年創造的出版神話，至今還為同行津津樂道——那本《喝水喝出生命真智慧》，賣了四五百萬冊。寫書的了然大師也成了行走紅塵的神仙，雖然後來了然進了監獄——那是他走火入魔，自己也當自己是神仙，弄出了人命，這與把他從社區健康宣傳員包裝成神仙、替他出書幫他上電視的江天毫無關係。江天的天一書局掛靠的是自然科學出版社，雖然出版社對他們的管理主要體現在收取費用上，可江天及其聘任的策畫編輯人員，基本還是能以科學精神自律的。了然到監獄裡去反思教訓了，但《喝水喝出生命真智慧》的成功模式，卻成為同行追隨複製的典範。秋染遇上了創造神話的江天，她的傳奇也開始了。

那是在一個文化論壇上，江天走過來對秋染說，他看過她的小說——以命相搏般地追問人心，問的人糊塗，究竟也問不出個所以然來——寫的累，看的更累——何苦來？

江天手裡有本當年的暢銷書，拿給秋染翻。那不過是仿古做舊的工藝品，粗糙，造作，俗在骨子裡的附庸風雅，不懂裝懂想當然，破綻百出瞎賣弄，戲子氣混著小家子氣……千不好萬不好，偏就賣得好——如今有幾個真知道好歹的？

她刻薄完了人家，卻又替自己洩氣——就算你嘔心瀝血寫的字字珠璣滿紙琳琅，也未必能蠱惑買書人的錢袋，真真何苦來？

秋染沒想到，江天敲著拿在她手裡的那本書又說，「你若弄這套路數，那不是牛刀殺雞，是牛刀殺田雞。」

秋染聽了一笑，把這話當奉承聽聽罷了。雖然遠不到目無全牛的境界，手裡到底握了把解牛刀，去宰青蛙，她一時也做不來，何況，青蛙也不是好宰的。只是她那毫不妥協的戰鬥姿態本也是強弩之末，加上江天軟語相勸與鼎力相助，秋染就是百煉鋼也化做繞指柔了。

江天的策畫是要寫「古典愛情」——青梅竹馬，痴心苦等，好事多磨，終成眷屬，卻還是花落人散，此恨綿綿——秋染暗笑，這倒活畫出林小嫺的愛情脈絡。那是秋染第一次跟江天說起林小嫺，兩個人討論著小嫺的故事，「做」出了後來被追捧為「古典愛情最後絕唱」的《枉凝眉》。

江天想出了「偽小說」一詞來命名《枉凝眉》以及隨後的系列產品，他用「偽」字來否定「小說」，暗示小說擁有真實的原型故事。江天說他的靈感來自曹雪芹，一部《紅樓夢》真真假假，讓中國人迷三倒四了兩三百年。秋染倒覺得他這種自我否定以求廣告效果的命名方式，更接近「狗不理」。

秋染心情複雜地接受了對自己的命名。《枉凝眉》小說文本這個「偽」故事之外，還包裹著一個用前言後記、評論宣傳以及秋染姿態各異、優美優雅當然也不無憂傷的照片插頁共同營造的「真」故事。

秋染在接受記者採訪時，對「偽」故事後面的「真」故事，講得煙雲模糊，自有一番不願製造「佳話」的清高與矜持——大家閨秀嘛。雖然那個「大家」早樹倒猢猻散了，至少人家的童年是在深深庭院中度過的，如今漂淪憔悴，轉徙於江湖，到底氣象與尋常女子不同。一個家族在時間中沒落敗亡，諸芳流散，如今剩最小的一個在異鄉都市裡，天寒翠袖寫殘夢——大家喜歡這樣的傳奇。

《枉凝眉》文本內外的故事，卻也全非一點兒影子沒有，秋染乾坤挪移，在鈞州西關大街的破碴陋院間挪出了一片深深庭院，至於她給自己鋪排的那段家史，勉強也可算做春秋筆法。

秋染把擠在一個大雜院裡的幾十戶人家都請了出去，添上花草樓台，暈染出雲霞翠軒，變成了故事上演的那座大家院落。在西關大街上開過店鋪的祖父，被她敷衍成了鈞州城裡德高望重的一代儒商。在鈞州火電廠當工人的父親，跟著寡母在兩間臨街房中長大，家境本就不好，又因為擅長文藝瓜葛上了一個長他幾歲的有夫之婦，挨了處分，年過三十才娶了個郊區蔬菜隊的女子為妻。秋染對此含糊其辭，只說才情性情都有的父親，偏就情路坎坷，以二十世紀中國政治血統論為背景，生生替他解讀出了一番「烏衣巷口夕陽斜」的身世之嘆……

秋染唯一沒有提及的，是去世的母親——秋染寫《枉凝眉》的時候，母親因病去世一年，自母親去世，她就成了秋染文字裡的禁忌，從來不提。母親在西關大街上擺涼粉攤兒，是秋家真正的支柱……母親諳熟《紅樓夢》、《三言二拍》，毛主席詩詞背得一字不差——秋染的名字其實是母親取的，語出主席著名的《沁園春．長沙》……秋染常常悵惘地獨自想著母親——她骨子裡的那份很能掙扎的務實和徒增煩惱的務虛，也許都來自母親……

《枉凝眉》之後，秋染就開起了作坊，揮手風起雲飛，回眸柳暗花明，裙翻綠浪，袖舞紅雪，直在鍵盤上敲出了打碎丁香的急雨……接連推出六本滿紙花影月痕的「偽小說」。市場最買帳的還是《枉凝眉》，但愛屋及烏也是人之常情，封面上秋染兩字，有意無意之間，也有些媚人的胭脂色了。

秋染的手工作坊，如今升級為了現代化流水線，策畫選題，拉出大綱，查資料，寫底稿，都有人管理有人落實，最後由秋染統稿潤色。今年江天公司全力打造的秋染新著《傾國傾城》，全書六十餘萬字，三個月也就出爐了。

《傾國傾城》不是「偽小説」——這三個字如今也不刺激了，它徹底拋掉了小説的幌子，擺出了典籍的姿態——它是歷史，是文化，是「迷人女性成功人生的必備讀本」。與市場目標相同的生活類圖書相比，它文學、詩性，錦心繡口地掰扯著所謂佳人的十八般武藝；與吟風弄月的文化隨筆相比，它豐富、實用，引經據典地在故事裡包裹了各色知識，從涵養心性到經營愛情，乃至烹茶煮酒插花鬥草一衣一飾一飲一啄，無所不包。看書的腰封，有志為不薄命之佳人者，不必去苦尋祕笈，只要拿著秋染的「讀本」專心修煉，定能「煉」出傳説中的花模樣，玉精神，蘭心蕙質，冰雪肚腸……

《傾國傾城》扭轉了秋染《枉凝眉》後幾部作品市場反響平平的局面，總算再次上了暢銷書榜單。可也就是因為這本《傾國傾城》，秋染與江天的關係，出現了點兒微妙的變化，秋染不認為是自己多心——透明的裂痕正在他們之間出現，她已經感覺到了那裂痕中透出的絲絲冷風。

二

秋染與江天之間，似乎並無特別的關係，至少在周圍朋友們眼裡是這樣。秋染頭腦清醒——江天這樣的黃金單身漢，早被周遭的女人慣成了范柳原，秋染又喚不來天塌地陷的一場戰爭來成全自己。

這麼比，不免牽強矯情。秋染不是白流蘇，一不在多嫌她的娘家寄人籬下，等著場如意緣出盡胸中惡氣，二不需要婚姻充當長期飯票，三不是除了「某人妻」再尋不到社會位置的過時淑女，秋染是思想、經濟、社會地位各方面都獲得充分解放的二十一世紀初的暢銷書女作家，那個蒙昧可憐的白流蘇，怎麼能比？

有時候秋染又忍不住這樣比——到底還是存了份幻想，才會有那種白流蘇式的被動無力感——頭頂一片奈何天，除了自己「挺」著，也沒別的辦法。故而偶翻看得爛熟的〈傾城之戀〉，她還會心有戚戚。

這也就是無聊時酸酸地反芻兩口青春期吃下去的草而已，秋染也不會真的把自己關在幽怨悲涼裡，七十年前的舊故事，早失去參照現實的可能。〈傾城之戀〉裡那兩個機關算盡的複雜人兒，如今看，都有幾分質樸天真了。再打個蹩腳的比方，白流蘇與范柳原，不過是冷兵器時代的近身肉搏戰，角力僵持，鬥智鬥勇，總有個刺刀見紅，誰輸誰贏；秋染與江天，那是在核陰影之下打信息戰、神經戰，不肯輸，也不敢贏，其複雜困難的程度，不可同日而語。

秋染採取的戰略戰術，一直還是對的，與江天不即不離，事業上的合作夥伴，生活裡的紅顏知己，連點兒讓自己空歡喜的流言蜚語都按下性子從不去招惹。

江天絕少緋聞——倒比那些有家室的男人還小心，見勢不妙知道躲。秋染笑他最會用第三十六計——江天答曰：碰上那些歷史難說清白、心理疑似健康的女人，不走還等什麼？

秋染也是歷盡劫波，有識有度，就算不聽他這話，也是進退有據的。對江天別有一番清冷超然的態度，不膩不纏，癲狂也只在床上，下了床，哪怕只有兩個人，秋染也從不失態。幾年處下來，江天在秋染生活中的位置自然重要，秋染在江天的生活中，也不是可有可無了。

江天給了「不可替代」的考語，秋染心裡那點兒幻想的野草，就春風吹又生了，要是不下狠心時時剪除，它能一夜長滿人心。心神不穩，難免就會失態，因為《傾國傾城》兩個人鬧了點兒「小」不愉快——小是小，卻後果嚴重。

那是年初，在江天辦公室裡，他和秋染討論《傾國傾城》的策畫。年底忙亂，秋染有一兩個月沒見著他了，好不容易見了，他開門見山說正事，她有些不在狀態，聽到又是弄這種沒意思的東西，秋染就有了情緒。中間他被人叫了出去，秋染坐在那兒，看著桌上新換的日曆，陡生悲戚，自己跟自己搗舊帳，小半輩子的傷心事都湧上了心頭，天地不仁，歲月無情，生如苦役，身似飛蓬……那點兒壞情緒充分發酵，等他再回來要接著說事兒，秋染已經是攢下了滿腹的奇苦至鬱，懷裡揣不下，都泛到臉上來了。

江天沒注意到她臉色不對，進門就說：「策畫的草案你也……」

秋染冷著臉打斷了他的話頭，「我寫不了，你找別人吧。」

江天抬頭，兩個人四目相對，不知道他看出了什麼，臉上的笑落了下去，低頭收拾起了辦公桌上堆著的信封雜誌，屋裡的空氣都跟著僵硬起來。秋染心下一凜，知道自己沒來由耍性子，讓他寒心生氣了——可他的反應讓她更寒心更生氣，眼裡有了淚意，心開始慌，卻又只能強忍著，別著臉不說話。

半天，江天從辦公桌前轉身，走到秋染坐的沙發前，蹲下來，握著秋染的手，一臉鄭重地低聲問：「有人挖我牆腳了？說出來我聽聽，什麼價錢？別人給得起我也給得起！是不是人家還使了美男計？」

秋染被他氣得噗哧笑了，笑得眼淚掉了下來，抹掉了淚，接著商量他們的《傾國傾城》了。雖說前面有人做了大量工作，可秋染那點兒愛好要強的心，還是不肯鬆懈，再煩再累時間再緊也想細看。留著那些半通不通的句子，張冠李戴的典故，最後人家笑話的是她！書的規模大，時間又緊，秋染趕得幾乎吐血，最後倒落得江天對她說，賣本書容易嗎？為了巴結女作家，他還得犧牲色相！

秋染聽他這種話也聽慣了，聽了也就是笑笑，心裡是番什麼滋味，自己也弄不清楚了。江天這樣的男人，已不是聰明兩個字能形容得盡了。

秋染閒下來反覆想那天的事，大概江天從她眼睛裡讀到了真切的痛苦，這痛苦，使他發現幾年來的輕鬆竟是假象。江天也許感到了壓力——活著本就不輕鬆，何苦再招惹些難償的情債扛在肩上？被秋染冰封的痛苦，早晚有一天會破冰而出，變成洶湧澎湃的激流，鬧不好成了凌汛，淹他個一塌糊塗也未可知。那天秋染的失態，不過是冰封河面上裂開了一道細紋——江天是千金之子坐不垂堂，有一點兒危險，他立馬就撤。

秋染不知道是不是自己想多了——可她知道，用她的心眼兒想江天，想得再多還是不夠。《傾國傾城》上了排行榜，秋染收到消息後也一陣興奮，就打了江天的電話，江天簡單匆忙地說他已經知道了，祝賀秋老師，然後就掛斷了電話。

在電話斷線的嘟嘟聲中，秋染周身生出了寒意——這個電話不能說明什麼，平時他玩笑也常叫「秋老師」，匆忙掛斷也許是正有事——沒有什麼可作憑證，秋染卻分明感到了江天在拉開他們之間的距離。

三週沒有電話，秋染也沒有打給他——她有心來檢驗自己的判斷。不知道算不算證實了自己判斷，秋染有些心灰意懶，索性讓自己徹底死了心也好——若不是靠那點兒託付終身的幻想撐著，她也未必有那麼大的耐心來跟他周旋。這些年也只剩周旋了，倒忘了問問自己，戀著他的什麼。

撇開了江天，秋染胡亂找人填空，喝酒K歌，鬧了幾天，天天醉得難受。半夜酒醒，月亮從敞著窗簾的窗戶裡照進來，牆上全是植物的葉影，秋染發現自己竟睡在客廳地板上，如何回的家，完全記不得了，窗簾沒拉，空調卻開著，吹得她渾身又冷又硬，僵成了被月光畫在地上的一枝葉影——那乾硬的葉子哆嗦著，一聲接一聲地囁嚅，生不如死哪⋯⋯

秋染用熱水泡軟了身體之後，明白了一件事——江天是她的定海神針，拔不得，至少現在。第二天，秋染打扮好，決定去江天的公司——不能打電話，她想給江天表達的東西太過微妙，不能言說。

秋染在公司沒遇到江天，卻獲悉了他的新策畫案。

江天把這本新書戲稱為「玉女心經」，講女性養生保健的，模式照舊，書與電視講座同時推出，講座光碟配合圖書發行，著書人自然也就是主講人。江天理想的主講人，女性，形象氣質好，表達能力強，有中醫的相關從業背景，年齡不要太大——太老沒有吸引力，也不能太年輕——太小沒有說服力⋯⋯總得有一定的基礎，江天才有可能把她打扮成觀音捧上蓮花寶座。

秋染聽了就打電話給江天——你要找的不正是林小嫻嗎？

江天在電話那端頓了片刻，問除去秋染的文學加工，林小嫻還能剩幾分？

秋染笑了，那就去看看——眼見為實。

秋染掛了電話，嘴邊的微笑半天也沒褪去。秋染的好心情，也就維持了幾小時，晚上她對著鏡子一身接一身換著挑衣服時，接到了崔琳的電話。

崔琳是省台衛視頻道金牌欄目「論衡」的製片兼主持。從欄目的名字就可以看出，這是個定位高端的文化類節目，崔琳卻是居象牙塔之高不忘江湖之遠，既有傳承經典普及文化的大情懷，也有深入淺出化雅為俗的好本事。文化本就是個大得能裝天的如意口袋，談什麼都是文化，崔琳鉤沉歷史，評點時尚，人物訪談加情境再現短劇，把空泛的文化變成了活色生香的畫面故事，且講得星移斗換雨覆風翻，故而曲高並不和寡，收視率相當不錯，穩占每週日晚的黃金時間。

秋染心底對崔琳的節目很不抬舉，一言以蔽之：怪力亂神，胡說八道。自己出版「偽小說」，崔琳傳播「偽文化」，從禍害人的程度上，五十步還是可以鄙夷一下一百步的。只是為了宣傳自己的新書《傾國傾城》，她還是去上了崔琳的節目，將書中佳人放在當下的婚姻市場和職場中，煞有介事地探討了一番誰最具競爭優勢。

秋染認識崔琳，倒不是因著上節目，而是因著江天。崔琳與江天是相識多年的好朋友，兩人的關係是僅止於此，還是……秋染從來不想這種愚蠢且有失身分的問題——大家都是朋友，如此而已。但崔琳和秋染這樣兩個女人肯如此斯抬斯敬親熱有加，江天的力量是無法忽略的。只是這點兒力量太過微妙，不僅不足為外人道，就連自己也不能細想的。

崔琳在電話那端笑道：「大佬說你們明天去鈞州——我也正好有事過去，明早七點去接你——我全程安排。」

崔琳嘴裡的「大佬」，指的是江天。崔琳對江天，從來沒一聲正經稱呼，不是大佬，就是大師，有時候還叫夫子，先生。秋染聽了崔琳的話，說不清怎麼回事，心忽地一沉，一股氣頂上來，頂得胃生疼。

電話那頭有人低低地喂了一聲——想是江天接過了崔琳的電話，聽聲音就知道他喝多了，「我剛才跟她講你的林小嫻，她不信世上有這樣的人兒，說實話，我也不信……」

秋染摁下去性子的彈了起來，「不信算了！」

秋染啪地掛了電話，竟然氣得渾身哆嗦，一邊生氣，一邊又覺得莫名其妙：自己這是怎麼了？怎麼了——不敢想，一想，眼淚就落下來了，一落還就收不住了——跟他認什麼真呢？——傷心不是因為跟他認真，是因為不能跟他認真——不能認真就不認真，本來也就沒有認真——能不認真，也沒有認真，卻不能不如此傷心……這番擰巴至此的感情邏輯，說出來就是段相聲貫口——想想又可笑……哭哭笑笑一個人鬧了半夜，倒不寂寞，灌足了酒，也就睡著了。

秋染是被崔琳的敲門聲叫醒的。

秋染匆忙洗澡換衣服，跟著崔琳下樓。崔琳個兒不高，所以腳下鞋跟的高度永遠在十公分以上，哪怕是雙拖鞋。這份毅力，秋染實在自愧弗如。比起崔琳，秋染自愧弗如的地方太多了，人家崔琳把人生經營得濯濯如春日柳，忙得成了千手觀音，還有工夫結交無關功利只論性靈的朋友——如江天……秋染的人生與之相比就蕭瑟寥落多了。

去接江天的路上，崔琳讓助理停車，下去給秋染買份早點。崔琳四角俱全萬事如意，自然有人家的原因，這點兒周到體貼，還算不上大好處。秋染拿吸管喝著熱豆漿，故作漫不經心地問：「你怎麼會去鈞州？做節目嗎？」

崔琳說：「鈞州文化局一個熟人跑來找我，他們要搞一個貂蟬文化節，想跟我們欄目合作一期特別節目……」

秋染丟了叼在嘴裡的吸管，驚問：「鈞州要搞貂蟬文化節？！」

崔琳笑道：「有什麼好驚訝的？西門慶故里還有人搶呢！觀音之鄉不也在選『活觀音』嗎？貂蟬比觀音總還靠譜些，好歹是人——我小時候也聽人家說過，鈞州出貂蟬……」

秋染突然爆出了一陣笑，崔琳被她笑得莫名其妙，扭頭看秋染。秋染忍笑解釋：「真不知道說什麼好——鈞州出貂蟬，可不是什麼好話。」

崔琳說：「鈞州文化局請民俗專家專門做了田野調查，貂蟬被殺後，埋骨鳳翅山，後世鈞州就出美女——現成的例子，你，還有那個林小嫻……」

秋染啐崔琳了一口，「人家林小嫻可不是鈞州人。我在鈞州長大，從來沒聽說過貂蟬死在鈞州。反正小時候，看大人的反應，猜『鈞州出貂蟬』不是好話。長大了想想，貂蟬也許指的是青樓女子。鈞州自古就是商業重鎮，水旱碼頭，清末又通了鐵路，經濟繁榮娛樂業自然跟著發達，西關外城牆根兒一帶，一家挨一家的都是班子，臨著鈞河，當時被人叫做『賽秦淮』……」

「好一幅『鈞州夢華錄』！」崔琳笑道。

三

江天上車後，秋染一直沒跟他說話，扭頭看著車窗外。

車上高速後，窗外不時閃過一片尚未種秋莊稼的新翻土地，潮濕的深褐色鋪展開，遠遠有巨大的泡桐，峨峨的樹冠映著青天。平原上的大樹，天覆地載，無遮無攔，才能長得這樣雍容端正，不掙扎，不扭曲，真好——秋染眼睛疲起來，不覺閉上了眼。

回鈞州，除了林小嫻，秋染也沒什麼人可見——母親去世後，父親當年又結婚了，賣了鈞州的老房子，跟著人家去了嵩城，弟弟研究生畢業後留校，娶妻生子，各自一家過日子了。老親舊眷在鈞州的也有，只是都不大來往，跟兩姓旁人也沒什麼區別。秋染平素從來不把這些當事兒，很少想，想也沒什麼感覺，今天不知道怎麼了，車子離鈞州越近，越要想這些，還想得滿心悽惶。

朦朧中感覺江天握了一下她的手，秋染睜開眼睛，看著他，略帶悽楚地綻出一絲微笑，深情款款地把手從江天手裡抽出來，合在了自己的膝蓋上。

江天笑笑，問她和林小嫻如何約的。秋染微笑回應，放心。

到了鈞州迎賓館下車，秋染踱到一邊打電話給小嫻——她沒有告訴江天，林小嫻對於他們的到來和「玉女心經」的策畫還一無所知。秋染了解林小嫻，她只能如此這般，強迫小嫻接受這件名利雙收的好事。

小嫻第一次出現在西關大街上，秋染就惺惺相惜地認定這是個異樣女子。

小嫻的外祖父，白老先生，年輕時逢上國難當頭，棄了祖業——白家是西關大街上的老戶，世代行醫——去讀了軍校。白老先生棄醫從戎，先從的是國軍，後來投誠了，就成了解放軍，五十年代轉業，帶著妻兒從南京回到了鈞州老家。白老太太是個胸口幾乎抵到膝蓋的駝背——據說是「文革」時被打壞了。他們夫妻生有兩兒一女，小嫻母親最小。小嫻母親上高中時就是「白專」典型，不能考大學，一氣之下報名支教去了新疆。小嫻讀高一時，她們母女才回到鈞州。

那個秋染後來在小說裡乾坤挪移的大雜院，早些年月應該都屬於白家。只是白家開枝散葉，加上世事無常，房子多半早已易主，不姓白了，經年零敲碎賣地歸了別人，東家拆堵牆，西家蓋間屋，也看不出幾重幾進了。

小嫻的外祖父早在八十年代落實房產政策後，就將自己重新得到的房產給兒女做好了分配。

現在住的後院房子，他們夫妻身後留給女兒，前院六間房當時就平分給了兩個兒子。二舅舅有單位的樓房，就把兩間廂房和一間過廳屋賣給了秋染家。秋家這才從街對面兩間窄狹的臨街房裡搬過來。小嫻母女跟外祖父母住在後院緊裡頭，房雖不過四間，卻是一個獨門獨戶的小院落。

小院圍牆上爬滿了藤蔓，凌霄、常春藤、纏枝玫瑰，四季絡繹開著花，就是到了冬天，還能看到北牆上幾縷葉子碧綠間開著細小潔白的十字茉莉。翠帶飄搖的牆外有口井，夏天院子裡的人會打了冰涼的井水來鎮啤酒瓜果，別的時候那井邊倒很清靜。前院住了個比小嫻高一年級的同校男生，常常在井邊等小嫻出來，兩個人一起走到學校去。

秋染後來知道他叫羅鑫。秋染搬過來時，羅鑫已經去讀大學了，所以她對少年時代的羅鑫印象模糊，只記得瘦高，忘了眉眼。羅鑫高中畢業考上了復旦，學的是物理，本科畢業後去了美國，一直讀到博士後，留在了導師的實驗室工作。

秋染真正對羅鑫有印象，已經是他與小嫻的婚禮前夕。人還是清瘦，頗為俊朗，可惜鏡片後的那雙眼睛，閃閃爍爍的，破壞了他經營出的一身沉穩儒雅。

羅鑫從讀大學起就跟小嫻基本出於分離狀態，到結婚整整十二年。等一個人等上十二年，秋染覺得唾液都能等成膽汁，小嫻卻從未訴過苦。

羅鑫母親是小嫻大舅媽的娘家表侄女，算下來，他該叫她表姨的，秋染提起羅鑫時會說，你那位大外甥如何如何。羅鑫母親極不贊成兒子與小嫻的事。她倒聰明，知道最有力的反對是假裝看不見——小嫻的痴心，在她眼裡是妄想，她在安靜地等著空間和時間把這個小女子徹底跟自己的兒子隔絕。

羅鑫母親看不上小嫻，根兒卻在小嫻母親身上。秋染是從大人嘴裡聽來的，小嫻母親有精神病，年輕時得的，好了很多年，忽然又犯了，小嫻父親照顧不了，才把小嫻和小嫻母親都送回了鈞州。

小嫻母親成天在屋裡的，時間長了，秋染也偶爾撞上過，老病之下的憔悴也掩不住精美的五官輪廓，身形比小嫻高，裊娜得近乎伶仃，想來年輕時只怕比小嫻還要好看些。小嫻倒是常提母親的好處，卻從來不提母親的病。秋染從未問過小嫻她母親因何而病，不能問也不用問，琉璃一樣的女子，丟進混凝土攪拌機一樣的歲月，不碎才怪呢？

秋染對小嫻更多了份心疼，對羅鑫母親自然也多了份嫌憎。跟小嫻一起在院子裡遇上羅鑫母親，小嫻總會一怔，低頭含糊叫聲抗美姐，羅鑫母親總是響亮地答應，眉開眼笑的，秋染卻直眉瞪眼地不搭理她。

秋染漸漸過了在人家故事裡扮小青的年紀，有了經歷自然有了判斷，覺得小嫻這種宛若游絲的愛情，實在靠不住。秋染想不出小嫻是怎麼捱過來的。大學畢業那年暑假，羅鑫帶了兩個女同學來鈞州玩，整個院子都震動了，小嫻卻渾若無事。羅鑫到美國後，羅鑫母親在院子裡給鄰居傳閱兒子寄回來的照片，羅鑫和一年輕黑髮女子在照片裡相擁粲然而笑，小嫻還是鎮定自若。秋染在寫《杜凝眉》的時候，不得已對這些情節做了技術性處理：女主角昏倒，大病一場——不然就不是人了。

現實中的林小嫻當然是人，秋染卻覺得她有一種很難覺察的超人能力——人生無常，小嫻手裡卻似握著一點篤定的「常」。秋染第一次有這種微妙的感覺，是跟初戀男友分手後不久，她發現自己懷孕了。小嫻陪她去醫院，拉著秋染的手，一直送到手術室門口，她對秋染說：「別怕，我在。」

「我在」，是一種看似簡單卻很難描述的微妙狀態，會讓人對她陡然產生交託自己的願望——即使不能交託，卻也無法割捨對她的嚮往。秋染私心猜度，羅鑫多半也是感受到了小嫻的這種「我在」，才最終和她走入了婚姻。

秋染在小說裡自然要處理得通俗易懂，把羅鑫寫成了浪子回頭——將縑來比素，新人不如故，而小嫻則是守得雲開見月明。

結婚後，小嫻辭掉了在鈞州中醫院的工作，跟羅鑫去了美國，很快懷孕，生下一個女兒。女兒兩歲時小嫻開始工作。她在一家中醫保健公司下屬的社區連鎖店裡給人針灸按摩，安慰那些因為疼痛、失眠、肥胖和陽痿而苦惱的美國老人。

也就又過了一年，小嫻與羅鑫離婚，帶著女兒回國了。離婚原因，小嫻不肯細說，含糊地說彼此都很失望吧。小嫻又住回了西關大街。

秋染已經有幾年沒回過西關大街那個院子了。那次回去看小嫻，她發現院裡住的多是陌生的進城打工做小生意的外鄉人，有一家偏又做的是廢品生意，把個前院弄得狼藉不堪，髒得無處下腳。正值暑天，秋染忍著難聞的氣味，迴避著只穿條三角褲就晃到院子裡來的猥瑣男人，走到後面小院門前，眼淚落成了斷線珍珠，收不住，半天都不能敲門。

秋染不能讓如此煞風景的結局出現在《枉凝眉》裡，沒有辦法的辦法，結尾「殺人」——男主角在意外中死去，他的孀妻帶著弱女，依舊人在天涯。

《枉凝眉》不過是個淺白簡單、毫無想像力的老套悲情故事，點綴了些「古典」的裝飾性元素：有個大家院落做舞台，有上輩人的前塵往事可以拉扯，秋染極盡能事地讓女主角去聽雨桐階，望月西樓，相思斷柔腸；再有就是寫信——驛寄梅花，魚傳尺素，不管寫的是什麼，書信本身就意味著古典；三是愛得含蓄乾淨——說穿了，就是沒有性。女主角二十九歲嫁給男主角時，還是處子之身。

江天本來重點是賣那點兒「在譜兒」的感傷，聽故事時又發現了這點兒罕見的純潔——秋染倒無心渲染，事實如此，隨口就說出來了——更是個賣點呀！秋染不以為然——愛得乾淨不乾淨，跟性有關係嗎？江天笑著說想媚俗你得先了解什麼是俗，討人喜歡的方法無外乎人想什麼給什麼！全國人民都性壓抑的時候，咱就隨便找個地兒讓他們野合去；可如今遍地潘金蓮，咱就得讓故事裡的人兒忍著，不到洞房花燭，鈕扣都不給解一顆。

秋染筆下的女主人公，是為了討人喜歡設計出來的，人人都能理解，現實中的林小嫻，可不會像故事裡的人一樣，連內心獨白都一覽無餘。通常女人之間的友誼是靠交換自己和別人的祕密來維持的，但小嫻和秋染顯然是個例外。她們分享生命的經驗，但從不刺探對方保有的祕密。

《枉凝眉》裡那個單純的「紙人兒」身上，並不是秋染對於小嫻的理解。

秋染對林小嫻的理解要更加混沌複雜。當初秋染在情天恨海裡折騰時，小嫻給出的意見成熟而具先見之明。秋染的初戀毫無懸念是工商學校的同學，分手也是那個時代校園愛情的俗套——兩人不在一地，畢業時都被分回了戶口遷出地。兩個孩子頭一次面對人生大抉擇，互相捧著臉哭成了瓊瑤劇。林小嫻頗為傷感地勸秋染：拔慧劍斬情絲吧——弄個遍體鱗傷，也未必有好結果。秋染到底沒聽勸，到底是弄了個遍體鱗傷，到底也沒有好結果——藕斷絲連地拉扯了兩年，男友到底還是跟別人結婚了，分手的紀念品是留在秋染體內的那顆受精卵。小嫻勸秋染的時候，她與羅鑫隔著半個中國，後來她與羅鑫隔了半個地球，始終也沒見她的慧劍拔出來。

並不天真的小嫻，似乎又當局者迷，痴等了羅鑫十二年。小嫻等待的姿態很柔和，有人介紹對象，小嫻也見，個別的還能交往上幾天，但毫無例外地都沒有結果。羅鑫信來得也有限，最後有了電子郵件，外人更不知道底裡了。即使家裡人有疑心，猜她在等羅鑫，可又很難確信——小嫻不至於傻到白日做夢吧？

小嫻的痴夢是她當年的祕密，她一個人守著這個顯然並不輕鬆的祕密，秋染能感到她的孤單和憂傷。林小嫻等了十二年，終於等來了王子的馬車——童話故事就在眼前發生，悲觀的秋染卻心存疑惑地等著那道現實的深淵在她面前裂開。

那是小嫻去美國後，羅鑫因為有事情要處理，一個人回了鈞州。羅鑫請一些老同學吃飯，秋染也在座。羅鑫似乎一晚上都在說與小嫻這場愛情長跑何等不易，如今又何等幸福，在座的都是老同學，除了秋染，還有不少見證人，大家為了這罕見的堅貞愛情頻頻舉杯，連秋染多少也有些感動了。

結束時已近午夜，羅鑫送秋染回家，在空寂無人的西關大街上走著，羅鑫觸景生情，又說起與小嫻一起上學，秋染聽了一晚上，此時有些厭倦。送到了院門口，秋染站下準備告辭，羅鑫家人早不住在這兒了，羅鑫說院子好深，送進去吧。秋染當他懷舊還沒懷夠，也沒推辭。兩個人通過黑燈瞎火的前院走到過廳屋時，羅鑫一下擁住了秋染，秋染現在還記得當時她的腦子像砰地斷了信號的電視屏幕，刺啦啦閃了半天的雪花——然後，就黑屏了。

接下去的事，比起方才羅鑫那轟雷掣電的一擁，就顯得太庸常了，兩個人去了羅鑫在酒店的房間。單純從性的角度，羅鑫是個不錯的男人，乾淨，溫存而有力量，稍稍帶點兒施虐的假動作，不過是誇張他的興奮而已——但如果他不是林小嫻的丈夫，秋染在他床上也未必會那麼激情四射。

羅鑫一隻手在解除她衣服的羈絆，一隻手攬著她深吻，說你今天晚上，美得讓人無法正視。秋染故意躲著他過於熱烈的嘴唇，滾了幾下，衣服也就從身上褪盡了，他說小嫺不美嗎？

羅鑫說，小嫺也很美，但你的美不一樣。羅鑫的手指沿著她的腰線滑——這些廢話連調情都不是，應該算是滾在床上說的客套話。唯一有點兒意思的，是他們滾在床上時，不僅沒有刻意迴避小嫺，反而句句話都似乎離不了小嫺。第二天秋染六點多鐘離開，告別時，兩個人在社交禮儀的範疇裡，擁抱了一下。

秋染還記得自己走在初春黎明的冷風裡，心裡也清清泠泠的灌滿了冷風一樣的失望——秋染本不相信這世上有愛情童話，不相信有，卻還希望有——現在連這點兒希望，也失去了。

秋染品味著那失望，嘴邊竟然浮出了微笑——是啊，非常有喜感的一夜——雖然從格調上講，有些造作、濫俗，兩個人都太老練了，像跳交際舞，你進我退，轉圈復位，不過也因為默契而相當愉悅，如果只有這點兒肉體愉悅，這個「交際舞之夜」不會成為秋染生命中頗為值得紀念的夜晚之一——這一夜給了秋染新的看世界的眼光，她那原本浸透了後青春期憂鬱的目光裡，這個世界到處是悲劇。如今換個角度看看，一望無際的其實是喜劇——悲劇是希望的掙扎，而喜劇則誕生於徹底的失望——秋染自我感覺深刻了不少。

此後，秋染與小嫺通電話，羅鑫若在，也會打個招呼問聲好。就秋染獲得的信息來判斷，小嫻的家庭生活應該還是基本幸福的，所以她突然離婚回國，秋染還是相當吃驚難過。有人說小嫻傻，也有人說小嫻笨，風言風語猜測小嫻離婚的真實原因，也許難對人言……

小嫻不說，秋染自然不會深問。面對小嫻，秋染把自己與羅鑫的那個「交際舞之夜」，看成心懷羡慕的妹妹偷偷穿了一下姐姐漂亮的舞會鞋子而已，雖然是不能告訴姐姐的祕密，卻絲毫不影響妹妹對姐姐的感情。秋染替小嫻悲哀——並不需要太過發達的想像力，很多人可能和秋染推測的一樣，多半是羅鑫背棄了小嫻——他這一拋，可把小嫻的人生拋在了前不著村後不著店的荒路上了！

秋染與小嫻之間，有種很難辨析也不用表達的親——彼此都依賴著對方，也都能感覺到對方的依賴。這幾年，雖說鈞州不遠，可畢竟是兩地，兩個人也不經常見面，除了秋染某些情緒失控的夜半，或醉或醒，哭著打電話去擾小嫻的清夢，更多的時候，是秋染在替小嫻操心，總覺得小嫻這樣下去不是個了局。小嫻倒比她達觀——走著說吧，西山日頭一大垛呢，忙什麼？

四

秋染可以說了解小嫻，但小嫻似乎更了解秋染——某些時候甚至超過秋染自己對自己的了解。《枉凝眉》出版後，秋染給小嫻寄了一本，雖然情節相近，可秋染對小嫻的理解力還是有信心的，知道小嫻不會把這個俗套故事朝她自己身上拉扯。可小嫻對《枉凝眉》的批評，還是出乎秋染的意料。

那時秋染參加一個議程鬆散的會議，住的地方離鈞州不過三十公里，她就溜出來見小嫻，一起去吃鳳翅山腳下的農家飯。

頭頂是茂密的夏木，透明的蟬聲密密地灑下來，越發的靜。《枉凝眉》大賣，開會那兩天又多聽了幾句好話，秋染不免有些得意，再有了點兒酒，開口閉口都在說她的新書。小嫻握著杯子，默默聽著，嘴邊掛著淺笑，等秋染問她感覺時，小嫻開口很不客氣，「人物單薄，故事陳舊——瓊瑤的底子，張愛玲的調子。」

秋染被噎得說不出話來。

小嫻說這不是大罪過，她們這些七十年代生的愛撇點兒文藝腔的女子，十幾歲碰上瓊瑤二十幾歲遇見張愛玲，有點兒遺毒也自然，可以理解——小嫻頓了一下，嘆氣說：「你以前的小說好不好先不論，好歹有你的心性——這是什麼？把文字弄成晚會開場歌舞一樣的表演，花團錦簇後面什麼也沒有，倒不辜負『偽小說』三個字！怎麼突然寫起這種東西了？」

秋染勉強笑道：「兩句三年得，讀來雙淚流，有八個我也餓死了！——這種年月，姐姐，你就容我不貞潔一回，唱首淫詞豔曲，掙些散碎銀兩度日吧。」

小嫻也笑了，「誰還管你？淫詞豔曲只要你自己唱得開心——我只怕你未必開心！再說怪得著年月嗎？因為趕上了好年月，《紅樓夢》才應運而生的？」

秋染又抿了口酒，「我壓根兒也沒做當曹雪芹的夢！」

小嫻不以為然地笑道：「未必吧？失其本心才是真的！」

秋染聽了一陣黯然——當初寫小說所為何來？

秋染也就在心裡一嘆，不願意往下再想了，胡亂想要是小嫻寫小說，只怕成色比她還強些。她想起小嫻在電子郵件裡寫給她的那些閒話，添上題目就是禁得起咀嚼的好文章，且嚼來汁液豐美，滿嘴芬芳。

小嫻似乎做什麼都很有靈性。秋染還見過她初中時畫的一幅水粉，一匹馬俯首湖邊，從天空到湖面都是鈷藍，只是濃度不同，自然有了明暗深淺，那顏料裡的水似乎並沒有凝結在畫面上，仍然在流動，流成暮雲，流成了湖波……馬是銀白色的，瑩瑩泛著從畫布外投來的光，不是纖毫不爽的逼肖，婉轉幾筆抹出來的馬身子，安穩，沉著，畫的邊際有深深林影，遮天蔽日的，那馬兒也許是在飲水，也許是在聆聽，聽那藏在林中的千秋萬歲的大靜……

秋染雖然不懂畫，可卻覺得那畫很好，有靈氣，動人心。小嫻輕描淡寫地說小時候跟她母親學了幾年，早丟手不畫了。小嫻似乎很容易「丟手」——無論手裡丟出去的是什麼……

小嫻回來的第二年，白老先生夫婦，相隔不過數月，先後都過世了，今年春節後，羅鑫把女兒接去美國上學，那個小院裡，如今只剩了小嫻和她生病的母親。

秋染本以為小嫻在老宅子裡只是過渡，沒想到她竟一副天長地久的架勢過起了日子。秋染後來才知道，小嫻也就帶回來三萬多美元，這點兒錢，匯率一跌，房價一漲，加上開了家用以糊口的小藥店，再安置個新家顯然不可能。

秋染知道小嫻不是那種什麼錢都掙的人，別說惹麻煩，弄髒手，就是姿態不雅，身段難看，小嫻都不肯幹。有家私營中醫院通過熟人來請過小嫻——小嫻也就去了幾天——忙和累倒還是其次，醫院的種種黑幕是她不能忍受的。

以前那些事兒秋染倒能理解，可這次江天提供的機會完全性質不同。秋染雖然知道要小嫻接受有難度，可還是沒想到她拒絕得如此不留餘地。

秋染在電話裡苦口婆心地說江天如今做此類養生保健類圖書的技術相當成熟，早不弄那些聳人聽聞的東西了，即便有時候是把一些「真理性廢話」重重疊疊包裝起來放進雕龍刻鳳的匣子裡，你跟著他一層一層拆解到最後，很可能得到那個治癢祕方：撓撓——但又有什麼關係呢？

最壞也就是一種無害的遊戲——帶領別人做遊戲，還能掙到錢，有什麼不好？即便是遊戲，多少總也會有些強身健體益智怡情的作用，再樂觀一點兒，說不定還能普及一些中醫知識，教大家點兒簡便實用的女性養生方法……任秋染天花亂墜，人家林小嫻禪心大定，一瓣也不黏身，也是被秋染囉嗦煩了，小嫻丟過來一句：「別人說這話也罷了，你是真糊塗，還是裝糊塗呢？」

秋染又被噎得沒話說了。秋染何嘗不明白，自己振振有辭說的那番道理，實有虛弱不堪之處。電視上幾個人說相聲一般談文化講科學，演小品一般讓人敲敲這兒捏捏那兒教養生——江天出的書不過是電視解說詞，容不得詮釋容不得思考，跟秋染的小說一樣，都是雜耍表演，也該冠上「偽」字才對。

秋染對中醫也不是沒有認識，背靠一套玄之又玄的陰陽五行說、講究因人辨症的中醫，救此人性命的良藥，也許是害彼人性命的砒霜，沒有什麼方法是可以適之萬人而皆驗的。不只中醫，任何有譜系有背景有限制的知識，經由現代傳媒這個粉碎機，都成了無拘無束零星破碎的信息，這些漫天飛舞的信息，往往帶來的不是了解，而是遮蔽和汙染——秋染也在這沙塵暴一樣的信息裡呼吸，但她還有些自我保護的警惕，報紙電視網上的話，她從不輕易相信，至於天一書局出的那些科普養生甚至社科文史類的書，她翻也不翻。說來可笑，這多少有點兒像那些朝豆製品裡摻吊白塊的不良商販，自己絕不吃自家賣的豆皮腐竹。

認識歸認識，反正偽文化偽科學偽藝術偽文學偽價值偽意義偽……早把周圍的世界汙染成了爛泥塘，淤泥滋養著田田的荷葉亭亭的荷花，一派繁榮昌盛的景象——爛泥與沃土，亂象與勝景，末世與盛世，爭這些名實真偽有意思嗎？秋染也不是真糊塗，卻也不打算太明白——只怕人同此心，見面說恭喜發財不好嗎？

林小嫻才是糊塗——她家小院角上倒是有棵梧桐，她難道真能趴在梧桐枝上吸風飲露過到老不成？秋染想起那次小嫻找人打聽她這樣的情況如何繳納社會養老保險的事兒，心底驀地一酸——不跟她講道理了，掙錢才是硬道理。

秋染掛了電話，回到迎賓館大堂，崔琳先跟鈞州文化局的人去說事兒了，江天還在大堂等她，遞給她房卡。兩個人一前一後朝電梯走去。電梯門開，一個有些面善的女子從裡面出來，驚喜地綻出笑容，親親熱熱地拉手叫她秋染。

秋染也就一愣，多年沒見也認得出，高中同學佘萍，秋染記得佘萍高考落榜後，就去鈞河酒店上班了，後來好像一直在鈞州各大賓館換來換去，現在是迎賓館的副總了。

兩個人簡單說了兩句，佘萍看了秋染的房卡，似乎對房間的朝向不滿意，親自去前台調整。一直在旁邊沒有做聲的江天，低聲對秋染說：「我先上去，待會兒別跟他們去吃飯，咱們吃咱們的。」

江天走了，佘萍回來，親自送秋染到房間，一路都沒放開秋染的胳膊。調整後的房間在十七樓，從窗戶裡能看到鈞州西關城牆，佘萍唯恐秋染沒意識到自己的良苦用心，著意站在窗邊指點了一下。

秋染出於禮貌去望了一眼，就坐下了，拿起電話告訴江天她的房間號。佘萍卻沒有離開的意思，也坐下跟她絮絮地說一些在鈞州的老同學的近況，秋染只得聽著。忽然佘萍提到了林小嫻，她顯然不清楚秋染與林小嫻的關係，還問秋染記不記得教過她們跳舞、舉止特別傲氣的林小嫻。

秋染點頭。余萍接著就唏噓感慨了一番，在她口中，當年讓很多女生妒羨的林小嫻，顯然已落魄成了一個平庸可憐的離婚女人，在市井底層為衣食掙扎。秋染淡漠地應了一聲——跟余萍有什麼好分辨的？

江天不知道什麼時候站在門口，他敲了敲開著的房門，秋染站了起來，給他們介紹，江天握住余萍伸過來的手，搶過秋染的話頭，只說名字：「江天。」

余萍咯咯地笑起來，臉竟微微紅了。秋染見過不只一次，江天有這本事，碰一碰女人的頭髮梢，都能把熱量傳遞到人家子宮裡去。余萍越發戀著不肯走了，竟要請他們吃飯，秋染忙說崔琳那邊有安排了，換時間吧。

終於把余萍打發走了，房門關上，江天的胳膊從身後攬住了秋染的腰，長嘆一聲，扳過秋染的脖子，用力吻下去，秋染又癢又好笑，一掙，從他懷裡閃了來，說：「嘆什麼氣？可憐風月債難酬？」

江天把自己扔在了沙發上，「是欠了債——不過，不關風月。」

崔琳過來叫他們吃飯，秋染說約了小嫻，不能去。崔琳笑著瞥了一眼江天，江天也搖頭。崔琳說：「好吧，隨你們——晚上吧，我得見見傳說中的林小嫻呀！」

秋染卻沒有急著去見林小嫻。

整個下午她都跟江天在房間裡纏，幾個月沒在一起了，江天格外癲狂，完了兩個人竟都動不得，她伏在他身上睡著了，快五點才起身洗澡。秋染從浴室出來，對著鏡子穿衣服，胸口有塊兒他留的青紫瘀痕，手指掠過，隱密的愉悅的疼……

鏡子裡能看到江天，鬱鬱的靠著床頭，剛才在車上沒留神，他真的滿腹心事——把人生弄成哥特式建築的人，心裡總是有事的。他不說，秋染就不問——她懂得「不關心」是另一種境界的體恤。

收拾好一起出去，走到門邊，江天從身後擁著秋染，低聲說：「謝謝你，這會兒好受多了。」秋染很享受那擁抱的溫暖——透冷風的裂縫消失了，看來這趟鈞州是來對了。她在他懷裡，伸手抽出房卡，笑著說：「我就是阿司匹林，吃一片當時好點兒，其實不治病。」

江天笑著撒手。

五

林小嫻的小藥店就開在自家門口。房本是大舅的，大舅破牆開門，就有了這間價值不菲的門面房，小嫻租下來，房租隨行就市，旁邊店鋪的房租漲了，大舅會告訴小嫻，小嫻自然也會如數添上。小嫻不是不知炎涼，不是不懂現實，可偏還抱著那點兒沒用的清高，執迷不悟……

西關大街街口新立了一個描金繪彩的牌坊，上書「民國風情街」的字樣，可見當地政府的努力，只是鈞州的旅遊業並不興盛，西關大街比起二十年前，還是寥落了，鈞州人買東西去「生活廣場」，不像當時買什麼都奔西關大街。

小嫻藥店對面，是座民國時期的建築，仿巴洛克風格的裝飾線條裡裹著中式花窗——西關大街的「民國風情」，大概指的就是街上兩三家帶這種洋門頭的鋪面，旁邊的房子太不成樣子了，政府把臨街的牆刷成古舊的磚紅色，強迫除洋門頭外的其餘店鋪都裝上黃綠琉璃瓦的仿古飛簷，映著殘破的青灰色西關城門樓和一截城牆，搭著街口那藻井彩繪格調的簇新牌坊，連帶著那幾個洋門頭，不倫不類，又寒磣又好笑，可惜了鈞州人那番熱愛文化的苦心。

帶洋門頭的店面旁邊，就是秋家最初的兩間臨街房，如今是家名菸名酒店。母親當年的涼粉攤就擺在家門口。那塊兒下水道上的水泥板是活動的，秋染蹲在那兒洗碗，用腳蹬它，裝滿水的大盆會跟著晃，盆裡的水也就波光蕩漾起來——十幾歲的秋染，偏就有本事從那波光裡讀出蘇軾的西湖和徐志摩的康橋來……

秋染在小嫻藥店的玻璃門外站著，能看見穿白大褂的小嫻站在櫃台後面，給一個買荷葉的女孩子把整張的荷葉剪成條，封在密封袋裡。秋染半是傷感半是心疼地望著小嫻。女孩接過荷葉走了，小嫻抬頭，秋染推開了玻璃門。

小嫻過來拉住秋染的手，笑著低低嘆了聲「你呀……」，秋染只是笑——小嫻拿她的不講理也沒有辦法。小嫻和那女孩子盤點結帳時，崔琳打電話來約晚上的飯，說余萍堅持要請客，崔琳和江天則想見林小嫻——大家一起吧。

秋染含混地說問問小嫻。秋染不大願意讓余萍、崔琳見小嫻，倒不為別的，她怕小嫻受傷——余萍的目光不免勢利，崔琳的目光再收斂也斂不盡那份強勢和優越感，小嫻看似溫和，其實敏感得幾乎不曾生著皮膚，何必去承受那些不懂她的目光？

小嫻大概聽到秋染說她的名字，扭頭問詢地看著秋染，秋染也就實話實說了。小嫻笑道：「叫他們一起來嘛！我請大家——就在家吃吧，接了你的電話，我去買了些菜，有準備——四五個人是夠的。」

秋染不知道自己的目光裡是不是流露出了什麼，小嫻眉毛挑了一下，故意說：「怎麼？害怕我住的貧民窟讓你顏面掃地？」

秋染笑起來，「你有時候可真不厚道——好吧，我讓他們來。」

他們來得倒快，秋染和小嫻鎖店門的時候，余萍開車拉著江天、崔琳也就到了。小嫻脫了白大褂，裡面穿的是條豆青色真絲連衣裙，家常款式。看裙子簡潔到極致的剪裁，再看將長髮鬆鬆綁在腦後的帶子，與裙子色質相同，秋染知道那裙子定是小嫻自己做的。料子想必是小嫻姥姥囤的料子——駝背老太太有囤衣料的癖好。此刻再想，老太太這可笑的的怪癖裡，藏著對日子天長地久的大信，思來讓人心酸。她去世時，家裡還有她十幾年前從杭州買回來的成匹的織錦緞、香雲紗、重磅真絲，顏色老，花色也舊，沒人稀罕，都丟給小嫻娘兒倆了。小嫻拿二十年前的舊料子做了裙子，卻穿出了汝窯瓷器般斂盡光芒的貴氣。

小嫻微笑著跟客人打招呼，崔琳跟小嫻打了照面後，似乎微微吃了一驚——不過掩飾得還好。江天也有些失態，他朝小嫻先伸出了手——秋染這些年第一次見江天在清醒狀態下面對異性做出不合禮儀的舉止。小嫻很大方地跟他握了手，對余萍點點頭，隨即拉住站在一邊的秋染，「走吧——前院不大好走，小心點兒。」

秋染不知道是不是自己多心，小嫻似乎撒手撒得有些快，江天的手略微尷尬地滯後了片刻。秋染雖然跟小嫻沒少說江天，但自己與江天那層更為深入的關係，她卻沒跟小嫻說——不好意思說，嘬著根雞肋的尷尬，自己知道也就罷了。

兩個店鋪間不足一米的空隙就是現在的院門，進去寬闊些，收破爛兒的那家倒搬走了，牆根下原本敞著的排水陰溝，如今也拿磚給蓋上了，可連天暑熱的，多少還能聞到點兒不好的味道，觸目都是髒的，襤褸的——房是髒的，襤褸的，人也是髒的，襤褸的，就連被孩子揪扯著耳朵的獅子狗，也是髒的，襤褸的……

他們這行人同樣也刺人家的眼——兩個婦人跟小嫻打了招呼，盯著後面的幾個衣著異樣的男女——余萍換了工裝，本是打算在自己酒店的帝王廳招待名人的，所以穿了件寶藍色低胸鑲水鑽的小禮服；江天今天算是隨便的，淺色休閒款西褲配黑色純棉T恤，腳上卻蹬著皮質考究的壓紋小牛皮鞋；秋染身上是條煙灰色的真絲長裙，波西米亞風，裙擺像是被胡亂剪碎了，參差不齊，帶著毛邊兒，靴型鏤空牛仔布涼鞋，綁腿似的鐵灰色布帶一直打到小腿肚。崔琳最誇張，一雙十二公分高的水晶跟高跟鞋從這個磚縫拔出來，又陷進了那個磚縫，幾乎是趴在江天的背上走的。

前院住戶的目光，讓幾個人都說不出話來，走到了過廳屋，暗沉沉似乎沒人住，秋染覺得太悶，正要指點自己的故居，撲楞楞一個黑影飛出來，不知道落在了誰身上，崔琳和余萍同聲尖叫，又一同抱住了江天，江天在四條胳膊間還沒反應過來，小嫻鬆開了拉秋染的手，走過去，從崔琳的花苞頭上摘下一個帶翅的大甲蟲，笑著說：「這幾間房，有人租了養土元——晒乾了是中藥，我們當地人叫做土鱉的——雄土元有翅，偶爾會飛出來一兩隻。」她隨手一甩，把那隻土元丟到了牆角。崔琳、余萍鬆開了江天，各自整著衣裙，小嫻不看她們，指著過廳屋說：「這些土鱉住的可是我們女作家的故居呀。」

小嫻一句話，大家都笑了——那點兒尷尬也笑散了。

總算到了後面白家小院門前，那一牆的藤蔓依舊葳蕤，門頭上的玫瑰早謝了，只有那半牆淩霄，老藤嫩葉，打著纍纍的絳紅色花苞，崔琳、余萍圍著牆讚嘆了半天，發現那口井，又大驚小怪一番。

秋染一時有些百感交集，想著某個冬日，從門裡出來的少女時代的林小嫻，又想著幾年前，自己站在門前垂淚……身邊的小嫻拉她進了門，拜託她招呼客人玩，自己進了廚房。秋染此時又後悔同意來家吃飯，還得讓小嫻張羅做菜——這大熱的天兒！

余萍穿的小禮服雖然裸著肩背，可厚厚的料子緊緊裹在身上，又掛著襯裡兒，離了空調環境肯定不舒服，一個人在堂屋裡衝著電扇吹。其餘人都在院子裡，葡萄架下面有藤椅茶几，秋染去泡了茶放在茶几上。晚風沒了強烈的暑氣，只是人身上還是下不去那點兒汗意。秋染發現，整個院裡只小嫻母親住的屋子裝了空調，門窗關著，簾幕低垂，隱隱約約聽得有音樂聲。

秋染去小嫻的臥室，尋出兩把蒲扇來，遞給崔琳，江天伸手也要，秋染躲著不給。小嫻從廚房裡拿出剪刀竹筐來，朝唯一的男士江天招手，「江老師，那兒有凳子，你剪了大家吃——這幾株葡萄是我們從新疆帶回來的，很甜。」

那架葡萄正對著院門，碧玉一樣的顏色，聞著那股帶蜜味的香氣，就能感覺到果子的甜度。江天也不來奪扇子，乖乖地去剪葡萄了。

秋染一直懸著的心忽然放下了——林小嫻還是林小嫻……

林小嫻的晚宴擺在了堂屋正房裡。

正房的擺設還一如白老先生夫婦在世的樣子，方桌條几官帽椅，几上兩尊觀音瓶，一尊雞血紅，一尊茄皮紫，色正而豔，光卻有些「嗷」——鈞州土話，用刺耳的聲音指代刺眼的色澤，大意是指太濃烈刺激，不柔和——顯然是天然氣窯燒出來的。條几上本來有兩件很好的器物，霽青色的出戟尊和鳳耳翡翠琵琶瓶，都是溫潤如玉的，尊和瓶被小嫻的二舅舅拿這兩個瓶子換走了，牆上還有幅工筆牡丹，也被他順手摘走了。

秋染看著白牆，舊事重提，又有些憤憤的，小嫻倒笑著說，不值得氣——有更好笑的呢。大舅舅開出了間細水長流的門面房，二舅舅才察覺自己吃了虧，時常叨咕分家不公，總想找補回來。年初還領了位收藏專家來家裡細細搜羅了一遍，堂屋和書房裡的那幾件仿古家具，都是九十年代後陸續添置的，家中最古老的器物竟是小嫻睡的那張朽了條床腿兒的大床，大概製作於上世紀四十年代，材質也是一般的山雜木。逝者如斯——白家早被水洗乾淨了。

兩個人笑著安排好杯盤碗筷和涼菜，小嫻叮囑秋染先招呼客人，她得去母親那屋收拾一下——小嫻方才先給母親端了晚飯。

紗窗門朝著院子，院裡亮著燈，能看見崔琳一個人站在葡萄架下面抽菸。小嫻家裡沒酒，她本是要秋染幫忙去買，余萍說車上有酒，江天就陪她去拿酒了。秋染開門出來，走到了崔琳身邊。

崔琳低聲笑道：「你那女同學是去拿酒了還是去釀酒了？」

秋染也笑著說：「想知道？你去看看！」

崔琳不屑地嘁了一聲，兩人也就不再説這個話題了。閒扯了一會兒，有人敲院門，秋染去開門，門外一個推著自行車的男人，六十不到的年紀，秋染呆看那人，叫出來：「劉老師！」

小嫻這時從房裡出來了，笑道：「我請劉老師來的，難得你回來！」

鈞州文聯的劉項，是小嫻外祖父生前的忘年交，秋染寫了平生第一篇小説，小嫻就是拿給他看的。劉項把自行車靠院牆扎好，感慨地打量著秋染，「你這閨女呀，你這閨女呀，不得了呀！」

秋染笑起來，不知道該怎麼表達好，伸出雙臂擁抱了劉項一下。

秋染轉身介紹崔琳，劉項連連點頭，「見過見過——電視上常見！『論衡』我是每期都看，崔老師節目做得好呀——」

秋染大笑推崔琳，「崔老師節目做得好呀——」

崔琳恨了一聲，打掉她的手。江天和余萍也抱著酒同來了，秋染就向他們介紹劉項。劉項自加注釋：「坑灰未冷山東亂，劉項原來不讀書」，崔琳聽著有趣，追著問，劉項一邊跟她解説，一邊跟著大家進了堂屋。

六

酒樽啟開了，大家卻還沒坐定，自然要有一番推讓。最後還是在小嫻的安排下，劉項坐了上座，江天在右側相陪，余萍迅速揀了江天的下首坐了，小嫻沒説什麼，這邊則是崔琳和秋染，空的下首打横處自然是小嫻的位子，她立著給大家添好酒，才笑著舉杯，説了幾句客氣話，晚宴正式開始。

小嫻方才梳洗過，換了件長及膝蓋的墨綠團花暗紋的旗袍裙，款式極簡，無袖，偏襟挖領，翠藍緞子貼邊，腰身略寬鬆，卻比常見的緊身款式更見風致，那顏色，墨綠襯著翠藍，又是燈下，豔得能生出香氣來。原本用帶子繫著的過肩長髮，此時挽了上去，黑髮在腮邊畫出優美的弧度，向後挽成了一個垂頸鬆髻，髮間無絲毫裝飾，卻越顯那頭蓁蓁黑髮的華美質地。

眼裡只有林小嫻的也不只秋染一個人，江天的目光扯過來拉過去，總忍不住要往小嫻身上落，余萍在一邊吃乾醋，崔琳眼尖，笑著暗示秋染快看。秋染讀得懂江天的目光——那不是神魂顛倒，他在研讀林小嫻……余萍一腔心思都在江天身上，崔琳使壞要逗她，秋染就興致盎然地在一邊看他們眉毛眼睛打架，加上劉項善飲，健談，一頓飯吃得著實熱鬧。小嫻鬧中取靜，對什麼都渾然不覺似的，只讓大家吃菜。

大家對小嫻廚藝的讚美，是意料之中的事，秋染沒想到被江天評價最高的卻是那道看似尋常的燒茄子，烏黑油亮的茄肉間點綴著一粒一粒雪白的蒜籽，放進嘴裡，茄香蒜香，越嚼越濃郁，那味道又純粹又豐富。這茄子的做法非常簡單，就是放油把茄子焙得軟散，放蒜粒，除了鹽什麼作料都不加。秋染因為實在喜歡，自己也試著做過，卻做不出這種味道——她實在沒有小嫻的耐性。

江天提議大家敬小嫻一杯酒。小嫻端起門盅，笑著和大家碰杯，抿了一點兒放下，對江天說：「江老師——」她看了劉項一眼，「劉老師搞收藏，有幾十年了，他想把跟收藏有關的文章結集，出本『淘寶記』之類的書，能幫忙嗎？」

江天內藏玄機地笑了一下，「這個我說了不算，你說了算。」

秋染和小嫻，知道這話是有上下文的，只是這話在旁人耳朵裡，儼然帶出幾分調情的意味——余萍當時就有點兒變顏變色了。

大概剛才介紹時，劉項只顧跟崔琳切磋「不讀書」了，沒在意江天，這會兒聽見小嫻跟江天的對話，略微一怔。

小嫻聽了江天的回答，笑著微微仰起臉，「我——」

秋染看小嫻神色知道她想出言婉拒，忙在桌下踢了小嫻一下，搶過話頭，笑道：「你們倆說了都不算——我說了算，沒問題！」

小嫻包容地看了一眼秋染，低頭一笑。

劉項衝秋染搖頭笑道：「小嫻不說我都忘了這茬兒。寫那些東西，就是個心情，玩兒唄，用不著非得給人看！」

江天從褲袋裡摸出一張名片，遞給劉項，一臉誠懇地說：「您把書稿整一下，發到我郵箱裡，我讓人看，儘快給您回音。」

劉項接過名片，隨手往口袋裡一揣。崔琳素來風雅，也不知道真懂還是假懂，聽了這話，撇開眾人跟劉項熱烈探討起來，兩個人都是兩頰微酡眉飛色舞，稱呼也從劉老師崔老師變成了劉項大哥崔家小妹，從旁看著，著實可愛。

崔琳做過一期關於新石器時期裘李崗文化的節目，劉項的收藏本就是本地風光，裘李崗的石杵、石磨、陶器在他那兒也不算稀罕，三代的青銅器才算是寶貝，若論最心愛的，那還得說是漢玉……崔琳被他炫耀得兩眼爍爍，興奮地拉著秋染的胳膊晃，明天一定要去劉項大哥家看看——

酒至半酣，小嫻帶籠屜上了兩道蒸菜，珍珠丸子下面鋪的是漆黑油亮的龍鬚草，醬色小排下面則是鮮荷葉，大家不免又嘖嘖讚嘆。余萍夾了個丸子，不陰不陽地又提起出書的事，「劉老師，你可得好好謝謝林小嫻——太會替你辦事了！」

劉項故作一臉迷茫，看著余萍，「替我辦事兒？我沒事兒要辦啊？沒事兒也不能找事兒啊！」他端起酒杯，轉臉看崔琳，「是不是，妹妹？」

崔琳咯咯笑著跟他碰杯，「是啊，哥哥！」

劉項喝乾杯中酒，「明天去看看老哥我書房門上那副對子：天欲補貧偏與健，人因見懶誤稱高，橫批，一生無事。」

崔琳連聲細問，劉項就給她逐字解釋，崔琳忙又掏出手機，把那副對聯存上——不存段子，存對子，可以看出崔琳的手機跟她的節目一樣，文化定位高端。秋染笑著看那對兒熱愛文化的哥哥妹妹，目光一轉，發現余萍正嘲諷地朝小嫻笑著，笑得大有深意，小嫻沒理她，挪開了目光。秋染此時才察覺，余萍和小嫻比她以為的要熟悉，兩個人的彆扭似乎也不單是因為江天的目光……

余萍笑著又說：「以前在學校，小嫻背人不理半個兒，我們連話也不敢跟她說——我今天才發現，小嫻清高那也是分人的，其實比我們誰都會來事兒！」

小嫻正視余萍，「開店的多是勢利眼，我從來都是看人下菜碟，你才知道?!」

秋染笑起來——小嫻是平素肯讓人罷了。江天聽小嫻如此淩厲地回了一句，眉毛一挑，嘴角也浮出了笑。他笑著起身，要去廁所，劉項也站起來，說沒人領著，他未必找得到。等江天回來，手裡多了件把玩的東西，余萍攀著他的手要看，江天撒手遞給了她，說：「劉大哥剛才送我的小玩意兒，叫玉握，對吧？」

劉項說：「漢八刀！有人說漢八刀是八刀刻出來，其實不是，那是說……」

余萍沒心思聽劉項上課，拿手摩挲著那玉握，又托在掌心跟江天頭抵頭地研究：這刻的是什麼呢？是龍吧？漢之前朝龍的樣子很簡單——

劉項大概覺得余萍不尊重專家，自己還瞎說，就不耐煩地嚷：「那是頭豬，你怎麼會看成龍呢？知道一龍一豬的成語嗎？它哪兒像龍啊？」

崔琳大笑，秋染也被劉項的孩子氣弄笑了，只是沒崔琳笑得那麼誇張，崔琳笑得歪在秋染懷裡，又捶又揉的。余萍不用說，連江天也被崔琳笑得不尷不尬。

秋染細看卻又覺得余萍的表情有些奇怪，不說話，臉是繃著，可繃住的卻並不純是惱怒尷尬，薄薄的一層膜似的木然下，彷彿也有盈盈的笑意要破出來。

崔琳伏在秋染懷裡笑，突然她不動了，秋染推她，她慢慢坐起來，附在秋染的耳朵邊說了句：「我掉根筷子，你撿，啊？」

秋染立刻明白了，肯定是崔琳俯身看見了對面的桌底乾坤，忽覺酒向上湧似的，胃裡一陣難受，她強忍著，一把抓了崔琳的手，「你別掉，我也不撿！」

小嫻似乎覺得大家的酒都有些多，就起身去端主食，崔琳、秋染攔著不讓，說不吃了不吃了。劉項站起來，大張著巴掌，橫著在席面上一掃，「再過一百年，都沒了——能吃還不吃？」一片醉笑中，小嫻用毛巾墊著端來了一平底鍋油亮噴香的手抓飯。秋染關於那個晚上的清晰記憶，定格在那鍋色彩豔麗的手抓飯上。

後來的事情，是第二天酒醒後，小嫻告訴她的。

劉項酒足飯飽告辭，剩下的人已經喝多了，喝多了才會鬧著還喝，小嫻是主人，也不好攆人，只得由著他們。於是又開了第四瓶白酒，喝得秋染趴在小嫻的懷裡，先是笑，笑著笑著就哭了起來。

秋染也不知道為什麼哭，天旋地轉中，只覺得來不及了，來不及了，她能去哪兒呢？容她棲身的時間和空間都不在了，唯一還在的就是林小嫻，秋染抱著林小嫻哭得哀哀欲絕。

小嫻告訴秋染，那晚的酒，差不多都成了眼淚。小嫻起身照料在院子裡出酒的余萍，崔琳和秋染兩個人摟著哭成一團，也不知道都哭什麼呢。余萍似乎更狼狽些，又哭又吐，吐完了回來，一會兒哭著跟江天撕扯，一會兒又拿出手機亂打電話，叫這個來叫那個來——後來竟真的叫來了一個男人，見怪不怪地朝小嫻笑笑，要帶余萍走，余萍死也不肯走，拉著那人喝酒，人家不喝，她就哭一陣兒，罵一陣兒，扭臉兒又去跟江天糾纏。

那場面又好笑，又難為人。小嫻也不認得那男人是誰，不敢讓余萍跟他走。這邊秋染要吐，崔琳歪在椅子上動不得，小嫻只得丟了余萍照顧秋染。幸好江天還有殘存的理智，身上掛著成了麵條的余萍，過來從崔琳身上找出手機，打給崔琳的助理。崔琳助理過來，才把幾個人接回迎賓館去了。

秋染出酒後一直出虛汗，臉色慘白，小嫻不放心，把她留下。給她熱熱地喝了碗酸湯，扶她躺下，一直掐著她的合谷，見她臉色漸漸緩過來，也睡沉了，小嫻才去自己女兒屋裡睡了。

七

酒醉後的睡眠，是密不透風的黑暗，讓人呼吸艱難，秋染掙扎著想醒過來，卻怎麼也醒不過來，直到抖動的眼皮感受到了真實的光線，她才吁出口氣。

老房子才有的土腥氣，意識恍惚的秋染一時不知身在何處，土腥氣裡還有合歡的甜香——少女時代夏日清晨的氣味，只是浸潤在這氣味裡的身體，不該這般沉重……秋染完全清醒過來，睜眼看看四周——小嫻的臥室——知道了身在何處，周身的酸疼也清晰起來。

院子裡有人說話，是江天的聲音，低沉的，永遠帶著三分倦意的聲音，「……越是喝醉了，越是醒得早——我怕來得太早你們沒起，先到城牆上去站了會兒，看見大半個月亮，像酒杯裡融化的冰塊一樣，慢慢變薄，變透明，然後看不見了。」

小嫻輕笑了一聲，「連月亮都掉進酒杯裡去了——只是昨天你倒沒醉。」

江天「嗐」了聲，「也醉了，我就是當著人能扛，回去也一樣。」

小嫻說：「也哭嗎？」

江天笑了，頓了一頓，他低低地說：「我昨天不該扛的，倒該向秋老師學習，找個妥當的懷抱，好好哭一哭。」

小嫻淡淡地應道：「真要找著了妥當懷抱，秋老師就不哭了。」

秋染躺在小嫻的床上，只感覺骨頭被抽走了似的，略一翻身，薄薄的一層皮膚裹著的肉身就會在黃綠色的半舊草席上散開滾落。她重重地喘了口氣，被失憶抹黑了的昨夜，還有些不連貫的鮮亮的記憶片段翻出來，只是用力一想，頭裂開似的疼起來，秋染閉上了眼睛。

門上的竹簾子窸窣響了，一股淡淡的玫瑰香，應該是小嫻進來了，到了床邊，她一直用自家院牆上開的玫瑰蒸出的汁液混在甘油裡做成膏子擦臉。

秋染睜開了眼，小嫻衝她一笑，「醒了？」

秋染慢慢坐起身，才發現自己身上的裙子滾了一夜，衫褪帶鬆，胸口那塊兒齧痕，就敞在外面，像心裡的傷口開到了皮膚上，忙拿手掩了，問小嫻，昨天到底怎麼結束的，她都不記得了。

小嫻就說給她聽。

秋染聽了，不覺有些愧意，又伏在了床上。小嫻拖她起來，「我給你燒了水，去洗個澡舒服些。我剛才去那屋找了你的舊衣服，應該還能穿。」

父親賣房子時，秋染把自己的一些捨不得丟又沒什麼用的舊東西都搬到了小嫻這裡，舊衣服也有一大包。秋染眼睛裡忽然湧出了淚，身子向前，靠在小嫻的肩上，無聲地落了幾滴，小嫻拍拍她的後背，秋染吸了一下鼻子，「我去洗澡。」

洗澡水裡浮著泡得黃軟的草藥，秋染把身子沒進浴桶裡，拿手撩起來看，認得的只有金銀花和茉莉，撲撲的藥香氤氳在蒸汽裡，秋染有些恍惚地想著——昨天還覺得余萍可笑，恐怕可笑的，是自己了——江天動沒動心思，秋染是有感覺的，而且小嫻越是這樣冷冷的淡淡的，江天越是上心來勁——當初秋染也是這樣跟他開始的……腦子裡忽然一閃，想起崔琳暗示的桌底乾坤……好沒意思，真是好沒意思，他那心是什麼做的？就沒個饜足，沒個夠……

浴桶放在廚房的裡間，牆上貼了半截白瓷片，地卻還是水泥的。從外間廚房灶台那兒通進來兩道管子，連著一個裝在牆上的花灑，小嫻告訴了秋染，裡面有熱水，可以在那兒沖洗。小嫻家用的還是九十年代初風行一時的多功能煤灶，類似土鍋爐，可以做飯燒熱水，冬天還能帶幾片暖氣片，只是要燒散煤，開火封火在秋染眼裡都是技術含量很高的活計。旁邊也有個煤氣灶，燒的是罐裝氣，小嫻昨天倒是用來炒菜了，平時不大使的。秋染洗完澡，穿上了放在門邊椅子上的內衣裙子，舊時的內衣提醒她，原本飽滿的身體竟在悄悄凋萎——這條印花棉布的連衣裙曾是她的心愛，鱷梨綠的底子上由疏漸密自上而下地落著甜白色的花瓣，如今看去，全不是記憶中的樣子，那些碎花竟庸常得帶些俗氣了。

秋染還是穿了出來，立在院子裡幾株開著紫紅花的木槿旁梳頭髮，髮梢滴下的水，在裙子上洇出點點墨蹟。江天推開堂屋的紗窗門出來，手裡捏著塊兒蔥油餅，看見她竟忍不住笑了，秋染佯作渾然不覺。江天把那口餅塞進嘴裡，嚼著開始打量滿是花木的院子，「下功夫改造一下衛浴廚房，有個小院還是很舒服的。」

院裡沒旁人，那話應該是對秋染說的，可秋染沒有應聲。

「那功夫下得可就大了——估計鈞州市政工程局的飯碗都得讓你搶了，下水管道，煤氣管道，暖氣管道……」小嫻不知道在哪兒笑著搭腔。秋染尋聲望過去，院東北角兩棵枝繁葉茂相傾而生的石榴樹中間，枝葉晃動，小嫻拎著個小鐵皮桶出來，裝著和好的濕煤。

江天說：「我會弄這個，要摻煤土——蜂窩煤我也打過——還要幫忙嗎？」

小嫻笑著說：「不用了，這點兒封火夠了。」

小嫻進了廚房，江天猶自對廚房門出神。秋染扯掉梳子上纏的幾根長髮，丟在花根下，進小嫻的屋子，在包裡亂翻，才發現把化妝包丟在了酒店。只得去梳妝台上找，上面只有一個梅青色的瓷盒，裡面盛著玫瑰膏子，秋染摳了一點兒，坐下對著鏡子拍在臉上，下頷那兒有點兒疼——細看才發現是個小火癤子破了。秋染意興闌珊地蓋上盒子，拿手指敲著那梅青盒蓋——不用她操心了，就算小嫻當面拒絕，江天也會想方設法追著要她來講他的「玉女心經」……

小嫻捧著一個直徑約半尺的朱紅色圓盒進來了，她把盒子放在梳妝台上，笑著對秋染說：「送你件東西！」

這東西讓秋染驚豔，她一時沒有說話，摸摸盒上雕鏤的纏枝牡丹紋，那麼明媚端正的紅，那麼細密飽滿清晰剔透的花草紋路……

小嫻說：「姥姥出嫁時置辦的妝奩，後來給了我媽媽——再後來，就不見了，姥姥以為我媽媽給弄丟了，想起來就跟我念叨她的剔紅盒子——要是不丟就能給我了。還是上個月，那張老床糟了一條腿，我換床時無意間發現床頭下面的櫃子裡還有個暗匣，有一團軟紙包的東西，就是這個盒子——不知道是我媽媽放的，還是姥姥自己藏的，忘記了。」

秋染收回了手，不解地看著小嫻，「你們家的寶貝，你留著多好……」

小嫻說：「是不是寶貝那得看在誰眼裡——我不喜歡，放在我這兒它也委屈，明珠暗投，何必呢？」

秋染似乎覺得小嫻這話大有深意，仰頭看她，小嫻拖她起來，「走了，先去吃飯——你的胃肯定還難受著呢，我給你熬了粥……」

秋染沒再說什麼，跟小嫻出了臥室，見江天正在院子裡打電話，臉色很不好。江天掛了電話，抬眼遇到秋染的目光，苦笑著說：「對不起，我馬上得回去，單位出了點兒事。剛此秋老師沒醒的時候，林大夫很明確地拒絕了我，本來想找時間再跟林大夫充分溝通一下——拜託秋老師做做思想工作，我給你提成！」

江天的玩笑口吻顯然是故作輕鬆，秋染感覺他眼神與平時大異，勉強笑了一下。江天給崔琳打了電話，讓她的助理送他回去。三個人就在院子裡等崔琳的助理，江天跟小嫻兩人從眼前的葡萄架說到葡萄的品種葡萄酒的口感，表面上都是氣定神閒的，秋染沒插話，看著江天，他有些迴避地躲了她的目光。

崔琳的助理到了，打來電話。江天匆忙跟小嫻告別，小嫻送到小院門口，站下了，秋染跟著他往外走，走到過廳屋，江天停下來，看著秋染，忽然笑了，伸手把她拉進了懷裡，用力抱了一下，然後推她，「回去吧，搞得跟生離死別似的！」

秋染心下一凜，勉強笑了笑，沒再跟著。他走後，秋染想想，給崔琳打了電話，她在跟鈞州文化局的領導開會，秋染也就沒多說，自己去迎賓館取了行李，把房卡丟在房間裡。將近中午的時候，崔琳打來電話，秋染就說自己想待在小嫻這兒，不回酒店了，然後故作不經意狀，問江天早上是怎麼回事。崔琳說她知道的也不是很詳細，大概是天一書局的哪本書出了問題，被勒令下架，還要罰款、停業整頓——好像麻煩不小，崔琳最後補了一句，罰得聽說挺狠，鬧不好江天要傾家蕩產，被打回原形了！

八

「打回原形——什麼叫打回原形？江天又不是野狐蛇妖，人的原形，不還是個人嗎？」林小嫻從院牆外的井裡拎上桶水來，倒進身邊的塑料桶裡，又把吊桶丟進了漆黑的井口。

小嫻穿著半舊的牛仔短褲，藍紫色的格子短袖，藏藍的圍裙紮在腰間，一副幹活的精幹打扮——她上午去了趟衛生局，從十一點半進門就沒閒著，先把母親換下的髒衣服泡進盆裡，捅火，添煤，把帶回來的細麵條蒸上，做好滷麵用的滷湯，轉身三把兩把搓出了衣服，晾在院裡的繩上。秋染插不上手，只在堂屋簷下看她進進出出地忙，等小嫻把蒸好的麵用滷拌好，再次蒸上，以為有機會可以跟她說話，誰知她又拎桶出了院子，要打井水澆花，秋染只得來回跟在她身後說話。

小嫻舀了井水澆在那幾棵木槿的根上，「該早上澆的——急著出門，就把它們給忘了——木槿的花期也就一天，朝開暮謝，不該虧待它。」

秋染咬著嘴唇站在那兒，小嫻抬頭看了她一眼，滷麵的香氣隨著蒸汽從廚房裡飄散出來，她丟下舀子，「打回原形，就用原形活著，你替他愁什麼？」

小嫻說著，進了廚房。秋染呆站在日頭底下——也許被「打回原形」的江天，對她或許會生出一兩分的真心——別傻了，就算被打回原形，一無所有了，果真對她生出了她一直期盼的「真心」——這時候的「真心」還是真心嗎？若他蟄伏待機，再次魚龍變化，秋染那時又該如何？

秋染所謂的「真心」，說來說去，不過是婚姻而已，在江天身邊動心忍性，委屈了這麼幾年，心裡存的還是這個念想——真那麼渴望婚姻嗎？從來沒再往下追著自己問過。雖然從沒真的走進過婚姻生活，可沒吃過豬肉總見過豬跑，秋染對婚姻並不存什麼天真樂觀的想像，也許真應了那個比喻，她在圍城之外，所以才有攻城拔地的野心。那麼她要的只是野心的滿足，而不是那座城池……似乎也不是這樣，她也想要那座城池——沒有它，永遠也擺脫不了無處安放自己的悲涼——可她並不相信婚姻真能安放自己……不相信，為何還如此渴望與江天的婚姻呢？因為江天是很多女人的理想，於是也就成了秋染的理想——真是如此嗎？

眼前一片白花花的光，頭暈——閉眼片刻，才敢睜開眼，視野裡那幾棵開花的木槿清晰起來了，秋染不喜歡木槿花，花型太過齊整，顏色又太過豔麗均正，花瓣還微微起皺，像絹綢做的假花——真花怎麼能開起來像假花？

木槿也呆立在日頭下，看著這個裹在碎花裙子裡的女子，那些藏在枝條腋下的花，在溫熱的風裡互相搖了搖頭——都是朝開暮謝的物什，卻不能簡簡單單端端正正地開這一天的花……

秋染似乎能感覺到木槿花在笑她，滿懷哀矜地笑，笑得花瓣更皺了……

秋染只在院子裡呆立著，沒心思也沒本事幫忙。小嫻倒也一個人做慣了，不多時端著托盤出來，上面放著滷麵、湯碗和兩碟小菜，先送進母親房裡去了。

秋染忽覺有毛茸茸的東西在碰了自己的腿，驚得一跳，回神看，葡萄架下，不知何時盤踞了四五隻貓，一隻黑黃花顯然有玳瑁血統的貓，過來蹭秋染的腿，喵嗚一聲，牆頭上又出現一隻黑貓，從鼻尖沿下腹到尾巴尖，全是雪白，不錯一點兒的烏雲蓋雪。牠敏捷地躍上牆邊的合歡枝，緣樹而下，傲慢地看了一眼秋染，很鄙夷玳瑁貓的有眼無珠獻錯了殷勤，徑直朝從母親屋裡出來的小嫻奔去，絆著她的腿咪咪叫。

小嫻朝發呆的秋染招手，「過來幫忙，不打發了牠們，咱們也吃不安生。」

秋染幫著小嫻從廚房端出四隻醬色的粗瓷小碗，裡面盛著拌好的貓食，放在葡萄架下面，貓咪們聚攏過來，小嫻笑著看貓兒吃食，說：「丫丫招惹的牠們，開始就那隻黃的和黑的，後來可能知道了信兒，來混飯的就多了。也不知道什麼時候這麼多貓沒人養了。不用天天伺候閨女了，還得天天伺候牠們——走吧。」

秋染跟小嫻進堂屋吃飯，隔著紗窗門上的綠紗看庭院，木槿還在正午的陽光下開著，葡萄架上纍纍的果子，偶有爛熟的，啪嗒落下來，吃食的貓兒倒也不驚，淡定地抬頭看看，又埋頭吃了，嗡嗡的不知是蜂是蠅還是別的什麼蟲，在貓兒和葡萄之間盤旋……秋染的目光落回方桌上，小嫻的家常飯做得相當精美，香軟的醬色麵條裡有鮮嫩的肉絲和碧青的豇豆，乳白色的菌湯，小菜是一碟嫩黃薑芽，一碟紅油筍尖。秋染的胃口卻很對不起小嫻的手藝，小嫻倒也不十分勸她。

吃完飯，小嫻收拾了，略坐了一會兒，小嫻勸她去躺一下，秋染只在床上歪著，也沒睡實，朦朧了一會兒，聽見外面刷刷地有掃地聲，就起來了。到底是處暑了，雖是午後，那熱也不再烤人，除了那隻玳瑁貓蜷在院門口睡覺，其他的貓兒都走了，合歡樹下的落花，葡萄架下的落果被掃淨了，小嫻在擦藤椅和茶几，葡萄葉子密密遮著，只有碎成金屑的陽光，撒一點兒在架子下面。

這院子似乎跟小嫻一樣有些異樣，待得久了，人閒適得神形渙散。

秋染歪在藤椅上，藤椅的扶手剛被小嫻擦過，還留有略帶潮濕的涼意。小嫻從茶几上的紫砂壺裡倒了杯紅釅釅的茶給秋染。秋染喝了一口，茶味兒很特別，香得深沉雅緻。問小嫻，小嫻說就是普通的武夷岩茶，她嘗了覺得好，又不貴，所以買了。一般人不喜歡這股「翰墨香」，沒「鐵觀音」、「黃金桂」的花香那麼討人喜歡，好像金駿梅去年也被炒成了仙枝仙葉。

秋染嗤地笑了，「有幾個人掏錢買茶葉是聽自己舌頭的？」她忽然收笑嘆道，「我也沒什麼大道理給你講，就想讓你掙點兒錢——不然你老了怎麼辦？病了怎麼辦？想想我都發愁——」

「你也太會愁了——錢能擋得了老病？」溫熱的風把幾根亂髮吹到了小嫻臉上，她笑著撩開——小嫻的笑後有一種極清極冷的東西，秋染心裡一驚，一時怔忪說不出話來。小嫻的手搭在秋染的腕上，示意秋染不要說話，她替秋染把起了脈。半天，小嫻讓秋染換手，再把，又是半天，小嫻鬆開了秋染的手，又看了看她的舌頭，說：「沒要緊的事兒，在我這多住幾天——你病了。」

秋染疑惑地看小嫻，「開玩笑吧？諷刺我財迷心竅？」

小嫻笑了一下，「不是。想幫你調理一下脾胃——我從來不跟你掉書袋，今天怕你不在乎，多說一句，《素問》裡說脾是諫議之官，它提意見你不聽，身體早晚會出大亂子——癌症不就是本該安分守己的細胞造反了，在弒父弒君嗎？」

秋染摸著下巴上的癤子說：「我就是內熱太盛，特別愛上火，胃口倒也不差。」

小嫻說：「可真是謬種流傳——所以說有時候有知識還不如沒知識，愛上火知道是有內熱，自己胡亂吃瀉火藥，越吃越容易上火——你不是有內熱，而是體內藏寒，這天兒手還是涼的。」

秋染笑了，「我可是巴巴地跑你這兒看病來了？」

小嫻微微一笑說：「你若真去看病，十個大夫有八個要說你沒病，若說不是病，卻又是大病的根芽。藏寒是因為太陰生病，所謂坤不載物——中醫脾胃的概念不是具體器官，它對應坤土，太陰脾胃的性用，一是坤厚載物，二是萬物滋生——我不同你背醫書了，也不是三言兩語說得清的。」她朝紫砂壺裡續水，「我天資有限，又懶，下的功夫也有限，做不了好大夫——只是對你，我還算知道根底，有幾分拿捏，你作息非時，飲食無度，加上憂思煩惱，傷著根本了。」

秋染握著杯子，默默地看著林小嫻，小嫻仰頭瞇著眼睛去看葡萄葉縫隙間的光，從這個角度看小嫻，顯得陌生。一縷悠揚的笛子聲飄過來，小嫻母親那屋的門似乎開了條縫，小嫻忙起身去了母親那屋，一會兒端了茶壺出來，進廚房沏好了茶，又給母親送進去。等她回來時，秋染問：「你每天的日子就這麼過嗎？」

小嫻說：「大同小異吧——沒人找事兒的時候就這樣，家裡店裡，有事兒了也得出去跑——那麼個小店，今天你來查明天我來查，多少總能找著毛病。」

秋染嘆氣說：「我可真是不懂你了，這麼過有意思嗎？」

小嫻含笑問道：「那怎麼過才有意思呢？」

秋染怔了一下，說：「其實，活著的那點兒意思，是自己找的。」

「也未必……」小嫻微微一笑，「有幾個人真是自己找到那點兒意思的？」她略仰起臉，眼睛又瞇了起來，額角有一斑明亮的光落在那兒，曼圓的臉龐，忽然生出一點兒寶相莊嚴的意味。

木槿的花，黃昏時果然落了。

暮色四合的院子裡，彌散著藥氣。晚飯後小嫻一直在煎藥，母親的藥煎過，接著煎秋染的藥。秋染撿了一朵木槿的落花，看看，又丟了。

木槿豔麗的紫紅到午後就褪成了紫藍，等到花落時，花色裡的紅幾乎褪盡了，成了灰藍色，花倒不殘，收束成了未開的喇叭花模樣，皺得越發厲害，枯乾起來，不復像絹綢，成了皺紋紙——這花倒是極形象地一天演盡了榮枯興衰……

九

江天一直沒音訊，秋染忍到了入夜，還是打了他的手機——關機。秋染失望地丟了手機在房裡，小嫻叫她吃藥。她剛走到堂屋門口，聽見自己的電話在房裡響，忙又奔了過去——卻是江天的助理小常，秋染心一下跳快了。

中午江天給小常打了電話，他剛從新聞出版局出來，說下午去單位，可是江天下午並沒有出現在單位，小常到處找他不到，急得兩眼冒火——小常問秋染有沒有江天的消息。

秋染被小常問出了一身冷汗。

秋染追問小常詳細情況。小常是江天用出來的人，嘴緊得很，嗯啊的不肯明說，匆忙說聲打擾秋老師了，就掛了電話。秋染立刻打給崔琳。

中午將近一點鐘時，崔琳還打通了江天的電話，他在電話裡笑罵，那幫巴媽養的婊子兒，這回可稱心如意了！「說到底不就是錢嘛——罰光了再掙，他那人不會想不開——」崔琳猛一頓，焦急地叫了聲，「壞了！他不會跟那幫婊子兒算帳去了吧？」崔琳說出來，忙不迭地又說，「不會不會——」

說是這麼說，可崔琳的聲音不無擔心。秋染接著開始神經質地不停撥打著江天的手機，反覆聽那個被電腦控制的平靜冷淡的女人聲音說，你所撥打的電話已關機，我們將用短信方式通知機主……小嫻見她半天不出來，進來看時卻是一驚。秋染自己朝鏡子裡看，臉色慘白，額頭全是密密的汗珠，她只覺得身上一陣一陣地冷，絲毫沒感到自己一直在出虛汗。

秋染被小嫻強拉到堂屋裡吃了藥，手裡還握著手機，小嫻大概知道勸也沒用，讓她留在書房上網，自己去伺候母親睡前洗漱。秋染在網上找到了一堆關於那本惹麻煩書的消息——這書不過是個由頭，要整天一書局罷了。整人被整，江湖恩怨由來已久，說不得江天是，也說不得人家非——江天過五關斬六將叱吒了這些年，如今不過是失荊州走麥城……以秋染知道的江天素日行事判斷，他多半不會意氣用事，只是秋染對自己的判斷，此刻也不知道有幾分把握了，只有想不到的，沒有不可能的……

秋染正心煩意亂，突然聽到有人砰砰地敲院門，小嫻似乎忙著，應了聲沒出來，秋染就去開了院門，門外竟然站著余萍，咯咯笑著擁抱秋染，噴薄的酒氣混著濃烈的香水，把秋染嗆得咳嗽了起來。

余萍進了院子，走到葡萄架下，一下把自己扔進了藤椅裡。小嫻陪著洗過澡的母親出來，秋染只看到小嫻母親的側影，披著濕濕的長髮，快步進自己屋裡去了。小嫻過了一會兒才從母親屋裡出來，過來對余萍說：「你這會兒跑來做什麼？」

余萍笑著拉小嫻的胳膊，說跑來給小嫻做媒——鈞州黨史辦副主任，退休有幾年了，老伴兒因病去世了，「……人家在公務員小區有一套大房子，人特別實在，難得呢——不為別的，就為趕快從這破房子裡搬出去，也值啊！」

小嫻推掉她的手，「你先把自己嫁出去，再來管我！」

秋染問了才知道，余萍離婚也有七八年了，有一個兒子，一直養在姥姥家。秋染聽了心裡一嘆，多少原宥了余萍的輕狂無狀。就秋染的熟人中，像這樣跟她年紀相仿的單身女人，遠的近的，剩下的離婚的，數數只怕有一打，彷彿一場無聲無息暗自在女人間傳播的瘟疫，染上了，就跟心心念念的質樸溫暖的婚姻隔絕了，嘴裡苦身上冷，穿得再光鮮，衣縫裡還是朝外絲絲透著恓惶的寒氣。

小嫻卻連那點兒光鮮也沒有——秋染心疼地看小嫻ㄋ一眼——芝蘭一樣的人兒，還要聽這樣的瘋話！

余萍的頭在藤椅背上滾來滾去，「還想著羅鑫呢？我告訴你，羅鑫那樣的老公，最不能要了——我就不要……」

小嫻對秋染說：「她醉了——我沏點兒茶去。」

余萍坐直了，衝小嫻的背影喊：「我知道你不願意我來——你走吧，不用搭理我，我來是跟秋染說話……」她隔著茶几拉著秋染，「我真是來找你的——我還以為你在酒店房間呢，打電話過去沒人接——出來到酒店門口，可巧碰上那個崔琳，才知道你在林小嫻這兒……」

秋染有些煩躁，余萍的手又在出汗，秋染不悅地把胳膊掙了出來，在裙褶上悄悄抹了一下。

余萍並沒察覺，笑著靠在藤椅背上，歪著臉對秋染說，「林小嫻不喜歡我——知道為什麼嗎？因為羅鑫——上學時，羅鑫本來是跟我好的，我不要他了，才有林小嫻的戲——可惜，還是悲劇……」

小嫻沏了茶端過來，放下就走了。余萍與小嫻還有這層尷尬關係，倒驗證了自己昨夜的判斷——秋染覺得這個世界真是複雜混亂得不可理喻。

余萍的酒沒有十分也有八分，話重覆囉嗦，講來講去，不過是一個又一個男生或者男人如何為她神魂顛倒。秋染漫不經心地聽著，手機還握在手裡，她神經質地一次又一次把陷入屏保的手機摁亮，無望地一次又一次撥著江天的電話。

余萍的追憶似水年華被蚊子打擾得進行不下去了，她啪啪地拍打著小腿和胳膊，還是被叮出了不少疙瘩，秋染的裙子長，好些，可也不停地摩挲雙臂，最後余萍站起來，說乾脆秋染跟她回迎賓館住吧，她來安排——林小嫻這兒住著太難過了！秋染忙不迭地謝絕了她的好意，余萍啪地又打了自己胳膊一下，說明天她來接秋染去咖啡廳再聊——秋染啊啊地應著，送她出門。

余萍走的時候，林小嫻沒有出來。

秋染上好院門，她見小嫻方才進了堂屋，堂屋的裡屋是書房。秋染推開書房的門，小嫻戴著耳機在跟人視頻聊天，電腦屏幕上不是小嫻的女兒丫丫，而是一個有著細長鼻梁和大黑眼睛的二十多歲的女孩子，畫面不是很流暢，那女孩子悲傷的表情在電腦屏幕上凝固了瞬間，一顆眼淚戲劇性地停留在下眼瞼處，畫面動了，她低下頭去，小嫻跟她在用英文交談。

秋染迴避地踱到了外屋，立在那兒看雞血紅瓶子上的釉色紋路，過了一會兒，小嫻出來了，「她走了？」

秋染拿手劃著觀音瓶肚說：「看來我對你，知道的實在有限……」

小嫻說：「是說余萍嗎？沒意思的事兒，說了更沒意思了，倒不是故意瞞著你——剛才你看見的那個女孩兒，蘇茜，羅鑫現在的同居女友……」

秋染頗為意外地抬頭，小嫻笑了笑，說蘇茜跟羅鑫同居有一年了，因為丫丫過去跟他們一起生活，小嫻對蘇茜的示好也報以善意，談過幾次後，蘇茜竟開始對小嫻傾心訴說了——小嫻本就是個罕見的傾聽者。只是蘇茜訴說的對羅鑫無從把握的痛苦，小嫻著實愛莫能助。這只怕也是一種普遍的痛苦——誰對誰又真有把握呢？

燈下的小嫻，嘴邊浮著淺笑——她無意苛責羅鑫，他也不是存心惡毒的騙子，羅鑫不過是人在這個複雜世界上的常態——不是他心口不一，就算他以口問心，恐怕也問不出什麼——他那顆心與這個複雜的世界，已經是同質同構的了，說來苛求單純真實生命聯繫的小嫻，倒是這個世界裡的異端……

小嫻低頭，有些自嘲似的笑了一下，比起他的虛與委蛇，羅鑫的「誠實」更讓人不好承受。在他們的婚姻中，羅鑫面對小嫻，總是坦白的——過去經歷的創傷，當下面對的誘惑——喋喋地說著，手在小嫻睡衣裡遊走，然後又在喋喋的訴說中做愛——他們的婚床被羅鑫的訴說弄得有些擁擠，閉上眼感覺床上玉體橫陳的似乎不只小嫻自己一個……

一道閃電劃過秋染的意識——如果羅鑫有向小嫻傾訴豔遇的癖好，那麼小嫻很可能知道那個夜晚……秋染感到一股刀鋒一樣的冷劈開了後背，她身子下意識晃了一下，眼眶裡忽的充滿了滾燙的液體，臉頰也跟著燙起來。

小嫻也沉默了一會兒，起身笑道：「我也不卸核桃車了，該睡了。」

秋染站起來，一低頭，眼裡的淚液竟滾出了眼瞼，她抹去時，恍惚想起方才凝固在電腦屏幕上蘇茜的淚眼。世界的另一面，還被今天早上的陽光照著的遙遠地方，一個陌生女人的眼淚，穿破時間空間，落到了世界的這一面，落進了今天夜裡燈下她的眼中。淚滴映出整個繁複的世界，一個糾結纏繞的葛藤球，無從闡釋，無法理解，纏陷在其中的無數彼此相望卻永生隔絕的個體，也無從解脱……

十

小嫻的湯藥裡有幾味是安神的，滿腹心事的秋染倒也沉沉睡了一夜。天亮時，就聽到小嫻在院子裡敲她窗子。秋染起來，糾糾纏纏的那些亂夢，也就忘了，只是有些怕見小嫻似的。梳洗整理過，小嫻拿了把大掃帚給秋染，讓她掃院子——除了自家的小院，連帶外面前後院都要掃一遍。

秋染一笑，就去掃院子了。從後院掃到了過廳屋，呆立在隔扇牆前，想江天昨天那用力的一擁，好端端他說什麼生離死別……放在口袋裡的手機響起來，崔琳的電話，秋染忙接了起來。

不是什麼好消息，可也不是最壞的消息——江天常打交道的一個文化口的大人物出事兒了，牽涉到不少人，江天只怕也在裡頭——崔琳得到的也不是確切消息，但她想，這應該是最大的一種可能了。崔琳接著說她今天要回去了，一週後來實地拍攝那期關於貂蟬文化節的特別節目，問秋染要不要一起走。

秋染猶豫了一下——那點兒怕見小嫻的難堪又浮了出來，秋染瞬間決定離開鈞州。掛了電話，秋染心忽忽悠悠地定不下來，想著江天——像斷線風箏一樣飛得看不見的江天，不知道命運究竟會如何——又想想自己，跟崔琳回去，不過是回到自己那個滿是樹葉子的寒巢裡去縮著……

秋染三下兩下掃完了院子，拿著掃把回到小院，小嫻正在廚房給她煎二和藥，秋染進去了，不知道該如何開口對小嫻說自己馬上要離開。小嫻拉她去吃早飯了。吃完飯又收拾的當兒，藥煎好了，小嫻濾進碗裡，把藥渣倒進了垃圾桶。秋染問小嫻都是些什麼藥，小嫻說了，秋染說雖然不認得茯苓白芍牡丹皮，只是想著那些名字，就覺得那堆濕漉漉的藥渣也美麗起來。小嫻聽她對藥渣抒情，笑起來，「還記得你怎麼說那幾根孔雀毛嗎？」

秋染笑了。那是小嫻第一次去秋染家，他們一家三代還擠在兩間臨街房裡。秋染的床上擺著弟弟的床，床裡的牆上她糊了雪白的掛曆紙，床頭那塊兒釘著一塊海藍色的手帕，手帕後面插著幾根孔雀毛。秋染對小嫻說，她睡覺時看著那片海藍色上的孔雀毛，那個在《一千零一夜》裡講故事的阿拉伯女子會進到她夢裡去……被記憶遮蔽了的日子帶著溫熱忽的朝秋染撲過來，秋染還在笑，笑得酸澀而疼痛——那個在晦暗骯髒的現實中還有瑰麗幻夢的她，去哪兒了？

等著那碗藥涼的空兒，秋染還是說了要走。小嫻半天沒說話，纖細的手指摸摸碗的溫度，把藥端給秋染，秋染閉著氣喝下去，又忙用溫水漱口。

小嫻笑道：「這藥不苦，犯不上那麼副表情。」她從秋染手裡接過碗，拿到水龍頭下沖，背對著秋染，說：「是因為昨晚我說那些話——你才突然要走的吧？」

秋染的頭頂落了一捧雪，冰冷發麻，一時不敢仔細想小嫻究竟指的是什麼。小嫻把碗收進碗櫃，轉身，目光卻落在秋染背後的紗窗門上，廚房裡光線不強，小嫻的眼睛卻瞇著，像被強光刺激到了似的，眼皮有些哆嗦，半天才說：「你也太小心眼兒了——我也不是故意瞞你那些事兒，就是覺得說了沒意思……」

秋染感覺頭頂那捧雪開始融化，冰涼的水沿脊背流下來，手指尖兒都被激得微微發麻——小嫻在說什麼？小嫻要說什麼？——什麼都不必說了……秋染眼睛裡噙了一點兒淚，恍然一笑，「我本來就小心眼兒，你又不是今天才知道……」

小嫻垂下眼睛，笑了，朝秋染伸過來手，「出去吧，廚房熱。」

秋染沒有離開。

秋染留下，被小嫻使喚著幹活。秋染那一個人的家，家務都是小時工來做的，在這裡倒甘心替小嫻抹桌掃地提水澆花晾藥材，還到店裡幫忙站櫃台。也許是累了，午後秋染倒是一覺黑甜，被余萍的電話吵醒的。余萍真的約秋染去咖啡廳聊天，秋染對她的豔史沒興趣，找了藉口推辭沒去。黃昏時，秋染與小嫻，像十幾年前一樣，一起慢慢散步到城牆上去。

秋染的目光穿過透明的時間，還能看見當年西關大街容不下的兩個畸零人兒一起走，各自懷著劍拔弩張的心事——年輕的她們，背靠背地互相支撐著，陷在自我和世界的鏖戰中。綿延的時間將戰爭拖向了和解，只是她們各自達成的和解截然相反——小嫻與她的內心和解了，放逐了世界；而秋染，她與世界和解了，放逐了內心……她們各自領受著自己生命的欠然，可她們後背上永遠有對方給予的溫度——這種與生命感覺相依偎的單純而真實的聯繫，細微輕盈得幾乎不占據她們各自日常生活的時間和空間，但卻像空氣一樣不可或缺，不容汙染……

站在城牆上，黃昏的風緩得像拖著一匹無形的絲綢，小嫻似乎也被秋染無聲隱密的激動心緒感染了，挽了她的胳膊，低聲說：「能把你留下來，真好！」

秋染也覺得真好，她仰起臉去感受那風——她的身體，久違了真實的氣溫。

秋染的身體被那真實的氣溫喚醒了。清晨的帶著露水和花氣的涼，正午灼灼的明亮的熱，午後的灰撲撲帶塵土味兒的溫，潑了水在院子裡，黃昏的霧靄升起來，那熱落潮似的退去了，偶爾還翻個浪花，吐出點兒腥甜的植物氣味，夜氣是一點一點從腳下的土地裡生出來的，夜風勾連了天地，慢慢也浸潤成了無形的水，在人身上流過……

如此過了兩日，秋染有種奇怪的感覺，只覺得體內四經八脈都舒展起來，以前越睡越是冷硬瘦沉的身子，柔和溫暖了——她體會到了真正的醒來。

真正的醒來自真正的睡——秋染從未睡得這樣飽足，將去的睡意纏綿地抱了抱她溫軟的身體，倏地就散了，腦子裡灌滿了清冽的晨風，像夏日花木一樣汁液充沛的肢體伸展出去，輕盈而有彈性，她在枕上微笑了——沒有緣故的愉悅，只因為一夜好睡。

秋染一躍而起，抓起衣服穿上，拉開房門，合歡的氣味跟著晨風進來了，一起進來的還有院子裡低低的吟唱聲，聽不清楚是什麼，隔著竹簾看見小嫻母親的背影——她彷彿在做瑜伽一樣，極慢而優美地將手臂彎曲，攏向懷裡，頭向後仰，一條大辮子垂下去辮梢幾乎掃到了裙子邊，慢慢轉身……秋染怕驚到她，就只在簾後站著，沒出去。

小嫻拎著馬桶從院門進來，小嫻母親結束了自己的舞蹈，走回房間，關上了門。小嫻過來，衝簾子裡的秋染說：「今天不用叫，自己醒了？」

秋染掀簾子出來，衝小嫻一笑。秋染也去倒自己的馬桶，並且刷乾淨拎回來了，然後洗漱，又很自覺地掃院子去了。

吃完早飯，秋染回房，聽得放在梳妝台上的手機嘀地一聲，提示有未接電話。秋染拿起來看，是余萍的，昨夜十一點多打的——秋染本欲不理，想想還是回了過去。果然，余萍反倒問秋染一大早什麼事。秋染說了，余萍笑起來，喝多了喝多了，找時間再聊吧——趕著上班，正開著車呢。

秋染掛了電話，也就把余萍撇開了，自己默默盯著電話半晌，忍不住還是打了江天的電話，依舊是關機。

秋染在心裡嘆了口氣，拿著手機從房間裡出來，小嫻正要到前面店裡去，秋染也跟了過去。走到過廳屋的時候，秋染決定跟小嫻說說江天和自己的故事。

五天沒有消息的江天，終於打來了電話——不過他沒打給秋染，而是打給了林小嫻。

秋染不知道江天什麼時候記下了小嫻的電話號碼，小嫻接電話的時候，她剛剛把自己的藥濾好端出來，放在葡萄架下的茶几上。小嫻立在堂屋門口接電話，秋染起初沒在意，坐在藤椅上，看著不遠處的木槿，次第又開出了新花。

小嫻的說話聲音素來不高，可還是有一兩句傳進了秋染的耳朵，從內容上秋染聽出了對方是誰。秋染吁出口氣，搓熱了雙手，拿掌心焐在胃脘上——小嫻囑咐她沒事兒常這樣做。這動作倒有幾分捫心自問的意思——秋染能感到手掌下砰然跳動的心臟，她到底不是澄澈平靜心如止水的林小嫻，想起江天，滿腦子滿心，依舊是廬山雲霧浙江潮……

小嫻走了過來，微笑著把電話遞給秋染。

江天在電話那端喂了一聲，秋染應了一聲。江天說：「林大夫到底不肯幫忙，我只好再想辦法了——你好嗎？」

秋染應了聲好。江天沉默了一會兒，說：「打一次就知道關機了，怎麼還不停地打？傻不傻呀你？」

秋染沒接這話，只問他事情的究竟，江天大概說了，崔琳得到的消息基本正確，只是江天跟那案子牽涉不深，交代清楚也就出來了——送錢的比起收錢的，總還是容易得到原諒的。天一書局停業整頓，江天有很多事情要處理，他策畫中那本「玉女心經」，也要想辦法繼續推進。

秋染聽完，說：「你沒事兒就好——小嫻等我呢，我們今天要出去。」

十一

小嫻帶秋染去了一家西郊外很遠的老年公寓，羅鑫的奶奶住在那裡。小嫻大概半個月來一次，除了看羅奶奶，小嫻還給那裡一些患慢性病的老人做針灸埋線。因為太遠，小嫻不能天天來扎針，在穴位埋線效力久一些。小嫻還帶了不少藥和吃的，老人們見了她，很是雀躍。

把衰老集中在一起，竟是如此殘酷的一種景象。秋染在那些老人中間產生一種很荒謬的罪孽感——只因為自己還年輕。秋染不自覺地躲避著老人們的目光，她甚至都不敢大口呼吸，彷彿那空氣裡都有衰老的因子，吸多了進去，自己的身體髮膚瞬間枯槁……秋染也認識的羅奶奶，沒想到老太太記她記得更清楚，連秋染在她家吃過一次新出鍋的熱饅頭都還記得，說了會兒話，小嫻要去醫務室診脈針灸了，羅奶奶很驕傲拄著拐站在走廊裡叫，小嫻來了，秋染滿耳就聽見人叫小嫻小嫻——秋染趁小嫻被人圍著，就溜到外面去了。

老年公寓的院牆外種了很多松柏，成群的小粉蝶雪片似的飛起飛落，秋染放眼一看，心裡咯噔一下——兩排密植的松柏間有條煤渣鋪的小路，一角花圈從路對面的松柏間露出來，再看是個賣香燭奠品的攤子。秋染緊走兩步，她辨識出了方位——這家老年公寓竟然就在鈞州依鳳嶺公墓的背後。秋染每次來掃墓都是從正門進的，正門在另一條公路上，與火葬場和殯儀館相對。

秋染是正面撞上自己始終不肯正視的東西——衰老與死亡，她立刻本能地逃避地扭開了頭——不能想，也不敢想——母親去世快六年了，秋染始終沒有在內心接受母親死了這個事實——她唯一應對的方法就是不想，甚至年年清明站在母親的墓前，都不想——麻木地機械地燒紙錢，不知道為什麼要這麼做，也不知道為誰做——這是跟母親和秋染都沒有關係的一件事，因為父親弟弟需要她來做這件事，她就做了——如果可以，她不會做的。母親不在那個墓穴裡，她還在秋染的心裡，只是秋染還沒有力量去應對這件事——秋染不知道該如何面對、理解和接受死亡——母親的死亡，還有死亡本身。

這是個巨大的問題，被這樣的問題壓著是不能生活的，所以秋染就背過臉去，不看這個問題。可她知道它像陰雲似的一直壓在那兒，沒有重量的一種壓迫。秋染回到老年公寓院裡，守著花壇裡幾株舉著沉甸甸花盤的葵花，呆呆地出神——小嫻背對著世界，她卻敢這樣直接拿眼睛去看徘徊在世界邊緣的衰老和死亡……

等了將近一個小時，小嫻出來了，兩個人一起回去。回去那趟公交車卻要到公墓正門那條路上去等，秋染跟著小嫻，穿過那條煤渣小路，沿著公墓的圍牆走了半天，看見了對面的公交車站牌。過馬路，經過殯儀館門口，秋染一直拉著小嫻的胳膊，四五輛車開來停下，秋染和小嫻很自覺地靠後站下，最後那輛商務車的車門拉開，先下來那人轉身從車裡人手中接出一幅遺照，秋染無意間看了一眼——在黑紗環繞的鏡框裡微笑的竟是余萍。

兩天前的夜裡，余萍死在她辦公室的小套間裡。小套間裝得跟酒店的單人間一樣，余萍平時在那兒午休，有事不能回家時，也會住在那兒。她的屍體是第二天上午打掃衛生的服務員發現的。公安局排除了他殺的可能，屍檢結果證明她死於過量的安眠藥，體內有大量酒精，沒有留下遺書。

那天在殯儀館碰到的兩位女同學告訴了秋染和小嫻詳細情況。即使在那樣的地方，兩位女同學還是拉著秋染驚喜地又叫又抱，一個說起在電視上看到了她，這麼多年都沒有變化——她們都老得不能看了！另一個說她讀高中的侄女特別喜歡秋染的小說，她說秋染是她的同學，侄女還只不信。秋染瞬間陷入了恍惚——即使是夢，也是荒誕得無法想像的怪夢！

秋染半天才弄清楚，余萍就死在跟她通電話的那天夜裡，早上她還一切正常，正忙著開車上班，夜裡就死了——那天發生了什麼？提到余萍，兩個女同學與秋染久別重逢的興奮一下降溫了，一聲接一聲地嘆息，困惑，傷感——沒人知道因為什麼事兒！有人說是抑鬱症，她可不像——豁豁剌剌的一個人，愛說愛鬧，日子比她們不知道好過多少，開著幾十萬的車，怎麼會出這種事?!太可惜了——咋就不想想爹媽孩子——還沒敢讓孩子知道！孩子他爸來了——就那個穿淺藍襯衣的……接下去，自然是一些對余萍死因的猜度——無非男女之間那點兒事兒，不過余萍留下的猜想空間更大而已，猜不透，還有「抑鬱症」這個萬能選項……

秋染和林小嫻都沒有說話——說什麼呢？的確也說不出什麼，秋染怔怔地落了幾滴眼淚。回去的路上，秋染和小嫻一直緊緊拉著對方的手。

余萍的追悼會上，迎賓館的領導在致悼詞，秋染什麼也沒有聽見，耳邊只有余萍咯咯的醉笑聲……秋染和小嫻跟隨人群走出來的時候，意外地發現廳外台階上站著戴墨鏡的江天。秋染本來一直撐著，看見他忽然哭了出來，江天嘆了口氣，伸手把她攬進了懷裡。

江天就這樣自然而然地轉化了他們之間的關係，秋染似乎也自然而然地接受了——雖然心裡依舊悲欣莫辨前途未卜。

江天開車，載秋染、小嫻回去。途經迎賓館，看到大紅的充氣拱門搭在賓館門前，貂蟬文化節次日開幕。江天說，他此來鈞州，是給崔琳的「論衡」特別節目「鈞州與貂蟬文化論壇」做嘉賓的——他主動要求的，江天覺得應該在電視上及時出現一下，以正視聽。他們今天入住迎賓館，聽說了余萍的事，江天就趕了過來。他趕來，只是站在門外——秋染看著江天，在心裡嘆了口氣。

江天把她們送回西關大街，小嫻下車後，秋染也跟著下去，江天叫了聲秋染——秋染回頭，江天想說什麼，又噍了回去，點點頭，開車走了。

小嫻去了店裡，秋染回到小院，並沒進屋，只坐在院裡的藤椅上，感覺卻似站在懸崖邊——頭暈，心慌，手腳發麻，一身一身地出虛汗，胸口卻似抱了塊冰一樣，又沉又冷……

院門一響，小嫻卻又回來了，「趁你還在，幫我收拾一下書房吧。」

小嫻似乎有意把秋染這個義務工使喚個夠，真的拉著她把個偌大的書房仔仔細細給打掃清理了一遍。說來也怪，爬上爬下地搬書撣灰歸類擺放，擦洗書櫃桌椅各種擺設，幹了一身汗出來，心裡鬱結的那個又沉又冷的疙瘩，倒散開了。

書房裡被撣起的灰塵裡有股特別的氣味，秋染想起來了，倒像小嫻泡給她喝的岩茶的香氣——果真翰墨有香，古舊，綿密，欲語還休的緘默裡，藏著密密麻麻的注——注著牆上那幾句因為爛熟而變得無從著落的套話：是非成敗轉頭空……青山依舊在，幾度夕陽紅……

從那橫軸的落款上看，是小嫻外祖父寫的。小嫻掬了一捧卷軸在書桌上，小心撣去灰塵，秋染展開兩幅，都是用工整的柳字寫的對子，筆跡一樣，娟秀裡透著稚氣，也未見特別的好處，看寫的那句子：孤標傲世偕誰隱，一樣花開為底遲……小嫻說：「這是我媽上學時練的字，姥爺一直收著，還給她裝裱了……」

窗子開著，有陽光照進來，光線所及之處，彷彿有煙霧盤繞那光柱升騰一般，光照不到的地方，暗沉沉的空氣竟是潭水，秋染感到一股氣息潮水般從幽暗之中湧過來，浩浩蕩蕩，無從辨析，無從收拾，竟從她身上捲過，撲到窗外去了……小嫻低頭捲著手裡的字幅，額前幾絲散髮似被風揚起，窗下種的臘梅，此時生滿豐腴的綠葉，斜著伸一枝上了窗台，那枝子卻紋絲不動……。

十二

約好了，明天，秋染和江天一起走。

簡單吃了午飯，小嫻催秋染去歇歇。秋染靠著枕頭朦朧一會兒，心裡似有牽掛，猛地醒了，就起來了。院子裡靜得很，蟬聲很遠，那隻玳瑁貓蜷在堂屋台階上睡覺，被秋染開門的聲音驚到了，藏在懷裡的腦袋猛地抬了起來，看看無事，探爪拱背地伸了個懶腰，挪了挪地方，又把頭尾都蜷進懷裡睡覺了。

院子有濃郁的藥氣，小嫻從廚房裡出來，秋染問她這時候煎的什麼藥，小嫻說：「給你做點兒膏方，帶回去，再吃一段時間——讓我把一下脈。」

秋染跟她在葡萄架下的藤椅上坐了，小嫻把完脈，笑著說：「虧得我想到了，讓你幹了半天活，不然上午那番七情糾纏，我幾天的工夫就白費了。」

秋染被小嫻說得竟有些羞慚，笑了一下，小嫻看著她，「我姥姥以前說我，心冷口冷，牛心左性的——想來，她說的不錯，難為你，肯擔待我。」

秋染察覺到小嫻話後面的傷感，推她的手，「說什麼呢？」

小嫻笑了笑，「不管哪個年代的人，都難逃要為自己的時代受苦，也難逃會被自己的時代傷害……」小嫻頓了一下，「受得了就忍著，受不了就要逃——媽媽就逃到她的病裡去了——我也在逃——有時候想想，自己所謂愛惜心性的說法，也許是怯懦的託辭……」

小嫻想了想，笑了一下，「其實也沒什麼兩樣——跑到地球那邊轉了一圈，又逃回這個小院子裡來了。別人看我，是個事業、愛情、婚姻全面失敗的可憐蟲，我是算過得失的，所以寧肯這樣——你不一樣，你不會逃的——想要的東西那麼多——想要就要吧，只是別讓它們傷你太深，別太委屈了自己的心。我有時候覺得我們這個時代比起姥姥姥爺、媽媽他們經歷的時代更說不清——你被傷害了，都不知道被什麼傷害了——就是死了，也不知道死在誰的手裡，為什麼死了……」

一貫平和的小嫻，竟然說出一番如此沉鬱的話來，秋染只覺得心酸，卻說不出什麼。小嫻笑了一下，「不該說這個的——你那麼聰明，本也不用說。」小嫻說著起身，去廚房看藥了。蒸騰的藥氣，意味深長地在無風的午後院內盤旋。

晚上在燈下收拾行李，江天打來電話，也沒什麼事兒，他在迎賓館房間裡，明天錄完節目，就走吧。秋染應了聲，本就說好的，他是沒話找話。秋染也明白，崔琳來了，江天有些怕她多心……說了幾句淡話，就掛了電話。秋染握著電話，想起下午小嫻說，想要就要吧，只是別讓它們傷你太深……

秋染正發呆，小嫻拿著塊棉布進來，「那盒子用這個包上放在箱子裡。」

秋染回過神來，看著梳妝台上的剔紅漆盒，說：「還是你放著吧——或者我們找人鑒定一下，真要是個價值連城的寶貝呢？」

小嫻笑起來，「我還知道它值多少錢。找不見的那些年，姥姥說起它，滿口滿心的喜歡，姥姥又說人之愛物，也關乎運數，她喜歡剔紅漆盒，喜歡工筆牡丹，到底還是活到了昌明隆盛的年月，那花開盛世的牡丹還在，怎麼那盒子倒不見了呢？」小嫻拿手指觸摸著盒子上肥厚的牡丹花葉，「可真是富麗——髹漆據說有上百道，半乾的時候刻下去，這麼精緻繁密的纏枝花葉，得費多少心力——只是我不喜歡，就連『剔紅』這兩個字我也不喜歡，讓人覺得疼痛——」

「要成器，疼痛總在所難免——」秋染走了過來。

小嫻笑著說：「所以送給你呀——你成器，我不成器！」

秋染也笑了。小嫻包起漆盒，「劉老師給我講過，拿刻刀在石頭、木頭這樣的硬東西上刻叫雕，這東西是在胎上的漆半乾柔軟的狀態下動刀的，所以叫做剔——什麼樣的心性，產生了這樣的工藝？這端凝華豔的紋路，分明竟是慘烈的傷口……」她把盒子遞給秋染，「我看著它不由自主地會想起很多人很多事——偏都是不願意想的！幫幫忙，拿走吧。」

秋染接過盒子，「這麼說我就安心拿了——其實我想要你另一件東西——那幅有馬有湖水樹林的畫，還記得嗎？」

小嫻說：「虧你還記得——我找找吧，只怕找不到了。」

從鈞州回來的路上，江天一邊開著車，一邊對坐在他身邊的秋染說：「找個時間，跟我回一趟武漢吧！」

和江天的父母家人一起過了仲秋節回來，兩個人去商場買東西，秋染拉起樣品床上的一套大紅玫瑰紋的床罩，問江天，怎麼樣？

江天說：「一般吧。」

秋染看著江天，到了嘴邊的問話，到底還是給噝回去了——能問什麼呢？又能問出來什麼呢？她丟手去看別的東西了。

還是跟以前不一樣了，至少跟親近朋友聚會時，江天能攬著秋染走進房間。崔琳無限感慨地笑道：「真是患難見真情啊！」

秋染一笑，沒說話。崔琳看著她，忽然說：「怎麼在鈞州住了幾天，你笑起來都有些像林小嫻了？」

旁邊有人問林小嫻是誰，崔琳就說：「一個當代資深美女版陶淵明——大佬捧了十八斗米過去，人家也不肯彎彎腰……」

崔琳又拿出那副講慣怪力亂神的腔調講起了林小嫻，秋染也奇怪自己竟沒生氣——小嫻的藥治了她的藏寒，竟還真能讓她心氣平和，不上火了。秋染扭頭看著窗外，她忽然有些想小嫻了……

崔琳的話說到最後，是小嫻需要心理治療——她如此過分的避世，無疑是病態，是心理創傷後的應激綜合症，崔琳好心提醒秋染，作為朋友，不該縱容她的逃避，而應該提供更積極的幫助……

秋染微微一笑，說：「你說得對，小嫻是病態，不治療只怕也該喝醉了摟著別人大哭了！」

崔琳被噎了一下，沒接話，江天眉毛一挑，笑了——秋染自己也察覺了，方才這句話，活脫就是小嫻的口吻。

飯後散的時候，崔琳遞過來兩張裝幀華美的戲票——京劇院的新戲《傾城之戀》國慶期間首演，她笑道：「去看看吧，聽說不錯……」

秋染感覺崔琳那笑裡藏了隱密的嘲諷。江天的手攬住了秋染的腰，給大家揮手告別。秋染手裡捏著那兩張戲票，靠著江天朝停車場走去，一路都沒說話。

江天沒話找話地敲著那兩張戲票，「就這點兒帶餿味兒的剩飯，你熱過來我燙過去，他們也不問問觀眾，吃沒吃噁心？反胃不反胃？」

秋染拉開車門，「不是沒本事做新的嘛！」說完砰地關上車門，順手把票丟進了車門裡的凹槽。

江天發動車，自己想想，笑著問：「改編成京劇——白流蘇倒是現成的青衣，范柳原怎麼扮？老生唱可笑，小生唱，更可笑……」

秋染嗤地笑了，「有什麼難的？還有《游龍戲鳳》裡的正德皇帝當樣子呢！」

江天吁了口氣，「可算笑了——我還當崔琳惹惱你了。」

秋染又不說話了，扭臉看車窗外的夜燈。

其實和以前也沒什麼不一樣，江天更忙了，忙著「二次創業」。吃完飯送秋染回家，他還要去見人談事，好在他把人約到了秋染家附近的咖啡廳。夜晚的車流緩慢淌著，他們隨波逐流，前方高樓上巨大的屏幕閃動著色彩豔麗的繽紛畫面，最後有一幀定格了瞬間，虛擬技術做出的蔚藍天空下，聳立著斗拱結構疊架出的那個端凝華豔的紅色建築——秋染忽然荒唐地感覺那東西彷彿一個巨大的剔紅器物，小嫻不會喜歡……

車流緩慢得索性停滯了，江天很克制卻不無焦灼地握拳輕磕著方向盤——有商家在做活動，禮花騰空而起——秋染在座上靠得更舒服些，耳邊彷彿聽到小嫻口氣淡淡地說，忙什麼？頭頂夜空裡，巨大的金色線菊旋開旋謝……

二〇一〇年十二月一日

天河

一

秋小蘭去醫院看姑媽秋依蘭，她得給姑媽彙報團裡重排大戲《天河配》的準備情況，這次重排，戲名改作了《織女》。

秋依蘭靠著枕頭在床上坐著，臉色蒼白，兩頰緋紅，秋依蘭從小氣管和肺就有些弱，唱戲練功倒好了，老了卻又嬌氣了。想想不可思議，那麼孱弱的胸腔竟也成就了戲曲舞台上的一代名伶。美人遲暮了還是美人，美人就是得病得的也是美人病。秋小蘭插好帶來的香水百合，把花瓶挪到離姑媽病床遠些，放在了對面的窗台上，太近了，濃烈的花香會讓秋依蘭頭疼的。

秋小蘭七歲就跟著姑媽過了，可很難說到底是誰一直在照顧誰，秋依蘭的工愁善病造就了秋小蘭的樸實健康，秋依蘭的尖刻霸道造就了秋小蘭的通情達理，秋依蘭的敏感多情造就了秋小蘭的性平如水。

「角色還沒定，挑了些孩子，先在那兒排舞蹈呢。」秋小蘭說著，坐下，開始削一隻蘋果。

「你跟那個竇河談過嗎？」秋依蘭問。

竇河是這次《織女》的編劇兼導演，從省藝術研究院請來的。

秋小蘭旋轉著蘋果，紅色帶著臘光的果皮從淡黃的果肉上滑下來，螺旋著垂在她纖細的手指間，越來越長，秋小蘭搖了搖頭，笑一下，繼續削著蘋果。

秋依蘭思忖了一下，「放心，織女肯定是你。」

「那谷月芬呢？」秋小蘭把一條完整的果皮放在盤子裡，拿著那隻蘋果，不知道該拿它怎麼辦，她並不想吃蘋果，最後，她把蘋果也放到盤子裡，用那根蘋果皮圍起來，她像個孩子似的很認真地在那兒擺弄蘋果皮。

秋依蘭笑了，笑得咳嗽起來，咳嗽著還說：「你見過那麼胖的織女？」

秋小蘭也笑了。

秋依蘭抬起胳膊，她的手裡總是抓著條手帕，手揮目送之間流連飄搖著略顯誇張的柔媚，擦了擦嘴角，說：「三十五歲，正是好時候……」

秋小蘭低頭微笑了，有點憂傷。秋依蘭沒有看秋小蘭，她忽然滿心地淒涼，就哽咽了，不再往下說。病房安靜了，窗外樹蔭裡的鳥聲脆而響，滴溜亂跳的鳴聲滾得哪兒哪兒都是，像戲台上的花衫彩旦。

秋依蘭是閨門旦，豫劇裡的閨門旦是被人總結出來的稱謂，有點像京劇裡的青衣，但比青衣的唱腔表演華美柔豔，也許更接近梅大師創造的花衫一行。五六年秋依蘭一齣《白蛇傳》，紅遍豫魯晉陝數省，一直唱進北京城。秋依蘭扮出來的白娘子，真是神仙中人，她的氣不是很足，但腔好聽，她很會用嗓子，特別是那股亦嗔亦喜噙羞含怨的勁兒，實在是讓人著迷。團裡刻薄人的話，別人是人演妖精戲，秋依蘭是妖精演人戲，怎麼比？

秋依蘭不怕做「妖精」，秋小蘭怕。秋小蘭的體格容貌和當年的姑媽酷肖，可她在生活中，故意朝粗礪上去做，秋小蘭的穿著打扮一直很中性，現在倒顯得時尚了，可上戲校的時候，她被那些妒嫉她的女同學們說成變態。

秋小蘭畢竟是秋依蘭的侄女，老話說，侄女仿姑，外甥仿舅，她掙不脫連著秋依蘭的血脈，何況，她還是秋依蘭嫡親的衣缽傳人。

秋小蘭天生唱戲的本錢看上去比姑媽還足，性子又靜，能吃苦，不用打不用罵，小小的一個人在秋依蘭的小院裡轉著圈踢腿，一轉就是一下午。

秋小蘭現在還很懷念在小院裡一個人練功的時光，牆上有斑駁的樹葉的影子，她想著遙遠的舞台，心裡覺得很美。

秋小蘭也不知道自己算命好還是不好。有人說她命好，秋依蘭就是她的好命；也有人說她命不好，該有的全有了，怎麼就紅不起來呢？

秋小蘭聽過句老話，命中合該有九升，走遍天涯不滿斗。既然命中註定，又何必走遍天涯呢？安於天命的人是聖人，是智者，凡人到底按不下心裡的那點不甘，猶猶豫豫，疑疑惑惑，走走停停，停停走走，忽然在天涯海角的某個地方一回頭，看見了自己的命，看見了，這輩子也到頭了。

秋依蘭是不聽這種話的。秋依蘭是柔弱的，也是激烈的，她弱的是姿態，烈的是心性。台上台下秋依蘭都是秋依蘭，她是不能被忽視的。秋小蘭是被姑媽拽著長大的，她還是那個在小院裡一個人練功的小女孩。上了台，扮上妝，讓人眼前一亮，一開腔，讓人精神一振，可一折戲下來，總讓人覺得差那麼點兒意思。別的演員的毛病能挑得出，秋小蘭的毛病還真不好挑。不好挑不等於沒毛病，不然，她的戲怎麼就那麼不抓人呢？

秋依蘭給秋小蘭說戲，她慢慢看出了毛病，這孩子心太靜了，你看她的眼神，就是唱「左瞻望右顧盼棺材一個，陰森森情慘慘使人難活」的秦雪梅，那雙眼睛裡還是波瀾不興的。

也許還小……也不小了，十七了，十七歲的秋依蘭已經是角了。這孩子太順當了，被自己護得太嚴實了，秋依蘭嘆了口氣，該讓她磨練磨練了。戲是苦出來的，戲裡戲外的苦都得吃，比起戲外的苦，練功那點苦算什麼呀？有時候她吃的苦，能讓人從每個汗毛孔向外滴答膽汁。

秋依蘭那隻柔弱的握著手帕的玉手總能用力抓牢命運的韁繩，哪怕抓得兩手血肉模糊，也絕不放鬆。

《天河配》是從黃梅戲移植來的，當年是地區豫劇一團，就是市一團的前身，為正當紅的秋依蘭排演的大戲，在全省戲曲調演中好評如潮，正準備繼《白蛇傳》後再次進京彙報演出。年少得志的秋依蘭自然成了別人的眼中釘，她的一本日記莫名其妙就出現在了學習會上，有人說她是劇團中暗藏的右派分子。

秋依蘭的名字就出現在了劇團上報文化局的右派分子名單上，但文化局的一位領導大筆一揮給劃掉了，還批評劇團領導，放著真正的右派不抓，秋依蘭還是個孩子呢，她恐怕連左中右是啥都不知道！

秋依蘭知道不知道左中右無關緊要，秋依蘭知道自己很危險，關於她和那位局領導的傳言也多起來。她去駐當地的部隊慰問演出的時候認識了一位中年喪妻的師政委，秋依蘭覺察到對方隱約的意思後，果斷地把自己嫁掉了。她蜜月沒度完，那位局領導自己就成了右派。秋依蘭總算從一塊浮冰上跳到了一塊礁石上。

秋依蘭的丈夫比她大二十七歲。但她的軍屬身分和天生的世故讓她躲過了很多劫難。文革裡氣和罪多少也得受點兒，可總沒傷筋動骨。七七年重新上演《天河配》的時候，脱掉打著補丁的樣板戲服，重新換上雲裳霓裙的秋依蘭還是仙女。

也就是這個時候，秋小蘭被姑媽從老家帶了回來，改名叫作秋小蘭。

真實的關於姑媽的記憶，也是從這時候開始的。姑父是個穿著白襯衣綠軍褲的老人，天氣好的時候就躺在院子的躺椅上睡覺，手邊放著一根油亮的藤製拐杖。秋小蘭非常怕他，更怕那根拐杖。姑父經常拿這根拐杖狠命地打姑媽。

年幼的秋小蘭也弄不清楚原因，但從姑父的咒罵裡，秋小蘭大概也明白，唱戲的姑媽是個壞女人。秋依蘭挨打的時候就拼命護住自己的臉，像刺蝟似的縮成一團，任由丈夫去打。小蘭嚇得連哭都不敢哭，只覺得胸腔脖子一抽一抽地劇烈地疼痛，她總是躲在床下面，抱著自己的一雙棉鞋，小蘭曾經咬破過一次嘴唇，姑媽告訴她，唱戲憑的是這張嘴，要知道愛惜。後來，她就把棉鞋的鞋幫塞進嘴裡咬著。

姑媽挨完打，就把小蘭從床下面拉出來，讓小蘭給她擦藥。擦的是一種氣味濃烈的藥油。長大後秋小蘭一直不能聞紅花油的味道，聞到喉頭就會出現窒息般的疼痛。姑媽挨過打不哭，總是冷笑，可到了戲台上，她還是翩若驚鴻美目流連巧笑嫣然的仙女，帶著紅花油氣味的仙女。

這樣的日子過了兩三年，姑父中風了，癱在了床上。秋小蘭感覺姑媽一下子變了，嬌弱柔媚得像戲台上的鶯鶯小姐，總是叫著小蘭，小蘭，讓小蘭拿東拿西。家裡雇的有保姆，主要伺候姑父，秋依蘭的東西只有小蘭能動，她的房間只有小蘭能進。姑父的那間屋子，姑媽很少進去，但她有時候也會進去，帶著小蘭一起進去，她必然是穿了件時髦的新衣服，故意過去拉拉窗簾，拿個東西，然後用手帕捂著鼻子，說小蘭，快走，難聞死了，這是什麼東西爛了才這麼臭啊？

姑父死在一九八四年。小蘭上戲校了。上戲校的小蘭並不快樂，女生對她都不友善，男生倒有膽大跟她說話的，可她膽子很小。她經常逃學，她喜歡一個人在姑媽的院子裡練功。

這時候，家裡經常就姑媽和小蘭兩個人。個別的夜晚，會有客人來，總是男客人，小蘭總是早早地去睡了。她在睡夢中有時候聽見姑媽在唱戲，有時候聽見姑媽在哭泣。某個清晨，小蘭看見姑媽玉體橫陳在地板上，宿醉未醒，凌亂的被子從床上耷拉下來，光著身子的姑媽可能感到了冷，身子蜷縮了一下，卻還沒醒。臥室的門開著，那個男客人不知道什麼時候走的。

姑媽那幾年的日子讓漸漸變成少女的小蘭覺得很沉重，她躺在床上，一遍一遍地對自己說，我絕不這樣，絕不這樣。

少女小蘭拒絕穿裙子，一頭秀髮結結實實地紮著辮子，連根鮮豔點的頭繩都不用，她只用黑毛線纏過的皮筋。不過小蘭從來沒對姑媽有過一絲一毫的責難或輕視，她心疼姑媽，可憐姑媽，她覺得姑媽遍體鱗傷。

姑媽那時候好貪啊，不顧一切地霸著所有的機會，搶所有的榮譽，一絲一毫都不給別人剩。她不容人，連自己的徒弟也不容。谷月芬是她弟子中最出色的，可她給老師當B檔純粹是擺設，唱吐了血秋依蘭也不會讓一場的。秋依蘭到底靠著《天河配》拿到了梅花獎，她的舞台生涯步入輝煌的時候，一次嚴重的肺炎突然宣告了它的結束。不過姑媽這時候已經是市一團的團長了，她為了認真地將息保養自己的身體，從團長位子上退了下來，她幻想還能重新登台。她自己也知道是幻想了，不過好在還有小蘭。

小蘭在劇團裡當然是公主。人生得美，又是秋依蘭的侄女，可小蘭的日子和在戲校過得差不多。她經常一個人練功，或者就在姑媽身邊默默地待著。其他的女孩子們把她不合群理解成驕傲，其實小蘭是害怕，她怕她們，也羨慕她們。

秋依蘭從團長的位子上退下來那年，小蘭十九歲。新團長一來就搞承包，一個團分了幾塊，誰掙來誰吃，戲箱拉得亂糟糟的，秋小蘭倒還是人人都想要的香餑餑，她的名字，確切的說秋依蘭的名字值錢。

姑媽不在的劇團，秋小蘭都不大想去了。單要是唱戲她也不怕，秋小蘭最怕的是頭兒給她說去吃飯，去吧，你不去人家不給結帳。

這樣的問題，秋小蘭絕不敢向姑媽請教。男女之事，秋小蘭在姑媽面前絕口不提。倒是她一天天大了，秋依蘭還常開她的玩笑，秋小蘭覺得很危險，很孤單，好像她是一個懷抱無價之寶的孩子，行走在盜賊橫行的街道上。她迫切需要一個保護者。

於是，她戀愛了，跟別人給她介紹的一個對象。

那是秋小蘭最混亂最黑暗的一段日子，但凡有一點光亮，她都會奔著去的。

有時候光亮的地方未必就是出路，沒見過在窗玻璃上撞得暈頭轉向的蒼蠅嗎？

秋依蘭只知道小蘭戀愛了。小夥子長得不錯，家庭條件也不錯，兩人要結婚了，好啊，姑媽好好打發你。結了婚，就不唱戲了。什麼?!

秋依蘭沒有辦法聽懂秋小蘭的解釋，為什麼結了婚就不能唱戲了，他不讓你唱你就不唱?!

秋依蘭瘋了，她拿起能拿的所有東西去打秋小蘭，秋小蘭從姑媽家逃了出來。離開姑媽，也就離開了舞台，秋小蘭跟著丈夫去了省城，進了人行幹工會。日子河水一樣淌，秋小蘭以為自己可以順著水漂。她沒想到她還會被戲死死的纏著拽著。終於，二十六歲的秋小蘭回到了姑媽的小院，跪在門外請求姑媽原諒，說她這輩子想唱戲。

秋依蘭在門裡面站著，說：「只要你還能唱『滔滔天河水』，我就讓你進來。」

秋小蘭跪著唱的。聽完，秋依蘭就落淚了。

秋小蘭丟不下戲，她一個人在房間裡練功，練得近乎瘋魔。她新婚次日清晨依舊五點起床吊嗓子，半年前，她在自己家裡練功，一個「臥魚」倒下去，起不來了，地毯上有了血，她打電話叫人，送到醫院她才知道自己懷孕流產了。

秋依蘭拿手帕擦了淚，「傻子呀！你是個傻子呀！」

秋依蘭擦了淚，把秋小蘭拉起來的那一刻，就開始瘋狂地要為她的傳人彌補離開觀眾視線的幾年。秋小蘭的關係從省人行工會又調回了市一團，秋小蘭很快就成了一團的招牌，除了日常演出，什麼電視晚會、各種擂台賽、戲曲大賽都被秋依蘭拽著去參加，五六年下來，亂七八糟的獎也拿了不少，可有什麼用呢？你沒有自己的戲，真正有分量的全國獎、政府獎就拿不了，沒有戲，你就成不了角！

這幾年秋小蘭唱的大都是高台戲，從北部油田顛簸到南面茶山，荒天野地裡搭起台子也能唱。他們團在省裡還是有些名氣的，出過秋依蘭的劇團，從「戲窩子」裡出來的劇團嘛。在高台上頂著野風唱老戲，過了三十歲的秋小蘭還在盼著舞台，舞台似乎更遙遠了。此時，和那個在姑媽小院裡踢腿的小姑娘相比，秋小蘭的心裡就多了一分悽惻。

市一團這次排《織女》是市裡申報全國「戲曲文化之鄉」的配套工程，政府牽線，很快有了合適的投資人。這的確是天賜良機，機會抓住了才會變成好運氣，為了幫團裡跑這件事，秋依蘭出了不少力。

這次團裡請竇河，是戲劇方面的專家、投資方和文化局領導的共同意見，要做精品工程，本子和導演差了，投再多的錢進去也有可能成為豆腐渣工程。原來戲曲靠的是名角，現在戲曲靠的是包裝，竇河就是告訴你該怎麼包的那個人。

秋小蘭早就知道竇河，省三團的新版《白蛇傳》就是竇河的大作。新版真的很新，讓看慣老戲的不少觀眾看得目瞪口呆，故事裡面沒有了青蛇，白娘子一個人到金山寺外尋夫，唱詞是哈姆雷特式的自我詰問，「斷橋」一折裡白娘子那段膾炙人口的「恨上來」也消失了，由背景群舞重現西湖初逢，表達重獲失落的愛情。秋小蘭不大習慣這種改動，但她卻很喜歡竇河營造的舞台氛圍，寫意，雅緻，讓人心旌蕩漾。

秋小蘭夢想中的舞台，落到人間就該是這個樣子。

她在姑媽秋依蘭的床邊，唱了段「機房」，噙著淡淡的歡喜。秋依蘭靠在床上用手打著節奏，慢慢地，她的手停了，眉頭微微蹙了起來，後來，竟有些憂心忡忡了。

秋小蘭還是秋小蘭，流水一樣的曲調婉轉起伏，可裡面有一塊結著冰的核，冰冷堅硬的硌著人的耳朵，看不見的透明的冰核，最動人的東西就被隔在裡面了。

秋小蘭沒有注意姑媽的神色，她在進退迴旋中，滿腦子都是竇河為她布置的織女在天上的機房，青天浩淼，月魄清涼，流雲裁幅，彩霞成錦……

二

秋小蘭和竇河以前也算認識，說過幾次話，劇協或者文化局開研討會，竇河是請來的專家。那時候，秋小蘭對竇河並沒什麼特殊的感覺。

竇河來一團的那天，自己開了輛半舊的灰藍色雪弗萊，他把車開到掛著一團牌子的樓下，自己站在那兒看著牌子發愣，他找不著劇團的大門。牌子下面是一排門面房，開著飯店美容店音像店。往旁邊看，卻是一個住宅小區，小區門口有糖菸酒攤、燒餅攤、水果攤，幾個半老不老的女人在樓前台階上坐著織毛衣說閒話，眼睛不時掃掃竇河，掃掃車，車牌表明這人從省會來。

竇河是那種不算俊秀卻很有型的男人，煙灰色T恤，牛仔褲，衣服顏色潔淨得讓人眼睛舒服，忍不住要再看一眼。他驚訝得嘴巴都張開了，有些孩子氣。他也不是頭一個找不著劇團大門的外來者，那幾個女人中有誰猜到了，說了句什麼，女人們嘎嘎地笑起來。

竇河和這些女人們應該是同齡人，他兩鬢的髮根處也能看到簇簇的白髮了。可四十多歲的男人和四十多歲的女人不是一代人。即使是夫妻，這個年齡段也活成了母子。雖然他表情驚訝，可肢體還是放鬆從容的，有點兒長身玉立的意思。他的潔淨和從容，逼出女人們的邋遢和窘迫來了。

這幾個女人都是劇團的人，市一團就藏在小區裡頭，可她們中沒誰來主動幫竇河指點迷津。竇河讓她們突然羞惱起來，不過這種羞惱藏在佯作漠視之後，因為真的漠視就不會再一眼一眼地瞄著竇河的舉動。

竇河自己笑著搖搖頭，摸出手機。

有個女人嘟噥了一句，「長途加漫遊，又得一塊多。」

她的夥伴們又嘎嘎地笑起來，這陣笑聲讓在小區門口買西瓜的秋小蘭扭了下頭。她只瞥了一眼，看到竇河打電話的側影，並沒多想，拎著秤好的半個西瓜走進小區。那輛灰藍色的雪弗萊從秋小蘭身邊駛過去了。

秋小蘭也不知道為什麼還在想剛才那個男人的側影，她忽然想起來那人是竇河。她也沒想到，竇河的身體輪廓給她留了這麼深的印象，眉毛眼睛什麼樣倒想不清楚了，但秋小蘭很肯定地認定那是竇河。

秋小蘭心裡一陣高興，導演來團裡了，戲真要開始排了。秋小蘭一高興，心竟撲通撲通地跳快了，她回到自己的宿舍，朝鏡子裡看，兩頰緋紅，更像姑媽秋依蘭了。她朝著鏡子挑眉，運眼，顧盼，嬌俏俏地亮相，咿呀出一句念白，「女兒家的心事，媽媽，你問不得的……」

秋小蘭對著鏡子噗哧笑了，笑著笑著淚滾下來，她沒有擦淚，兩條軟綿綿的胳膊拋出去，「畫堂紅燭燒，莫辜負春夜良宵……」胳膊上沒水袖，卻瘦得抬不動了，秋小蘭撲在床上，歡歡喜喜地哭了一陣。

魂夢中的舞台近了，竇河給她布置的舞台，讓人心旌搖盪的舞台，天上織女的機房……秋小蘭拉過一件柔軟的絳紅色紗衫蓋在了臉上，淚眼矇矓隔著那紗去看，是絲綢還是流雲，是錦繡還是霞光……

秋小蘭也弄不清楚自己什麼時候開始對竇河有了異樣的感覺。

也許是第一天看排「祭春」那場群舞吧。

竇河不是自己來的，他還帶了個班子來，正式戲還沒排，因為有大量的伴舞，那些從戲校或藝術學校挑出來的孩子們先跟著舞蹈輔導老師開始排練，團裡不少人去看，秋小蘭也在裡面，她到的還挺早，在場邊找了把折疊椅坐了。

舞蹈老師在給孩子們講這段舞的內容。春天到了，牛郎和村人祭祀春牛，然後開始勞作。老師還強調了服裝的不同。老戲裡的牛郎是青衣短打黃帕繫頭的鄉下孩子，可在新戲裡，牛郎要裸露出了健美的肢體，一件褐色短褡敞著胸，胯上掛著黑色的紮口褲子，短靴，散著頭髮，褐色帶子抹著額頭勒著，顯得原始，強壯，野性。

伴舞和牛郎一樣裝束，要在牛郎的唱段中一直跳著竇河腦子裡的原初民的巫舞。動作很簡單，老師強調要大家找感覺，然後喊著節拍開始練。

竇河低聲和舞蹈輔導老師說了句什麼，輔導老師大聲叫停，然後示意大家安靜，竇河這才走過去，他的聲音不高，卻很有穿透力，「什麼是祭祀？祭祀時為什麼要唱歌，跳舞，唱戲，現在鄉下不還有人請酬神戲的嗎？大家腦子裡要清楚，你們不是在表演，而是要表達！什麼是祭祀？那是溝通的儀式，溝通人和神明，溝通人和天地萬物。祭祀春牛，是人跟牛神之間的溝通，讓牛神給他們一年的好收成，給他們幸福！胳膊腿伸出去的時候，心裡要憋著強烈的欲望，要有一句衝口而出卻又緊緊扣住的話，把那頭牛想成你們的夢中情人！」

大家被最後的話弄得哄堂大笑，竇河也笑了，他走到場邊，把手舉起來，「來吧！」那隻手的手指是收攏的，但並沒完全併在一起，隨著他自己的話輕輕揮了一下，從秋小蘭坐的角度，從下到上仰視到的是手背，這隻乾淨的男人的手，幅度很小地揮了一下，像敲門的動作。

這一下，敲在了秋小蘭的心上，她一直盯著竇河的手，心猛地一撞，嘩地血液都湧到了臉上，好像有人公開了她心裡那些讓人難堪的念頭。秋小蘭慌亂地掃了一眼排練場，並沒遇到任何人的目光。她吁出口氣，下意識緊抓著的雙手手指因為用力而失了血色，她放鬆了，血液又流回到指甲裡，粉粉的，玲瓏飽滿的指甲，一粒粒罩在無色的指甲油裡，歡喜地閃著光。

秋小蘭翻轉自己的手，愛憐地看著掌心。放在那隻乾淨的男人的手裡，放在他攏起的掌心裡，像一朵雪白的半開的梔子花，被他用力一握，芬芳地碎了吧！

秋小蘭覺得胸口很疼，有些涼，好像心有了縫隙，風吹了進去，歡喜裡混進來憂傷，還有一點兒恐懼的顫慄，會死的，會死的……擔憂的心小聲嘀咕著，很想哭，卻忍不住微笑了，微笑著，淚還是流出來了一點。

那一點淚被睫毛掛住了，一抖，也沒了。秋小蘭心醉神迷地忖著自己的感覺，什麼都不在乎了。她也半天沒有抬頭看竇河，不過她知道，他在那兒，在離她不到兩米的地方站著。

秋小蘭只是在這個瞬間被提醒了，也許開始得更早，早到竇河的輪廓烙進她眼睛的那一刻，只是秋小蘭自己不知道罷了。

那天排練結束，秋小蘭走出去的時候，竇河就在她身後，和一個女演員說話，秋小蘭沒有回頭，聽聲音就知道是誰。女演員的聲音很興奮，說笑著，不是她平時侉侉的調子，聲音裡有東西緊綳綳的，竇河是個讓女人呼吸急促的男人。

秋小蘭不由得加快腳步，幾乎是逃跑地離開了。

秋小蘭愛上了竇河。

秋小蘭自己被這個闖進來的「愛」字嚇了一跳，她愛他嗎？

秋小蘭躺在宿舍的床上，手溫存地撫摸著自己小腹，安慰的，愛惜的，傷感的撫摸。秋小蘭的心慢慢平靜了下來，愛也沒關係，反正她什麼也不想要，這麼看著他就好了。秋小蘭放心了。

秋小蘭放心地每天去看竇河排練，放心地回來把他的動作再溫習一遍，放心地用纏綿悱惻的情絲去纏繞竇河烙在她心裡的影子。秋小蘭喜歡這種感覺，這種感覺讓秋小蘭暗自驚訝，而且覺得很新奇，她連著兩個晚上夢到了竇河，是美夢，春夢。秋小蘭的生命季節都跟著這夢倒錯了，清晨醒來，她會把仲夏當作春天。

這些日子來，秋小蘭無論在做什麼，都會忽然想起竇河的某個動作或者某句話，唇邊就會噙住一點微笑。秋小蘭甘心「憶君君不知」，甘心輾轉反側地單相思，她的枕畔一直放著本《婉約詞》，現在裡面詞都像特意為她的心境而寫。這種感覺很奇妙，很美麗，她自己催眠著自己。也有某個瞬間，秋小蘭心裡會閃過一絲痙攣似的痛苦。秋水長隔，悵惋總是難免的。好在還有盼頭，秋小蘭不只做夢，有時候白天也呆呆地想，她在竇河為她布置的舞台上飛舞水袖和裙袂……

關於角色的事情，出了一點小小的意外，也說不上意外，算是小插曲吧。為了宣傳的需要，《織女》中織女一角早就開始了「海選」，參加的多是各地戲校的學生，業餘的愛好者也不少。這當然只是投資方的宣傳策略，為的是在電視上熱鬧熱鬧，劇團的人誰也沒認真，大家心知肚明，秋小蘭就是織女。

終於團裡開會了，團長宣布，通過「海選」和淘汰賽選上來的六個「織女候選人」最後要和團裡的專業演員一起進行一次決賽，也好對人家有個交代。說是比賽，其實就是走個形式。然後，團長念了幾個參加比賽的人的名單，包括秋小蘭和谷月芬。

團長剛開始說，秋小蘭就覺得臉上刺辣辣的，好像大家的眼光在剝她的臉皮，不過她忍得住，眼睛裡連個波紋都沒有。谷月芬聽到團長念到她的名字，嗶地笑了，「團長，我不參加，你看我現在，都成豬八戒他二姨了……」

大家都笑了，團長說：「參加參加，都得參加，讓他們聽聽你的唱，你是正宗秋派傳人嘛！」谷月芬哈哈一笑過去了，團長這話裡有毛病，大家都聽出來了。她是正宗，秋小蘭往哪兒放呢？

如果是秋依蘭，這一個會，她就能聞出危險和陰謀的味道，看似無心的一招招棋，步步緊逼都是朝著秋小蘭而來。可秋小蘭不是秋依蘭，她只是覺得折腰和那些小孩子們「比賽」，實在拉不下臉，敷衍一下算了，不過是走形式。

很多時候，形式就是內容，沒有無緣無故被選擇的形式，形式總是有目的的，有意味的，有指向的。秋小蘭怎麼就沒從這樣的形式中讀出別人對她的不滿意不信任呢？

第二天的比賽就在團裡的排練場，顯得並不怎麼正規，竇河和團領導、戲校的幾個老師散散落落地坐在幾把折疊椅上。秋小蘭和谷月芬各自端著個大茶杯在一邊説話。那六個孩子進來了，個個都整整齊齊地化著戲妝，穿著戲服，這麼熱的天，如此灰撲撲的環境，只有她們粉黛儼然明豔不可方物。

她們六個讓排練場的氣氛陡然改變了。

梆子一敲，胡琴一響，開始了。

自然是那六個孩子先按抽籤順序唱。聽了兩個，秋小蘭平心而論，都不錯，除了一兩句裉節上要給勁的地方唱白了，也就是輕鬆放過去了，其餘的要嗓子有嗓子，要腔調有腔調，再就是年輕啊，年輕特有的那種新鮮的靈動的美，四散飛揚，就是功夫不到的地方，也讓人喜歡，肯原諒。第三個要弱一些，她沒上妝，唱的是「機房」，放得出去收不回來，把織女唱成花木蘭了。

不知道為什麼秋小蘭開始覺得心慌，她一直抱著茶杯，沒有喝，眼睛只盯著唱的那個女孩子，誰也不看。其實她很想看看竇河的表情，可她不敢。

第四個女孩子跟前兩個一樣，唱的也是「滔滔天河水」，這是整部戲中最華彩的段落，而且唱後面那段急促的垛子板時，還有繁複的水袖動作，選這段自然很能展示實力。這女孩子身量高挑，體態嫻靜，上場用的都是秋派典型的連環步，裙幅微擺，身子不動不搖，仙子一樣飄到了場子中間，她也沒有鞠躬，而是福了一禮。她略一偏臉，秋小蘭看到了她眼中盈盈閃動的光。

那光熾熱、焦灼、悲愴而且勇敢，她在哪裡見過這光，在哪兒？

秋小蘭的頭嗡的一下，秋依蘭！她姑媽的眼中就有這樣的光呀！

秋小蘭幾乎沒聽見這女孩子唱的是什麼，她害怕了，她真的害怕了，她幾乎想從排練場逃出去。秋小蘭抱著茶杯的手哆嗦了，半天才覺出得小腹處一震一震的，她的手機在褲兜裡震動，秋小蘭把茶杯交給身邊的谷月芬，快步跑出排練場去接電話。

外面強烈的陽光照得她頭暈眼花，「喂……」她的聲音也在顫。

「你怎麼不告訴我比賽的事？」秋依蘭的聲音很生氣。

秋小蘭聽到姑媽的聲音，突然很想哭，她咬著嘴唇忍住了，沒應聲。

電話那頭，秋依蘭調整了一下氣息，口氣緩和了，「小蘭，放心，好好唱……你準備唱什麼？」

秋小蘭說：「『機房』。」

秋依蘭說：「不要唱『機房』，也不要唱『天河水』，你唱中間那段流水板，『青山綠水農人家』，記住了嗎？」

秋依蘭到底是秋依蘭，她很清楚現在的局勢，她不能讓秋小蘭跟那些小丫頭硬磕。

秋小蘭失魂落魄地回到排練場，在大家的掌聲中，淡淡地唱完了那段，唱完了她的腦子也清楚了，略帶些淒婉地笑了笑，看了一眼竇河，他給她鼓著掌，注意到她投來的目光，微笑著讚許地點頭示意，站了起來，舉高了雙手鼓掌，在他的帶領下，秋小蘭獲得持久而熱烈的掌聲。

秋小蘭回到宿舍，哭了，她拿枕巾蓋住了臉，在黑漆漆的猜測中哭了，沒有絲綢，沒有錦繡，沒有流雲，沒有霞光……

三

小插曲改變了主旋律，管業務的副團長來找秋小蘭做思想工作了。

他先是繞著圈子讚美秋派藝術，然後又說如今的豫劇發展形勢，秋小蘭只是聽著，沒吭聲。最後落到了主題上，織女不是秋小蘭，當然不是說她唱得不好，她當然是唱得最好的，主要是為了市場，為了把這個戲推出去，集體研究決定搞「青春版《織女》」，雖然秋小蘭現在是藝術青春正燦爛的時候，但年齡上畢竟……啊？算是為集體利益，為大局做犧牲吧！以後機會還有，等「戲曲文化之鄉」申請下來，機會多呢，可以再搞秋派經典版《天河配》嘛！

秋小蘭深明大義，秋小蘭通情達理，秋小蘭還能怎麼樣呢？

這要換了秋依蘭……

秋依蘭的衣缽傳人在市一團重排大戲的時候，竟然被擠了出來，秋依蘭胸脯起伏，她很生氣。病中加上生氣，呼吸也就更艱難了。她用拿著帕子的手捋著胸口，可就是捋不平這口氣。

秋依蘭憋著這口喘不過來的氣，拖著病體去找自己的故人，故人自然還有她得力的人。秋依蘭要用自己柔弱的握著帕子的玉手，拉住那台已經發動著了的大車，她要讓豫劇一團投資二百多萬的大戲《織女》這輛車停下來，秋小蘭還沒上車，那車得熄火等著。

秋小蘭不是秋依蘭。

秋小蘭把事情告訴了姑媽，這件事在她這兒就完了，可在秋依蘭那裡，卻才剛剛開始。

排練開始了，秋小蘭第一天就去了排練場看排練。

秋小蘭碰到喊她秋老師的學生，就笑著點頭，揚揚手裡的本子。她是來學習的。她真的像上課似的那樣每天準時到場，拿著個本子，坐在旁邊看，還記點什麼。團裡的領導也來看，碰上了，就說秋老師主動給年輕人讓台，病著還這麼關心排練，讓人感動啊。秋小蘭就笑笑，擺擺手，指指嗓子，不說話。

秋小蘭奇怪的姿態自然引起大家的猜度，排練場上的人百忙當中還要掃一眼場邊坐著的秋小蘭，好像期待能發現點什麼。

秋小蘭卻讓大家很失望，她只在角落裡安靜地坐著，認真地看著排練，有時還往本子上寫幾句，有時痴痴地看著那些群舞演員穿插跳躍。谷月芬還是抓到了秋小蘭某一瞬間流露出的淒清神色。

開始排戲，先是說唱腔，一段一段地說，練，然後才進入情節進行連排。本來說唱腔的老師也有秋小蘭，可秋小蘭病了，嗓子疼，就先讓谷月芬和另一位戲校的老師說。

秋小蘭也是奇怪，既然說病了，還來排練場幹嗎？自己給自己找刺激呢？谷月芬將心比心地以為秋小蘭是要用一種自我折磨的方式在排練場邊上發出無聲的哭泣，抗議。谷月芬也是演員，女演員，如花美眷，似水流年，青春淌走了，她也覺得心酸，但她認為秋小蘭這種做法多少有些丟人，像個哀怨的寡婦幽幽地徘徊在熱火朝天準備婚事的人家裡，自己難受，還讓人家嫌惡。

谷月芬猜錯了，所有人都想不到秋小蘭坐在排練場邊上的真正原因，只有秋小蘭自己知道，她坐在那兒，是為了看竇河。

秋小蘭管不住自己，她總在想他。她對他幾乎一無所知，想來想去就是這些日子的那幾句話，幾個動作，神情，聲音……可就這麼點兒東西，卻無窮無盡地充塞了秋小蘭的全部意識。

還有無窮無盡的猜測，竇河眼裡的秋小蘭是什麼？

她恐怕永遠也沒辦法知道了。

秋小蘭帶著瘋狂的絕望安靜地坐在那裡，她的目光並不是鎖定在竇河身上，她知道他大致在什麼方向，她只要能感覺到他和她在一個空間內存在就好。秋小蘭也不知道自己想做什麼。她被擊碎了，擊得魂飛魄散，舞台沒有了，織女沒有了，天河卻還在，橫在她和她的夢之間，一條波濤滾滾的淚河呀！

第二天竇河到場邊跟她說了幾句話，秋小蘭得體而平淡地仰頭微笑著聽，用力地按著自己的腿，好像一鬆手自己就會跳起來，撲到他懷裡去。竇河遞給她一袋潤喉片，秋小蘭從裡面取了一片，含在嘴裡，又笑了一下。竇河的嗓子是真疼，第一天排練結束他嗓子就啞了，他現在還是主要看群舞的效果，天很熱，他用略帶沙啞的嗓子不斷叫停，解釋，然後不知疲倦地舉起手，說：「來吧。」

竇河收起了潤喉片，笑了笑，禮貌地點點頭，又去工作了。秋小蘭真的啞了，在他面前啞了，她是啞的，永遠不能說出一個字。秋小蘭咽下了一口清涼得近乎辛辣的唾液，喉頭泛出苦來，還有鹹，眼淚流到喉嚨裡去了。

第三天下午，秋小蘭被姑媽招去了，秋依蘭已經查明了真相。

整個事情竟然是竇河精心設計別有所圖的陰謀。他知道來一團排戲就得用秋小蘭，可他想用這戲捧別人，所以才從一開始就設計了那麼多花招。秋依蘭在團裡舊怨頗多，團裡那幾個頭兒或是被收買或是想報復，也跟他穿一條褲子，瞞得嚴絲合縫的。直到開始排練了才揭鍋，生米做成熟飯，秋依蘭就是想翻盤，恐怕也不容易了。

秋小蘭的身子都輕了，她怔著，她寧肯是別的原因，真的是投資商嫌她老了，不好賣了，或者團長噁心她，故意坑她，哪怕她是被人踩下去了，那個被選中的叫韓月的小丫頭是誰的閨女誰的情人……只要不是因為竇河……

秋依蘭冷笑著：「他們敢這樣，是欺負我老了，病了，鬥不動了……」

秋小蘭毛骨悚然地看著姑媽，好多年沒見過姑媽冷笑了，姑媽挨了姑父的打，讓小蘭幫她擦紅花油的時候就這樣冷笑。

秋依蘭現在也是被人打了，被竇河打了，被團裡的那幾個藐視她的頭兒打了。

秋小蘭憑空聞到了紅花油的氣味，喉頭出現了窒息的疼痛，她掙扎著，突然伏下身子，哭了。

秋依蘭喘息著，聲音卻激越豪邁，「哭什麼？明天我就讓他滾蛋！」

第四天，竇河沒來排練場。

管業務的副團長宣布排練暫停，沒解釋具體原因，只跟幾個主要演員交代了兩句，他朝還坐在場邊的秋小蘭揚了揚下巴，「小蘭，你也來。」

有人對竇河的劇本和導演構想提出了嚴重質疑。經過善意地提醒，投資方和文化局的領導要求排練暫停，再開個會研究一下。

大家終於解開秋小蘭為什麼每天去排練場的謎團了，不由得嘖嘖點頭，實在想不到啊，這小娘兒們不吭不哈，夠有心的。

秋小蘭有這心，也有這力，因為秋小蘭身後，不還有個秋依蘭嗎？

秋依蘭就是秋依蘭。

秋小蘭不知道這三天時間，姑媽做了什麼。她聽天由命地跟著團長進了會議室。

竇河看不出生氣的樣子，他依舊從容放鬆地在會議桌邊坐著，低頭看著臉前頭的一個大黑皮本子。秋小蘭沒往桌邊坐，她在靠牆的一排椅子上坐了。竇河的後背是她抬眼視線的落處。他竟然穿了件藍白波紋條條的短袖T恤，秋小蘭平白覺得竇河的衣著很刺眼，那白太亮了，那藍太豔了，那波紋的線條太動盪了，看一會兒，閉著眼睛靠在他身上頭都會暈的……秋小蘭狠狠地擰了自己一把，你怎麼這麼賤哪！

這時秋小蘭的手機響了，她的手機鈴聲是自己編的，是梆子和小鑼聲的組合，通常在舞台上提示寂靜、走狹窄危險的路，或者吃驚、思索，恍然大悟，竇河被這聲響弄得回了下頭，他看明白是秋小蘭的手機鈴聲時，笑了一下。

秋小蘭還沒放鬆擰自己的手，慌張中竟鬼使神差地想給他笑，她還沒笑完竇河的頭就又扭回去了。秋小蘭恨不得搧自己一耳光，她咬牙低頭出去接電話了。

電話是丈夫打來的。秋小蘭忘記了今天是週末，她在九十公里之外，還有一個家。秋小蘭說在開會，開完會就走，上車的時候她會打電話的。

秋小蘭重新回到會議室，團長叫她到會議桌邊坐，秋小蘭抬眼，谷月芬正衝她招手，也就過去了。

開會的人不多，除了幾個老演員，就是投資方的一個副總，文化局一位搞過創作的副局級調研員，團長副團長，宣傳部的一位副部長，他原來是文化局長，去年剛調去宣傳部。部長的身邊坐著一個陌生的男人，頭髮略長，微微有些波浪，蓋過耳朵。那男人好像跟竇河很熟悉，抽著菸和竇河說著話，竇河微笑著，笑得有些不以為然。

會議剛開始就出現了一邊倒的局面。

先發言的是那位文化局的調研員，他主要針對劇本內容談看法。織女後來不是被天兵天將抓走的，是自己飛走的，這還是《織女》嗎？改《奔月》了，織女變成了貪戀神仙生活的嫦娥，那怎麼解釋前面的下凡呢？織女下凡可不是被迫的。經典故事這樣胡亂改，觀眾是不會接受的。

竇河有些疑惑地抬起眼睛，說：「這個問題早在討論劇本的時候就說過，老戲講的是反抗專制，我們這個戲不是。」

副團長朝會議桌的另一邊揚下巴，「大家都說說，月芬說說，你跟著排了這幾天了。」

谷月芬笑了一下，「我也說不好，竇老師是專家，水平高，大家都知道。可這新戲……伴舞、服裝改倒沒什麼，創新發展嘛，啟用新人也不是問題，就是有一點兒我覺得彆扭，給牛郎加了個青梅竹馬的村姑，牛郎也包二奶，不是品質有問題嗎？」

谷月芬的話讓大家都笑了，竇河也笑了，笑得有些嘲諷。谷月芬自己倒為自己的機智幽默很得意地看了秋小蘭一眼，秋小蘭勉強笑著回應她，卻不敢再看竇河的表情。接著就聽到副團長點自己的名字，她渾身一涼，她能說什麼呢？

秋小蘭說：「我……沒想好，先聽大家的吧。」

副團長催促著：「說吧，咱們先說，說得不對沒關係，一會兒省裡的林宏老師還要說呢。」

秋小蘭覺得有一條百足蟲沿著她的脊椎在爬，一直麻到頭頂，她執拗地說：「我真的沒想好……」

秋小蘭低頭不說話了。

谷月芬詫異地看了看秋小蘭，這小女子真是高深莫測啊。

另兩位老「牛郎」也談了看法，當然都是反對意見。

只三天，姑媽到底做了什麼？秋小蘭就是再不諳世事也清楚，哪有什麼純粹的藝術觀點啊？給作品提意見照樣要看領導的眼色行事。既然領導叫停就是有問題，既然有問題，那就找問題吧。其實找出什麼問題是次要的，只要弄出群眾意見很大的形勢來就夠了。如果真能借勢扳回來，在座的幾個老演員，說不定運氣好也能分一杯羹。

當然，最大的受益者是秋小蘭。

投資方那位副總的態度很曖昧，笑著說：「我今天就帶著耳朵來的，聽完專家意見，回去給我們老總彙報。」

副團長就請林宏發言，林宏笑著點上支菸，說：「老竇我們很熟，這個戲我們也交流過，他的很多想法，我覺得很好。老竇的創作有個特點，老竇，不知道你自己感覺到沒有，你似乎總是在對抗戲曲最本質的東西，戲曲是程式化的表演藝術，離開程式化的表演，戲曲還是戲曲嗎？這是戲曲的侷限，也是戲曲的生命。悖論，我們永遠躲不開悖論，對吧？關鍵是我們要找一個恰當的融合點。挑戰觀眾的欣賞習慣不是不行，新鮮的東西比陳詞濫調有吸引力，但有句俗話，書聽新書，戲看老戲，為什麼？這裡面是有很深的道理，觀眾的期待視野在哪裡，我們必須清楚，挑戰過了頭，一定會被拒絕。你看川劇的例子，《圖蘭朵》，《美狄亞》，川劇用的還是地道的川劇程式化的藝術手段，服裝造型跟別的古裝劇都差別不大，觀眾接受了。三團的新版《白蛇傳》，老竇你下了多大的工夫，結果如何？沒出劇院就有人罵，觀眾不接受，同行也不接受，我覺得，老竇，這個問題你得想想了。還有個趨勢你也得考慮，跟你用的這個青春版概念有關，兩本青春版的崑曲，《牡丹亭》，《桃花扇》，可從形式上是在往回走，向後退，人家在展示古典，誰更古典誰就更時尚，十幾歲的少男少女都看戲去了，我們是不是該受點啟發？更重要的一點，我們不要忘了，這個戲不是一部單純的作品，是為了咱們市申報全國『戲曲文化之鄉』擴大影響才排的，要突出地方特色，要充分整合咱們市的資源，秋派藝術這個資源，不整合進來，難道不是巨大的浪費嗎？」

秋小蘭聽到這兒，覺得只剩下一個腦袋在空中飄著了，她像個夢遊者一樣緩慢地轉過頭去，看著竇河。

竇河一直很平和地微笑著聽，林宏說完了，大家都看著竇河。竇河又笑了一下，說：「老林的話有道理，不過我們今天不是來進行理論探討的，戲已經開始排了，我和劇團有合同，簽訂合同之前，我們充分討論過劇本和我的構想，如果現在讓我進行顛覆性的修改，我做不到，而且也沒有意義。當然，」他笑對團長，「你可以解雇我。」

團長也笑了，「竇老師說笑話了……」團長的眼睛看著部長。

部長慢條斯理地吐了口煙，說：「那這樣吧，團裡研究一下，把林老師也請過來當導演，兩位導演取長補短，不就兩全其美了？」

團長張了張嘴，終於什麼也沒說，笑了笑。

會開到這兒，也該散了。

部長當然不會糊塗到要兩個針尖對麥芒的導演來導一部戲，他這看似外行的表達裡很藝術地帶出了幾分威脅色彩，竇河不讓步就乾脆換人。

竇河對林宏的提議和詰問連一句回應都沒有，態度坦白而堅決，他就準備這樣走了？

秋小蘭被一根尖銳的針刺了一下，身子撲地落回到椅子上，織女要回來了，舞台要回來了，可竇河要走了……

秋小蘭不能再想下去了，她被谷月芬拉著離開了。秋小蘭走到門口的時候，團長還和竇河在說著什麼。她回頭看了看他那件藍白條條的T恤，那顏色讓他在她眼裡變成了個年輕男孩，被位高權重的老人欺負了的年輕人，她很想把他攬在懷裡安慰他鼓勵他。

秋小蘭悽惻地轉回頭，走了。

四

秋小蘭回到宿舍，簡單收拾了一下東西，拎著個小包鎖了門。她準備去汽車站坐大巴，回九十公里外那個家。是家，就得回呀。

她走到劇團門口，身後聽到汽車喇叭聲，她回頭，看到竇河從車窗裡探出頭打招呼。

「秋老師，出去嗎？我送送你吧。」竇河說。

「噢，不……不用了，我回……鄭州。」秋小蘭竟然有些結巴，然後站到一邊，意思是讓竇河的車先過去。

竇河說：「真巧，上車吧，我也回去，走吧。」

秋小蘭被將在那兒了，竇河伸手推開了另一邊的車門，秋小蘭上車坐下後才覺得自己的腿是痠軟的。

突如其來的一個小時的單獨相處，是幸福還是受罪，秋小蘭真的說不清楚。她身上一陣涼一陣熱一陣麻，面紅耳赤起來，鼻頭滿是汗。

竇河看她一眼，伸手調了調空調的送風口，秋小蘭的脖子和胸口吹來一陣涼風，皮膚上一粒一粒地雞皮疙瘩起來了，溫熱的手摸上去很不舒服。

你為什麼要有別人啊？秋小蘭對竇河有些怨。

這怨積澱下去，委屈就泛上來。

秋小蘭在沉默中滿腔的委屈都要溢出來了，不能說的委屈，溢出來就成了眼淚，竇河會被這莫名其妙的眼淚嚇到的。所以秋小蘭瞌睡似的閉了眼。

竇河打開了音響，有了音樂，沉默變得不那麼難以忍受了。

也沒有沉默到底，間或說了些閒話，家在哪條路，愛人在哪兒上班，秋小蘭知道了竇河有個上高中的女兒，他回家給女兒過生日。

竇河把秋小蘭送到樓下，下車的時候，他遞給她一個袋子，說：「這是劇本，秋老師得空看一看，要是再開會討論，也好提意見。」

竇河笑了笑，升起車窗，走了。

他什麼意思？

秋小蘭魂不守舍地坐電梯上了十二樓，打開家門的時候，才意識到自己犯了一個錯誤。

她忘記給丈夫打電話了。

通常她是上車後給丈夫打電話，告訴他車次，開車九十分鐘後到鄭州，然後打車回家。她總是這樣做，丈夫囑咐她小心，路上別睡覺。可今天碰到了竇河，秋小蘭就忘記打電話了。

丈夫正在客廳拖地，聽見門響詫異地抬頭，他看見秋小蘭，說不出話來。

秋小蘭也被丈夫的表情釘在了門口，廚房裡有嘩啦啦的水聲，碗碟叮噹的聲音。秋小蘭朝廚房的方向看，丈夫丟了拖把，「小蘭……」

碗碟叮噹聲停了，水還在嘩嘩地淌。

秋小蘭拉開餐廳通廚房的推拉門，她看見洗碗池邊站著一個穿圍裙的女人，只穿著圍裙的女人。

那條玫紅的小圍裙肚兜似的掛在她豐腴的裸體上，她的手還泡在水裡，背對著門，後背、臀部和兩條腿白花花的一片上只有兩條細細的玫紅的帶子。

秋小蘭伸手按下了水龍頭，嘩嘩的水聲停止了。秋小蘭沒看那個女人的臉，但看見了她脖子上的一塊胭脂記，她從廚房裡出來，走進自己的房間，關上了門。

秋小蘭的房間鋪著厚厚的練功毯，她經常睡在這毯子上。秋小蘭躺下去，順手把竇河給她的劇本塞到臉下面枕著。

他們那麼好嗎？那麼纏綿嗎？天天在一起，就週末這兩天，還要爭分奪秒地算著她回來的鐘點分開嗎？他們在打掃戰場嗎？怪不得每回回來，家裡總是乾乾淨淨的。秋小蘭也不想回來，丈夫也未必想讓她回來。可是秋小蘭不敢說不願意回來，好像她怎麼樣了似的；丈夫也不會說不讓她回來，好像他怎麼樣了似的。

怎麼過成了這樣？

秋小蘭的人生是經不起這一問的。

十四年前，秋小蘭是因為恐懼才躲進婚姻裡去的。丈夫是個幹部家庭出身的文質彬彬的大學生，他看秋小蘭的眼神是著迷的，可有時候又帶著點兒審視的疑惑，這點疑惑讓秋小蘭膽戰心驚。她更加矜持，矜持得近乎呆板。他們的戀愛不像戀愛，倒像是定力考驗，看誰熬得過誰。

熬得結果，他提出了分手，是在公園裡，黃昏的時候，秋小蘭不知道該怎麼辦。她和他談戀愛的事情眾所周知，秋小蘭被甩了，這一甩，硬卻脆的她就會摔個粉碎。秋小蘭沒有吭聲，他起身走了。秋小蘭伏在長椅上開始哀哀地哭，她想哭死在那裡，等著別人來看她的屍體好了。

他走了，又回來了，天都黑了，秋小蘭還在那兒哭。他把她抱了起來，她趴在他懷裡哭，不是結結實實地趴，虛虛地用手撐著他的肩，淚卻弄濕了他的襯衣。公園溜冰場改成的露天舞場裡正在放著節奏很快的歌曲，「滾滾啊紅塵，痴痴啊情深……」

秋小蘭哭來了自己的婚姻。

可這樣得來的婚姻，始終縈繞著揮之不去的屈辱感。秋小蘭也無法解釋，她正是害怕屈辱才尋求婚姻的庇護，可婚姻卻給了她最強烈的屈辱感。

新婚之夜，秋小蘭疼得眼淚縱橫，她沒有喊，她也沒捨得咬自己的嘴唇，只是無助地不停地拼命吸氣，她想要是能把那隻棉鞋的鞋幫塞進嘴裡就好了。

丈夫開了燈，秋小蘭知道他要看什麼。這是秋小蘭的第一次，她的身體還在餘痛中，麻麻的下身有熱熱的液體淌出來，丈夫給她擦拭，秋小蘭閉著眼。很長時間，丈夫沒有說話。秋小蘭感覺他起身出去了，她掙扎著起來，看看床下扔著的那團紙，紙是白的，只是白的，她看看身下，沒有絲毫血的痕跡。

秋小蘭的頭嗡地大了，她也沒法解釋是怎麼回事。

抽水馬桶一響，丈夫趿拉著鞋回來了，「別哭了，睡吧。」丈夫的聲音很平淡，他什麼也沒問，秋小蘭倒願意他追問，至少她可以爭辯一下，可他不問。他以為她為什麼哭？她哭只是因為她疼。

秋小蘭一夜沒睡，她躺在床上，體會到另外一種暴力，比姑父的藤製拐杖更可怕的施暴工具，那就是眼光。她被那藤條一樣的眼光抽得遍體鱗傷了。

秋小蘭帶著周身的疼痛昏沉沉躺到次日淩晨五點，她起身了，從家裡出來，到街心公園去吊嗓子。秋小蘭覺得這樣才能安慰自己，才能讓自己恢復正常的呼吸心跳，恢復談話行走的能力，只有練功，才讓她撐著一天一天過下去。

秋小蘭後來發現，丈夫是個善良的人，看上去有些書呆子，其實很敏感，自尊心很強，他過得也委屈。秋小蘭對性事很排斥，就是他要求，她也有些彆彆扭扭的，他一生氣，就算了。要是實在熬不住了，不管不顧地在秋小蘭身上發洩一通，他得閉上眼睛，他的身下，秋小蘭在無聲無息地流淌著眼淚，像被強暴，像被迫賣淫。

秋小蘭和丈夫之間，也隔著一條眼淚匯成的天河。

她跟著丈夫到了新地方，有了新工作，可秋小蘭卻沒辦法開始新生活。人行待遇優厚，工會工作清閒，跟劇團飢一頓飽一頓的日子比簡直是在天上了。要是仙女甘願待在天上，紅塵中就沒那麼多故事了。

他們搬到鄭州後有了這套房子，三室一廳，一間臥室，一間書房，一間練功房。臥室屬於兩個人，常年都空著，書房屬於丈夫，他住在那裡，練功房屬於秋小蘭，她沒回劇團前總住在這裡。回劇團其實是丈夫先提的。

秋小蘭把所有的自己能掌握的時間都花在了那間練功房裡，她獨自一個人踢腿，下腰，練水袖……秋小蘭在幻覺中又回到了姑媽的小院，她還是那個小姑娘，牆上葉影斑駁，她美美地想著遙遠的舞台。

直到她練功流產了。她不知道自己懷孕了。丈夫當然更不知道，在醫院病房，丈夫還是沒有說一句抱怨責備的話，只是摸了摸她被汗浸透的鬢角。

秋小蘭躺在床上，說：「我不知道……」

丈夫嘆了口氣，說：「你這個女人啊，想想真是可憐……」

秋小蘭不知道丈夫想說什麼，丈夫看著她，「你這麼喜歡唱戲，為什麼不回去唱戲呢？」

這話像朝乾柴垛上扔了把火苗，秋小蘭的心裡騰地著成了一片火海。

只是她摔得重了，竟然要做手術修復子宮。終於恢復了，秋小蘭拎起自己的包就跑回了姑媽的門外。

秋小蘭回了劇團，真跟丈夫過起了牛郎織女的生活，兩個人倒比以前多了一點溫情。秋小蘭從不想丈夫是否有外遇這樣的問題，想有什麼用呢？今天她是犯了一個錯誤，結果臊了丈夫，也臊了自己。

她怕遍體鱗傷，她躲她藏，她隱忍她克制她放棄她迎合，可到頭來還是體無完膚。秋小蘭覺得周身疼痛極了，她像被暴打了一頓。

秋小蘭很想像姑媽秋依蘭那樣冷笑，可她沒有力氣，她甚至連難過一下的力氣都沒有了。她的身子碎成了一片一片，無從收拾，無法拼合。

五

第二天下午，秋小蘭回到了劇團。

和丈夫之間還是僵著，她不說，他也不說，是啊，能說什麼呢？秋小蘭躺在自己房間的練功毯上看了一天的劇本，丈夫出去了，又回來，一直沒過來打擾她。兩個人各自吃，各自睡，第二天睡醒了，秋小蘭就走了。

竇河也回來了，秋小蘭看到了他的車在樓下停著。

谷月芬剛買了一兜西紅柿進來，看見秋小蘭，一把拉住，低聲說：「你來，我有話告訴你。」

秋小蘭被谷月芬拽著到了自己的宿舍門口。劇團本來挺大的一片院子，前面跟開發商合作開發了商住樓，職工的住房解決了，後面辦公用的還是老樓。秋小蘭住的宿舍就是座五十年代建的兩層小樓，對面是團裡四層的辦公樓。

小樓上住的只有秋小蘭一個，其餘的還是辦公室。其實前面樓上就有姑媽秋依蘭的房子，小蘭卻更願意住宿舍，清晨一個人在滴答著露水的桐樹下吊嗓子。

星期天，辦公室沒人上班，整座樓靜悄悄的。秋小蘭的宿舍在二樓盡頭，她開了門，谷月芬沒進去，「外頭說吧，屋裡悶！小蘭，你不知道竇河太不是東西了……」

秋小蘭放下包，在屋裡怔了一下，還是出去了，谷月芬摸出了個西紅柿咬了口，又讓秋小蘭，秋小蘭不吃。

谷月芬說：「今兒上午，我去拿工會發的那袋子洗衣粉，走到二樓，聽見竇河正跟團長在屋裡說話呢。他提了你的名字，我就站下來聽。這小子可太可恨了，他說什麼你就是秋依蘭的模仿秀，學得再像也是業餘表演，根本不是藝術，要是秋依蘭能上台，他讓步，要是秋小蘭，不行！他說你沒有……對了，表達，他喜歡說這詞，表達能力，會毀了他的戲！他不是胡說八道嗎？你說氣人不氣人？」

秋小蘭不是生氣了，她說不清是什麼，渾身哆嗦起來。

秋小蘭知道自己的戲不如姑媽秋依蘭，可秋依蘭就是秋依蘭，能再有一個秋依蘭嗎？秋小蘭想不到自己的戲在竇河眼裡那麼糟糕……怎麼偏偏是竇河呢？前世的冤家！

秋小蘭的手摩擦著鐵欄杆，輕聲問：「後來呢？」

「後來他們就出來了，我也就走了。對了，我碰見老侯，他說那個韓月……你看你看，真邪，說王八到鱉！」

韓月從排練房的方向過來，穿了條綠瑩瑩的吊帶裙，更襯出雪白的皮膚烏黑的頭髮，她站到了竇河的車前，兩隻胳膊背著，扭著身子在等人。一會兒竇河出來了，她一甩頭，烏黑的頭髮齊齊地跳起來，又落下去，她的人已經鑽到竇河的車裡去了。

秋小蘭的心被妒嫉的毒牙咬著了，火辣辣的疼，腫漲起來，她不能呼吸了。

「這個小妖精，從老闆床上爬到導演床上，只差團長的床了，不過咱們團長不敢！」谷月芬哈哈大笑起來。

秋小蘭笑不出來。

谷月芬推她一把，「別往心裡去，現在還不定怎麼樣呢！老侯給我說，韓月兒傍的就是給這戲拿錢的主兒，那『海選』就是為她弄的！竇河也是拼命為這小妖精說話。誰又不是傻子，就算她能得成精，她怎麼跟你比呢？功夫在那兒放著呢！不過，我聽老侯的意思，市裡不會讓他們這麼亂搞的，團長已經想讓步了，你放心，從來錢抗不過權，不信你看吧。」

秋小蘭聽谷月芬這話覺得像在打自己耳光。秋小蘭鬆開了抓著欄杆的手，拍了拍黏在手上的鐵鏽，說：「進來喝口水吧，我是渴死了。」

谷月芬把最後一口西紅柿塞進嘴裡，「不了，我得回去了，給你擱這兒倆。」說著她把西紅柿抓了兩大個兒的給秋小蘭放在桌上，然後走了。

谷月芬因為胖，走路一晃一晃的，背影看上去志得意滿。她也許從秋小蘭的神色間得到了可以回去咀嚼的東西了。

人最難的是自知。

秋小蘭學戲二十多年了，根正苗紅科班出身，竟被人評價為「業餘表演」，是竇河無理刻薄，還是秋小蘭真的有問題？

人生也是經不起驀然回首一看的。

秋小蘭在七月西斜的陽光下，回頭看了看這二十八年學戲的路，心瞬間成了灰。

如果沒有秋依蘭，秋小蘭還是秋小蘭嗎？

秋小蘭回頭，又看見了那個在小院裡踢腿的小姑娘，秋小蘭一直是那個小姑娘，她還在那堵葉影斑駁的牆前面踢著腿，想著舞台，而這些年扮妝上台的，不過是秋依蘭的影子，一個沒有生命的影子。

小院裡的秋小蘭和舞台上的秋小蘭隔著時間的河流互相注視。小姑娘心裡藏著恐懼，藏著渴望，她用力地踢腿，想尋求足夠的自信和勇氣，然後翩然化身為仙子，飄落到舞台上。舞台上的秋小蘭眼睛裡空空蕩蕩，身體也空空蕩蕩，她在那裡，她也不在那裡。

秋小蘭的戲是描紅，不是藝術。

竇河說的是對的。

秋小蘭憂傷地想著竇河，她還是對他沒有一絲一毫的惡感，就算他有別人，就算他是為了別人，秋小蘭都不能討厭他。至少，竇河說她沒有說錯。

秋小蘭對竇河沒有判斷，只有感覺，甚至連感覺都談不上，只是她的雨絲風片般的想像，無從捉摸，但無處不在。竇河就這樣籠罩著她，像光一樣，她被他困住了，前進不得，後退不能，就是想撞個頭破血流，卻又摸不到那牢籠的柵欄。

秋小蘭無可奈何，秋小蘭欲哭無淚。

秋小蘭不能吃不能睡了，她把自己關在房間裡，一遍又一遍地讀著竇河的劇本，她是在把自己粉碎，撒到那些詞句和曲調裡。

牛郎織女天河配的故事，中國人沒有不知道的，如今不還把「七夕」當作中國的情人節嗎？秋小蘭覺得過這節的情人是傻子，多不好啊！被隔絕的愛情，不幸的愛情。就連沾了「七夕」邊的愛情，都上不幸的，「七月七日長生殿，夜半無人私語時。在天願為比翼鳥，在地願為連理枝。天長地久有時盡，此恨綿綿無絕期！」

滔滔天河水，那是滾滾的淚水呀！

竇河說以前的《天河配》是講反抗專制的，他的戲不是。他要講什麼？

牛郎是俊朗的山村青年，生活在那是萬物有靈的山林，鳥的精靈會對他唱情歌，花妖會在月夜魅惑他，他忠實的夥伴，那頭老牛，告訴他密林深處有仙女沐浴的泉水，如果他扣留下一位仙女的羽衣，她就會成為他的妻子。

他選擇了織女的羽衣，織女被迫滯留在山林。他苦苦的追求她，給她人間最美好的東西，鮮花，還有愛情。織女為他焚燒了羽衣，永留人間，嫁給了牛郎。

在新婚的前夜，織女的姐妹帶來外祖母的髮簪，告訴織女，凡間萬事無常，如果她後悔或者受了傷害，她可以把這個插在頭上重返天庭。

織女的幸福被猜疑打破了，深愛著牛郎的村姑被叢林女巫蠱惑，告訴牛郎織女不是仙女，而是密林深處的蜘蛛精。她給牛郎試探織女的符咒。愛情和信仰一樣，是不能被試探的。傷心的織女插上了髮簪，向浩淼的天空飛去。

追悔莫及的牛郎在她身後追趕，織女終於在他的呼喚聲中回頭，可她一回頭，髮簪脫落，在她和她愛的人之間化成了波濤滾滾的銀河。

秋小蘭喜歡竇河的故事，秋小蘭喜歡織女那萬古傷心的一回首。

為了竇河的故事，秋小蘭忽然決定放棄了。

六

僵局總要有人來打破。

秋小蘭次日意外地收到了竇河的邀請，他請她吃晚飯。

熟悉戲詞的人該知道，酒無好酒，宴無好宴，秋小蘭怎麼就想不到這會是場鴻門宴呢？

秋小蘭沒多想，她和所有的女人想的都一樣，她穿什麼衣服去吃這頓晚飯。秋小蘭拉開簡易衣櫃上的拉鎖，扒拉著那些T恤，她很想穿條裙子，她有一些很少穿的裙子，喜歡，買來了卻沒有穿。

最後還是穿了件白色的T恤和牛仔褲去吃晚飯了，雖然秋小蘭在鏡子前試穿了所有的裙子。

飯店房間裡除了竇河還有團長，另外就是韓月。

秋小蘭看見韓月心裡咯噔了一下，竟然有些慌亂，好在很快她就拋開了。

韓月穿了條開滿太陽菊的連衣裙，一見秋小蘭就站了起來，規規矩矩地叫了聲秋老師。

秋小蘭被叫到團長身邊坐，和竇河面對面，竇河朝她一笑，秋小蘭也一笑，她忽然有種恍惚的幸福感，原來幸福這麼容易，只要這麼面對面坐著，看著，全世界都有了，整個宇宙都不寂寞了。

金風玉露一相逢，便勝卻人間無數。

雖然各懷心事，可飯桌上說的都是閒話，誰也沒提戲的事。秋小蘭更不會提，她連想都不要想，一旦有了放棄的念頭，她的人都輕得近乎飄了。她要享受這個晚上，把有竇河的每一分鐘都咂摸個夠，不管別人，不管團長，更不管韓月，甚至可以不管竇河究竟是什麼用意。秋小蘭是在迢迢銀漢之上，她不管紅塵中的事。

所以秋小蘭一直微笑著，喝酒也不怎麼推託，她的笑有了醉意，她繾綣在自己的心境中，有點旁若無人，眼波從竇河的身上滑過，像撫摸。

團長借著酒笑說韓月很想拜秋小蘭為師。

韓月很誠懇地表達了對秋派藝術的嚮往，她說她一直在跟當年秋依蘭老師的演出錄像學，很想得到秋小蘭老師的指導。

團長說韓月是個好苗子，很有希望發揚光大秋派藝術。

秋小蘭微笑著說好。

竇河似乎感覺到秋小蘭笑得有些不對勁了，他伸手擋住了韓月倒酒的手。

秋小蘭平生第一次喝醉了。

她不知道怎麼就在了他的懷裡，也不知道團長和韓月怎麼消失的，她靠在了他的胸口，感覺天旋地轉。

沒有光，也沒有燈，她不知道是什麼地方，真的是夜空中嗎？

風很涼，很大，她什麼也看不見，緊緊地抱著他，手能感覺到棉布的質地，也能感到棉布下面他皮膚的質地，秋小蘭仰頭就碰到了他的嘴唇，他吻了她，還是她吻了他？她的身體彎了下去，跌倒了，跌到雲上去了，他的身體還在，胳膊還在，手還在，她是被他攬著的，隔著衣服，她的乳頭上有輕輕的摩擦的熱，溫和的綿軟的手指的撫摸……他的手，敲在她心上的那隻乾淨的男人的手……在他手裡芬芳地碎了吧！

秋小蘭的眼淚流到了他的手上。

他的手離開了，離開得很緩慢，好像怕她跌倒，秋小蘭不會跌倒，她被軟軟的雲托著，就是跌倒，在青冥長天中也只能漂浮，不會墜落的。

他的手就這樣離開了。

昏沉中悶熱蓋下來，她翻滾著推開那積聚起來的雲，撕扯著身上所有的束縛，一陣尖銳的疼痛帶來片刻清涼，雲散了，她落在水裡，水結成了冰，光滑，堅硬，所有的束縛都掙脫了，身體某個地方遠遠地疼，可沒關係，那疼讓她覺得自己的意識還在，她的手想摸到那疼的地方，很遠，她摸不到，她的手沒有力氣，軟搭搭地在胸上，碰到自己的乳頭，癢癢的，再碰一下，秋小蘭忽然笑起來，咯咯地笑起來。

她用手背劃過自己的乳房，飽脹的線條，像鼓著腮努起嘴的孩子的臉……怎麼會想到孩子？她不會有孩子的，她的身體碎掉了，像碎掉的花萼，結不出果實。向上，纖細的鎖骨，伶仃的脖子，玲瓏的耳垂……疼愛我吧！疼愛我吧！

那些小小的聲音在她身體裡叫著。

我會愛死你們的！

秋小蘭是大叫了，她的手熱烈地去抓那些呢喃著的小聲音，細嫩的飽滿的鮮豔的漿果一樣的聲音，在她顫動的手指下，一個一個的破了，淌出汁水來……

秋小蘭在黎明時醒來，薄陰的微藍的天色就在她眼前，她躺在宿舍的地上，玉體橫陳，她覺得冷，蜷縮了一下腿，然後才完全醒了。

秋小蘭拉過床上的薄毯蓋住身子，靠著床坐著，她還不能起來。

她到底還是這樣了，像姑媽，赤裸的身體被夜色和宿醉拋到了冰涼孤單的晨曦裡。秋小蘭看到自己毯子下的左腳，她覺得有些異樣，一隻腳的腳踝看上去顏色形狀都不大對，她半天才明白過來，她把腳給崴了。

這樣一想，疼痛一下鮮明起來，

秋小蘭倒很享受這疼痛，還有渾身的痠軟。那痠從骨頭縫裡一絲一絲的滲出來，是酒，浸透了她身體的酒。酒真是詭異的東西呀，它能成就，成毀壞，讓你沉溺，也給你自由……

門上面的玻璃，藍一點一點褪掉了，開始變得一片白亮。

秋小蘭沒意識到自己在看著自己的腳踝微笑，散漫的意識流雲一樣來了又去，她卻微笑著，像早春忽然看到一朵剛剛開放的花。

有人來敲門，隔著門谷月芬的聲音響起來，「小蘭，開會。」

秋小蘭還在地上坐著，她平和地回答：「月芬姐，我一會兒就去。」

谷月芬踢嗒踢嗒地走了。

秋小蘭掀掉了毯子，慢慢起來，她從水桶中舀出水來，很仔細地擦洗自己，帶著疼愛。水在屋子裡放過一段時間，涼得很溫和，秋小蘭不著急，她不在乎那個會。

秋小蘭穿上了一條穠豔得近乎妖冶的裙子，她買了有好幾年了，從來沒想過要穿，猩紅的纏枝玫瑰、綠得汁水滴答的葉子布滿幽暗的底色，縫隙間塞著孔雀藍的貓臉花。裙子是真絲的，所以那穠豔的色彩上蒙著一層灰灰的珠光，款式很簡單，一字領，中間一根同色的帶子，長長地打個結垂下去。

秋小蘭從來沒覺得自己這樣嬌弱，因為腳踝的疼，她覺得自己很嬌弱，對自己滿心的疼惜，自己被自己虧待了多少年了，她幾乎是愧疚地把自己攬在懷裡，恣肆地疼愛著。她踩著一雙暗紅色的皮拖鞋扶著牆一瘸一瘸地下樓去了，她沒有去開會，她去門口的社區醫療站看自己的腳。

秋小蘭在醫療站敷腳的時候，給團長打了電話。團長很關心，問了很多，最後說，「我讓韓月過去，徒弟照顧師傅應當應分的。」

人有時候是一下子長大的，秋小蘭這次聽懂了團長的話。昨天關於韓月拜師的話她也還記得，這是竇河與團長的迂迴戰術吧？如果韓月是秋小蘭的徒弟，是秋派傳人，那麼用韓月和用秋小蘭不都是在整合秋派藝術這個資源嗎？就算最後不讓秋小蘭上，多少也給秋小蘭了些安慰，對秋依蘭也是個搪塞的理由。

如果是面對秋依蘭，估計團長連提都不敢提這話，可秋小蘭不是秋依蘭，秋小蘭好說話是出了名的。

秋小蘭說：「不用了。」她又說，「團長你放心，讓竇老師也放心，這個戲讓韓月上吧，至於收徒弟的事情，我得給姑媽說。」

團長在電話那端沉默了一下，說：「你小心點兒，真不用人過去？」

秋小蘭說：「不用。」

秋小蘭掛了電話，才發覺自己這話說得有些自以為是了，韓月上這個戲本來就是團裡定好的，用得著她說嗎？秋小蘭搖搖頭，就把心裡的那點兒難堪搖走了，她不在乎別人怎麼想怎麼看了，退步抽身撒手了，秋小蘭不怕了。

從醫療站出來，在對面的小館裡吃了碗麵，秋小蘭回到宿舍就睡了，一直睡到暮色四合，混亂的夢境也記不大清楚了，很稀薄的黑暗中，透明的黑玻璃一樣的夢，還有竇河的影子，卻不知道他說了什麼，做了什麼。

秋小蘭脫下了那條開滿玫瑰的裙子，換了件大而寬鬆的咖啡色無袖衫子，牛仔褲，然後打車去了醫院。

姑媽住的是療養病房，在住院部旁邊一個幽雅的小院裡，小院中間還有一個噴泉，四隻交頸嬉戲的仙鶴口中噴出水柱來。路邊夾竹桃過人頭了，紅的白的開得如火如荼，香氣卻不清爽，聞上去有濃重的粉塵的味道。

秋小蘭在夾竹桃下站了一站，路的盡頭，頭一間就是姑媽的病房，窗子開著，窗簾拉了一半，屋裡亮著燈。

秋小蘭能看見姑媽靠在床頭的剪影，頭向後仰著，脖子的線條依舊那麼高傲，那麼美，姑媽好像在給人說話。秋小蘭有些躊躇了，一瘸一瘸地到了門口，門虛掩著，她聽出了那個說話人的聲音，就推開門，叫了聲：「杜伯伯。」

杜易非是省劇協的副主席，也是市政協的副主席，跟秋依蘭是幾十年的朋友了，看著秋小蘭長大的。杜易非一見小蘭，笑著說：「喲，小蘭，這是怎麼了？」

小蘭笑了一下，「腳崴了。」

秋依蘭一下坐直了，吼道：「這時候你崴什麼腳?!」

姑媽在生氣。秋小蘭沒再吭聲，看了看杜易非，杜易非說：「她是衝我。」

秋依蘭說：「就是衝你！你這個奸細，叛徒！」

杜易非沒生氣，還笑著說：「好好，別動氣，又該喘了。」

秋小蘭又看了看杜易非，杜易非說：「怎麼把腳崴了？腫得可不輕。」

秋小蘭被提醒了，她笑了一下，沒有回答杜易非的問題，看著姑媽輕聲說：「團長說，讓我收韓月當徒弟……」

秋依蘭抽了身邊的枕頭就砸過來，「你是死人哪？你有沒有腦子？這主意誰出的？是不是你推薦來的那個寶貝竇河？」後面這兩句話她是衝著杜易非問的，「說不定就是你出的，以前你就這麼幹過，你……」

秋小蘭撿起枕頭，放在姑媽的腳頭，把心一橫，說：「姑媽，別爭了，我……」她突然哭了，「我的戲不好，咱們還爭什麼？」

秋依蘭也愣了一下，她突然從床上跳了起來，「你的戲不好，你的戲為什麼不好？你的戲怎麼能不好？你知道你是誰嗎？你是秋小蘭！」

秋小蘭放聲大哭，孩子似的哽咽著說：「姑媽，我不配……」

「你是不配，你們都不配！秋小蘭，還想再弄個小秋蘭？哼！」秋依蘭冷笑起來，「你們配叫這個蘭字嗎?!」

秋依蘭光腳跳在地上，扯起床單枕頭朝秋小蘭身上抽打著，嘴裡叫著：「你給我滾回去，你什麼都不是，你就是那個秋三妞！滾，什麼蘭都沒有，再沒有了！秋依蘭死了，死了，讓你給殺死了！讓你們合夥給殺死了！」

秋小蘭抓著床頭的欄杆在哭，她任由姑媽打，能感覺到姑媽的無力，秋依蘭挽著的頭髮也搖散了，住院沒能染，大片的白頭髮拖著個黑黑的尾巴，顯得蒼老而怪異，她乾瘦的脖子上青筋暴起，眼淚猙獰地在扭曲多皺的臉上流著。

杜易非先是一愣，叫了兩聲依蘭，秋依蘭根本就聽不見，他只得上去橫著抱住秋依蘭的胳膊，秋依蘭的身子猛地一板，然後就倒了下去，秋小蘭看到血從姑媽的嘴角流出來，淚也被嚇回去了。

秋小蘭守了姑媽一夜。

第二天早上，大夫又來給秋依蘭輸液，她還昏昏沉沉地沒有醒，但大夫說是藥物作用，不用擔心。點滴快打完了，秋小蘭去叫護士了。等她回來，看見姑媽睜著眼睛靜靜地看著她，秋小蘭張了張嘴，什麼也說不出來。

秋依蘭很虛弱，秋小蘭感覺姑媽想說話，就走過去，秋依蘭的聲音顫得讓人心跟著哆嗦，她說：「你回團去，除非我死了，或者你死了，這戲才能讓給別人。」

七

排練終於又繼續進行了，團裡通知秋小蘭參加排練，至於誰是織女A誰是織女B，或者還是一人一半，團裡沒有說。

杜易非專門又拐到團裡找了秋小蘭，讓她對秋依蘭只報喜不報憂，既然團裡沒說，按資排輩，自然也是秋小蘭在前頭。

秋小蘭情緒不高，杜易非也嘆了口氣。

秋小蘭說：「杜伯伯，你說我的戲為什麼不好呢？」

杜易非說：「藝術這東西，有時候真就說不清。你的戲不能說不好，你的扮相、唱腔、功夫，都是一等一的好，比你姑還要好，你姑身子弱……伯伯也練了兩天書法，我給你打個比方吧。這寫字，先看的是功夫，功夫到，字自然好；功夫到了之後呢，再看的是學問，書讀到了，字自然又是一個境界；功夫也到了，學問也到了，再朝卜寫，看的就是人了，這個『人』不是說人品，也不是說為人，也許說的是最真實的自我吧，可有時候，人最沒辦法的還就是自己。這個吧，伯伯也沒真悟透，瞎說的。孩子，別亂想了，安心排戲吧……哦，對了，竇河讓我替他向你道歉……」

秋小蘭聽到竇河的名字，心裡忽悠一下。

杜易非笑了一下，「竇河這人挺單純的，我認識他很多年了。你要理解他，這戲對你很重要，對他一樣重要，這麼多年，他才有機會弄第二部作品，不容易，你們互相理解吧。」

秋小蘭小心地問：「他……向我道歉？」

杜易非哈哈笑了起來，「他是害怕你當他那天是擺鴻門宴故意害你，沒想到你這孩子喝多了還崴了腳。依蘭猜得不錯，主意是我出的，我也是為了她，為了秋派藝術，韓月那孩子活脱就是她當年的模樣，神似，酷肖！伯伯也對不起你！不過我的意思是一人一半，你一半韓月一半，名字一改，秋小蘭，小秋蘭，都是她秋依蘭的傳人！」

杜易非哈哈笑著，拿墨蹟歷歷的白摺扇呼扇著對襟大褂下樓走了，他不讓秋小蘭送，秋小蘭還是送到了門外，看著他牙白色的衣服消失在樓梯拐角。

秋小蘭站在門外，扭頭看到對著門的桌上還放著兩個西紅柿，是那天谷月芬放的，兩三天了，熟透了的紅透出些暗色來，也不知道壞沒有……秋小蘭猛地想起醉酒那夜，那些誘惑她的鮮豔的漿果一樣的聲音，臉燙起來，那夜都發生了什麼？用力這麼一追，那些不知道是醉還是夢的影子在記憶裡碎得撈也撈不起了，是自己的幻覺，還是他真的在呢？

秋小蘭走到桌邊，拿起隻西紅柿，用指甲揭掉一點皮，從那破開的地方，用力吮吸，這個動作讓她的嘴唇一麻，渾身都滾燙起來，酸酸的汁液流進嘴裡去了，流到喉嚨裡去了……胃卻火燒火燎得難受起來。

秋小蘭頹然坐在床上，怔了半天，倒下去，頭很暈，病了一樣的難受，汗津津的臉黏在枕席上。她想起自己三頓飯都沒吃了，躺不住了，卻又起不來，掙扎了半天，她終於起來了，拉過暖瓶，發現是空的。

秋小蘭拎著暖瓶穿過劇團的院子到後面的水房去打水，順便解決午飯。水房在食堂旁邊，食堂現在寥落多了，團裡吃的人少了，就朝外開了門，賣饅頭麵條花捲包子等主食，因為質量好倒在附近有了些名氣。飯時已過，食堂師傅的飯也吃完了，秋小蘭買了兩個素包子拎在手裡，拐到旁邊去打水。

谷月芬也在水房，費力地用熱水刷著一個大蒸鍋。抬頭看見小蘭，「煮了一大鍋羊雜碎，我那口子喜歡吃，說外面的不乾淨，孩子不吃，說有味，這油，真不好刷，哎，腳好點兒沒？」

小蘭看看腳踝，「好些了。不著急，你先刷。」

谷月芬又接了一鍋熱水，「怎麼崴了腳了?」

這話問得也沒什麼不正常的，不知道是自己心虛，還是谷月芬真的語氣裡有些異樣，秋小蘭覺得她問得居心叵測。

秋小蘭含糊地說：「下樓，不小心。」

谷月芬沒再說，端開鍋涮起來，秋小蘭在膻膻的羊油氣中灌了一瓶熱水。

谷月芬也刷乾淨了鍋，強著拎過小蘭手裡的暖瓶，陪著她往回走。

暑天午後，因為有蟬聲，院子顯得更安靜了，桐蔭灑了一地。

谷月芬看著小蘭，眼睛眨巴眨巴，有些礙口的樣子，終於忍不住了，「小蘭，姐是個直腸子，有什麼話也憋不住，我是拿你當我親妹妹我才問你的，你跟那個竇河……怎麼了？」

秋小蘭頭皮一凜，「怎麼……什麼意思？」

谷月芬咳了聲，「如今這種事也不算事，哪個有點成色的女人不是一路睡出來的？不過你得加點兒小心，這是什麼地方？劇團！我這也算自己說自己，老話說戲子難纏，無風還三尺浪呢，你倒好……你是不是缺心眼啊？」

秋小蘭被她這坦誠得像磚頭一樣的話砸得一愣一愣的，「月芬姐，你說的是什麼呀？」

谷月芬看了看周圍，嗓門放低了，「『老東鄉』說她看見你跟竇河在那樓上抱著親嘴，然後兩個人進屋了。我說一早去喊你，你不給我開門呢。你傻不傻呀？恁些賓館都是幹啥用的，你往自己屋裡領？」

秋小蘭眼前都黑了，她閉了下眼，輕聲說：「我們沒有……」

谷月芬胖胖的胳膊一揮，把秋小蘭這句無力的辯白當成蛛絲抹掉了，「『老東鄉』那張破嘴，都沒法聽！她說『丫兒帶根筋，屄誰帶誰親』，現在倆都屄過了，就一般親了。你聽聽，你聽聽！小蘭，你乾板直正了多少年，背地裡都有人叫你王寶釧了，邁錯這一步，不值啊！」

那惡毒而下流的一句髒話，讓秋小蘭餓著的空胃一翻，她竟然打了個滿是酸腐味道的嗝，然後她笑了，笑出了聲，笑得肆無忌憚的。

秋小蘭看著發傻的谷月芬，收了笑，說：「我和他，沒有。」

谷月芬酸溜溜地撇了撇嘴，「他？他是誰？當你姐是孩子呀？我是讓你小心點，白讓那些人嚼你的舌頭，沒必要。再說，喜歡你的人也不少，回頭惹煩了誰，誰知道哪個裉節上因為這種事耽誤你的正經大事呢？想不到的事多著呢。」

秋小蘭不想說話了，她沒生氣，更奇怪的是，她也沒覺得害怕，一瘸一瘸地走得還挺有勁。這都是那句髒話的奇妙作用。就像穿了新鞋走泥路，自然小心翼翼的，真弄髒了反倒大步流星不在乎了。秋小蘭都成了那麼髒的動詞的賓語了，她還怕什麼？

谷月芬堅持把水給她送到樓上，又說：「小蘭，我再多說你句，你別傻！我覺得竇河這人挺陰的，閒話沒有，主意特別正，你別最後讓他坑一伙！」

秋小蘭幾乎是微笑著聽的這話，谷月芬倒被她弄得訕訕的，一眼看見桌上的西紅柿，「怎麼還沒吃啊？放壞了。」

秋小蘭拿起那個沒咬過的給她，說：「沒壞，很好吃。」

谷月芬一笑，咬著西紅柿晃蕩著蒸鍋走了。

秋小蘭臉上的笑還沒褪去，她拿起那個剩下的西紅柿，被她吸得像個桃了，歪著嘴壞笑的桃。秋小蘭挪了兩步走到門外，手伸過鏽跡斑斑欄杆，翻轉，一鬆手，那隻西紅柿掉了下去。

秋小蘭沒有朝下看，她想那爛熟的果實一定摔成了漿水，哀豔豔濺了一地。

秋小蘭雖然腳受傷了，可每天還是準時出現在排練場，而且是盛裝出現在排練場。當她穿著那條滿是纏枝玫瑰和貓臉花的連衣裙出現的時候，團裡人的目光多少都帶了些驚異，不過很快互相看看，又好像瞬間就找到解釋。

秋小蘭依舊是話不多的秋小蘭，可她一天一變絢爛恣肆的裙子在替她說話，聲音大得把排練場的喧囂都蓋下去了，所以，秋小蘭又不是秋小蘭了，有點像秋依蘭了。

秋小蘭白天排練，晚上去看姑媽。秋依蘭不讓她跑，讓她好好排戲，趕快把腳養好，有事會給她打電話就行。

腳當然一天一天好起來，紅腫褪了，疼還在。秋小蘭倒不盼著腳趕快好，她似乎很留戀那點疼。那疼是她唯一可切切地感覺把握的和竇河的有關的東西。

竇河和秋小蘭幾乎沒說過話，排練安排得很緊張。

韓月倒是成天和秋小蘭在一起，谷月芬老是用一種憋不住笑的眼光打量她倆。韓月很想對秋小蘭好，秋小蘭一動，她就問秋老師你要什麼我去拿。秋小蘭去廁所，她立刻也跟著去。秋小蘭倒不是故意冷淡韓月，她不大會和女人親密地相處。可韓月不怕你淡淡的，就這樣熱熱地貼上來，揭都揭不下來。

開始排練的第三天，韓月忽然注意到秋小蘭的腳沒有擦藥。

秋小蘭說：「晚上用酒搓一下就行，好多了。沒關係的。」

下午，那瓶紅花油出現了。

韓月說；「我練功也扭傷過腳，擦擦就好，秋老師，我來幫你擦。」

秋小蘭在一把圓高凳上坐著，韓月扭開藥瓶蓋，秋小蘭被那藥油的氣味攥住了咽喉，她幾乎不能呼吸了，艱難地說了句：「不用……」

韓月一笑，蹲下脫了秋小蘭的皮拖鞋，秋小蘭求救似的叫了聲：「你幹什麼？」本能地把受傷的腳往回抽，身子慌亂得向後躲，結果連人帶凳子摔倒了。

秋小蘭整個後背重重地摔在了地上，谷月芬剛倒了缸子茶，看見這情形也嚇了一跳，過來扶著秋小蘭坐起來，韓月拿著那瓶紅花油，嘴唇和手都在哆嗦。

這邊的動靜讓竇河扭頭看了一下，走了過來。

秋小蘭還在谷月芬的胳膊裡喘著粗氣，韓月還拿著那瓶子藥油，眼淚撲簌簌地滾了下來。

竇河走過來，他也沒問是怎麼回事，扶起凳子，伸手給秋小蘭。

秋小蘭抬眼看著他，她的喉嚨被濃烈的紅花油氣味抓得死死的，她說不出話，她的目光能說清楚嗎？

竇河抓到了她的胳膊，示意谷月芬，兩人一起把秋小蘭扶回到圓凳子上。一直蹲著哭的韓月突然站起來就朝外跑。

「韓月。」竇河平和地叫了一聲，那口吻就像什麼也沒發生。

韓月背影一板，站住了。

竇河說：「給秋老師倒杯水去。」

韓月轉回身來，淚花還在睫毛上，可已經不哭了，她把那瓶紅花油放到竇河手裡，又從竇河手裡接過秋小蘭的茶杯，朝排練場門口的茶桶走去。

只一個動作，韓月就把剛才的事情解釋清楚了，可秋小蘭呢？

沒人知道秋小蘭心裡發生了什麼。

從來沒人知道秋小蘭心裡發生了什麼。外表平和內心高傲的秋小蘭，公主一樣生活在劇團裡的秋小蘭，逢山有人開路遇水有人鋪橋的秋小蘭，沒人知道，這樣的秋小蘭內憂外患心力交瘁，隨時都會倒下崩潰。

隨時倒下，卻還沒有倒下，秋小蘭接過韓月遞來的茶杯，喝了一口，隨著谷月芬清亮的嗓門和巴掌聲，「亮相，下巴，好！叫板……」排練就繼續進行了。

排練過了一週，秋小蘭抽午休的空去看姑媽，大夫說秋依蘭的情形不大好，這是秋小蘭沒想到的，好在秋依蘭情緒好多了。

秋小蘭讓出租車一直把她送到後院宿舍樓下，才下車一瘸一拐地走。這時候一個肌膚豐澤的女人在樓前打轉，秋小蘭沒在意，那女人看見她，愣了一下，忙過來，扶住了她。

秋小蘭說了聲謝謝，這人眼生得很，不像團裡的人，她忽然有了點異樣的感覺，不由得抽回了胳膊。

那女人不好意思地笑了一下，「秋老師，我是來找你的，我們上去說吧。」

這就是那個在自己家廚房穿著玫紅圍裙洗碗的女人。

秋小蘭認出了她雪白的脖子上那塊胭脂記，碎花短袖上還有玫紅的顏色，黑色的短裙，前襟扣門那兒被豐滿的胸部撐得張著口，這女人得有四十多歲吧？

秋小蘭的臉漲得通紅。

總不能在劇團院子裡站著，這個時候快上班了，人來人往的。秋小蘭拉著樓梯上樓，女人跟在後面，她走得慢，女人就站著等。

進了屋，緊張慌亂的倒是秋小蘭，那女人打量了一下陳設簡單的兩間屋子，臉上有些不忍，「你們過得這是……」

她嘆息了一聲，自己拉過凳子坐了。

秋小蘭也在床邊坐下，素花棉布的窗簾拉著，可屋裡還能感到亮白刺眼的光線，門開著，撲進來的風也是熱的。

「有水嗎？不好意思……」女人看了眼暖瓶。

秋小蘭哦了聲，起來倒水，她習慣地抓了點茶葉，是花茶。那杯茶遞到女人的手裡，女人道了謝，喝了口，說：「你覺得我這女人，特別不要臉吧？他也不讓我來……」女人的目光落在秋小蘭臉上，秋小蘭倒不敢去接那目光了。

「你也看出來了，我比你們大，我比他大七歲，兒子今年都上大一了。按說我不該來，我是可憐他，豁出去這張臉讓人啐，也沒什麼。秋老師，你是藝術家，是有水平懂感情的人，今天見了你，我覺得你也是個好人，他也是個好人，好人幹啥要難為好人呢？他過得那日子……」

女人哽咽了。

秋小蘭有些恍惚，丈夫的情人，這女人是丈夫的情人呀！

女人深吸了口氣，「他過得苦啊，苦得可憐人，一個人吃一人睡，衣服被褥弄得一塌糊塗，以前家裡管他，結了婚他又不想讓家裡人知道和你這樣，就自己湊合，又不會弄，毛衣一手指頭一個窟窿……他說自己到底是結婚了還是沒結婚呢？可他心善，他還可憐你，說你……」

秋小蘭見她頓住了，就說：「他說我不能生孩子，離了婚沒人要，是吧？」

女人默認了，又喝了口水，忽然嚶嚶地哭起來，邊哭邊說，「他說只要你不跟他離婚，他就跟你這麼過下去……」

秋小蘭沒再做聲。

女人自己止住了哭，說：「秋老師你別誤會，我不是要你們離婚，我是想想他就難受，你說，他憑啥該受這罪呀？」

女人抽泣了一會兒，又說：「你要是不離婚，就對他好一點兒，把他當你的男人，你們好好過，我不會纏著他的。要是你心裡過不下去了，就離了，離了，都解脫了……真的，一個人過日子不容易，再不容易也比不上不下受折磨強，我知道……」

女人又哭了起來。那哭聲很痛很委屈，她想把自己的意思說清楚，可話說出來，怎麼說都會讓人誤會！她不知道該怎麼把自己的意思表達清楚，怎麼就這麼難呢？難得讓人恨天恨地，難得讓人傷心沮喪絕望，難得讓人乾脆放棄語言，回到混沌初開時最本能的表達，哭吧，除了哭還能幹什麼呢？

午後三點，女人哭著走了。

秋小蘭站起來，給自己也沏了杯花茶。喝茶的時候，牙齒卻碰到了杯子，硬硬地磕了一下，整個牙床都酸起來。

秋小蘭把牙齒用力地咬在了一起，卻覺得整個人被磕開了條縫，像黃河開凍時水面上的冰凌蓋，卡嘣嘣分崩離析，挾裹在滾滾東逝泥沙俱下的濁流中奔騰而去。

八

秋依蘭死在八月十九號，農曆七月初七。

織女回到天上去了。

那天排練結束，秋小蘭還去看了姑媽。秋依蘭精神不錯，吃了半碗秋小蘭帶去的百合粥。

想想可能秋依蘭也有感覺，她這樣的女人身上有根發達的特殊神經，能收到宇宙中某種神祕的信息。她拉著秋小蘭問：「要是沒有秋依蘭，你還會唱戲嗎？」

秋小蘭從來沒想過這個問題，她笑了笑，沒回答。

秋依蘭說：「也許會吧，說不定唱得更好，說不定你就是秋依蘭了……」

秋小蘭不知道姑媽想說什麼。

秋依蘭顯出前所未有的平和與慈祥，這種神情讓她看上去很虛弱很衰老，但她又說：「小蘭，你要堅持啊！我知道，竇河不會那麼容易低頭的，我懂這種人，這種人眼裡戲比天大，比命重……你要跟他鬥……」

說到「鬥」字的時候，秋依蘭忽然笑了，笑得像個小姑娘，她兩頰緋紅地看著秋小蘭，「小蘭，我把我的魂給你吧！」

姑媽說完這話，累了，想睡，就讓秋小蘭回去了。

回到宿舍，秋小蘭看日曆才忽然發現，那天是七月七。

第二天果然就下雨了，排練場的門口踩了一片濕濕的腳印。

排練已經進入連排了，演員開始搭手按故事情節串聯，竇河盯得很細。

織女唱：「你戀慕我天仙容貌，可知道落凡塵紅顏易老，據説呵，最無常男子心性，薄幸故事古今不曾少。」

牛郎答：「少時蜂蝶追李桃，老來夕陽憐衰草。就算同眠黃泉下，也勝過寂寞九重霄。」

竇河叫停，竇河走到韓月身邊，説：「織女這四句，表達的不是懷疑，更不是指責，而是淡淡的憂傷，她內心已經接受了牛郎的愛情，所以才開始擔心……牛郎再熱切一點，找那種感覺，世界上最浪漫的事，就是和你一起慢慢變老……再走一遍。」

大家一笑，重新來過。竇河現在很得人心，雖然排練很累，他更累，但他永遠能讓人興奮。

秋小蘭就顯得落寂了。

竇河對秋小蘭説的最多的一句話就是，「強烈點，再強烈點」。

秋小蘭對他説的抽象的強烈實在是無從強烈。

這時候，杜易非出現在排練場門口，秋小蘭看到他就有了某種不祥的預感。排練的時候，大家都不帶電話，秋小蘭本能地朝門口跑。

秋依蘭是在淩晨去世的。再堅強熱烈的心也很脆弱，一口氣吸不進去，它就衰竭了所有的活力。

秋依蘭沒有子女，秋依蘭只有秋小蘭。

秋小蘭在姑媽的靈前哭，除了哭還能幹什麼呢？

秋依蘭的追悼會團裡出面舉辦，市裡方方面面的人都出席了，自發來送行的戲迷也絡繹不絕，秋依蘭畢竟是秋依蘭。

杜易非老淚縱橫地理著花圈上的輓聯。這時有人送來了一人多高的花籃，上面瀑布似的開著數百朵雪白的蝴蝶蘭，掛的是幅暗黃色的絹書手卷，四個字，「王者之香」。

杜易非看著那字愣了一下，忽然帶著淚微笑了，對秋小蘭說：「收起來，好好收起來……」

那幅沒有落款和圖章的絹書手卷在杜易非的建議下，跟骨灰盒一起，葬進了秋依蘭的墓，不過墓碑用的是手卷上的字。

這世上不能言達的事太多，秋小蘭沒有問，那隔岸遙遙戀慕著「王者之香」的人是誰。

秋小蘭回到劇團的時候，迎接她的是一片擔憂同情的目光。擔憂同情背後，一跳一跳的也有幸災樂禍。谷月芬就淌眼抹淚地說：「秋老師哪怕再等等，等到看一眼你的新戲呢？」言下之意很明顯，沒了秋依蘭，秋小蘭的命運就成了風中之燭。

谷月芬又問：「他那兒沒說啥吧？」

秋小蘭明知故問：「誰那兒？他是誰？」

秋小蘭近乎賭氣地更加認真地參加排練，可她真的到了排練場，虛弱和疲憊就從骨頭縫裡向外鑽，讓她提不起胳膊抬不起腿，她也跟著姑媽死了嗎？

谷月芬善解人意地說，小蘭太傷心了。

秋小蘭忽然又陷入了十九歲時的慌亂和孤單，她又想逃了。

可這次，秋小蘭無處可逃。

姑媽去世，秋小蘭沒通知丈夫，丈夫也沒有出現。

秋小蘭被逼到了懸崖邊上，她唯一能緊緊抓住的救命稻草只有眼前的這本戲，可她偏偏無力抓住的也是眼前的這本戲。

這種無力的感覺當她遇上竇河的目光時，更加強烈。秋小蘭那天晚上經歷了一次崩潰，然後在清晨把自己收拾起來，去排練場，她在和竇河鬥，她只能用這種自我折磨的方法跟竇河鬥！

進入響排了，就是和樂隊開始配合，角色的事情還是一片混沌，這個敏感的問題似乎沒人願意去碰了。秋小蘭在排練場感到了前所未有的尷尬，排練自然而然地就開始以韓月為主了，沒有人招呼她，秋小蘭也不知道該怎麼表達自己的強硬態度。她被晾到一邊的時候，就盲目瘋狂地練著水袖，一如那個獨自一個人在小院裡踢腿的小姑娘，她不用人催促，她也不想看別人的目光。

秋小蘭幾乎總是頭一個到排練場，因為失眠她起得很早，一個人在排練場的感覺很暢快，但也很憂傷。

這天她走進排練場的時候，遇到了竇河。

他在等她嗎？

秋小蘭沒有說話，她向前走，近得幾乎靠在了竇河的胸口，她的心狂跳著，幾乎想這麼撞過去，可她還是後退了，笑了一下，好像剛才是沒收住腳步。

竇河說：「對不起，看到你這樣，我很難過。」

他沒有使用稱呼，秋小蘭一下子被他的口吻弄得淚眼婆娑了。

竇河沒有看她，扭開臉說：「有一些障礙，特別是內心最深處的障礙，是很難逾越的。可……我想幫你！」

秋小蘭幾乎不能相信自己的耳朵，她恍惚地看著他，「你說真的？」

竇河說：「我們來試試。」

那天上午的排練，幾乎都是秋小蘭的。試還不如不試，連樂隊的師傅都感到奇怪，秋小蘭是怎麼了？像個剛登台的雛兒，兩次連拍子都亂了。怪不得人家說她業餘？她以前不這樣啊？

秋小蘭也不知道自己是怎麼了。她渴望竇河的目光，渴望那目光專注地投射到她身上，可當這目光真的投過來了，秋小蘭卻嚇壞了，嚇得腦子一片空白，手足失措。她恐懼得要逃走了。下午的排練，秋小蘭沒有來。

秋依蘭死了，秋小蘭也跟著死了。

團長再來找秋小蘭的時候，告訴她團裡研究定了韓月是織女A檔演員。

秋小蘭吁了口氣，說這個戲她先不上了，她想請一週的假，家裡有些事情拖了很久，要處理。

秋小蘭要回去處理她冷凍了十幾年的婚姻，雖然不知道該怎麼處理，但至少她有了去面對的勇氣。

秋小蘭當然不會解釋家裡是什麼事，團長噎了一下，他以為她在鬧情緒。

秋小蘭接著卻主動提出了收韓月為弟子，團長才又高興起來，搓著手感慨地叫著小蘭哪小蘭哪，下面的話卻說不出來了。

收徒儀式還很正式，投資方老總在酒店包了個很大的房間，仿明式的圈椅，秋小蘭坐下。秋小蘭又是那個安靜平和的秋小蘭了，她穿了一條新買的裙子，重磅真絲的，她喜歡絲綢柔和的質地。上身斜裁，兩幅包著她略顯單薄的肩，交叉到腰裡然後瀑布一樣垂出長長的裙幅。她在挑選裙子顏色的時候猶豫了一下，一條是秋香色，另一條把秋香色裡的黃替換成了褐，標簽上標明茶葉色。她放棄了青澀的秋香色。秋小蘭說不清為什麼挑選這麼暗的顏色。茶葉忍受過揉搓和火炙，那種顏色該透著生命在大挫傷中歷練過的幽沉芬芳吧？

秋小蘭穿著這條茶葉色的裙子在圈椅上坐著，韓月在紅墊子上磕頭，這個頭磕下去，韓月就成了小秋蘭。

那天晚上，秋小蘭很警惕地對待酒，總共也就喝了兩杯，一杯是徒弟小秋蘭端的酒，一杯是和竇河碰的酒。和別人碰的都只沾了沾嘴唇，只是與竇河，她喝完了。

秋小蘭在完成她的告別。

酒宴結束，老總興致很高，請大家去唱歌，秋小蘭禮貌地拒絕了。老總拉著她的手不放，秋小蘭沒有驚慌，也沒有生氣，她帶著驕矜的微笑，説累了，果斷地抽出了手。

團長也有些驚訝，秋小蘭從來沒像此刻，如此有名角兒的氣度。

秋小蘭被送回了劇團。

秋小蘭上車的時候，回眸看到竇河站在酒店的台階上，那個小秋蘭在下面的台階上跳著去搆他的肩膀，他笑著閃了一下，她沒碰到。

秋小蘭此刻卻沒感到妒嫉，反而有些淡淡的釋懷，她不願意把惡毒的猜度放在竇河身上的，雖然她對他不比以前知道的更多，但她還是想給自己那些雨絲風片的想像，找一個實實在在的著落處。

秋小蘭又是一個人了，是真正的一個人在這世上了。

此時這種絕對的孤獨的感覺，讓她哀傷，卻也讓她驕傲。她穿過劇團的院子向宿舍走去的時候，聽到一片蟲聲，這些草蟲的聲音是古典的，雅緻的，但又是世俗的，喧囂的，像戲台旁側的鑼鼓傢伙，像她搬演的天上人間的故事。

姑媽問她，如果沒有秋依蘭，她還會唱戲嗎？

秋小蘭現在知道答案了，她還會唱戲。記憶很奇妙，一些蒙塵的情境不知被哪兒來的風一吹，就突然鮮明起來，秋小蘭想到了童年的鄉村，那些徹夜的蟲唱，漆黑寂靜中喧囂的蟲唱，遼遠的仙境一樣的戲台，她側著臉睡著了，睡夢中知道在台上哭商郎夫的秦雪梅香魂裊裊地到天上去見愛的人了。

戲台是通天的路，是從凡塵到仙境的彩虹橋，秋小蘭幡然悟道，她跟姑媽一樣，是墜入紅塵的仙子啊。紅塵中，戲台是最接近仙境的地方。

走到排練場外，秋小蘭的腳步遲滯了。

她輕輕推開了門，打開門邊的一盞壁燈，黑沉沉的排練場被一道光斜切出一塊昏黃，牆上的鏡子一半泛著光。不知道誰的一副帶長水袖的練功服扔在一把椅子背上，秋小蘭抓起來，隨手套在了身上，她抬手收好了水袖，忽然覺得身體前所未有的輕盈。她轉了個身，一抖胳膊，水袖出去了，秋小蘭的耳邊響起了鑼鼓點，她應聲開始唱。

這些詞和曲調她早就在心裡溫存了千百遍，只是從來沒有唱出過喉嚨。這些詞語和語調也曾在她的心裡盤旋過無數遍吧？

秋小蘭不再想寫這段唱的竇河，也不再想那個痴念著這段唱的自己，鏡子裡盤旋掙扎的是被天河隔斷摯愛的織女。沉碧奈何天，幽明相思地，怨無可怨，恨無可恨，一條天河耿耿，唱不盡這一回首的萬古傷心！

天河在天上，天河也在紅塵。塵世上淌滿了波濤滾滾的淚河。人哪，你是別人的天河，別人是你的天河，你是自己的天河，自己是你的天河！到處都是障礙，到處都是破碎，到處都是受苦的人心，到處是隔絕圓滿的欠缺，天河滾滾，淚浪滔滔，我們藉著什麼來渡河？

秋小蘭唱完最後一句，一個「臥魚」倒下，長長的水袖拋向空中，淚水和汗水在臉上縱橫。那塊堅硬透明的冰核融化了，無人看到，一個風華絕代彌散王者之香的秋小蘭在這一刻破繭成蝶！秋小蘭仰視著雪白的水袖從沉沉的黑暗中飄落，輕聲說，「你把魂給我了！」

脫胎換骨的秋小蘭站了起來，她脫了練功服，朝門外走去，驀然一回頭，她看見鏡子裡好像有斑駁的葉影，知道只是光和影的錯覺，還是痴痴的看了半天。秋小蘭真的看到了姑媽那個寂靜的小院，那堵葉影斑駁的牆，只是那個練功的小姑娘不見了，太陽還那麼高，葉子的影子還在那個位置搖……

二〇〇七年五月二十六日　河大

後記——化城

《無家別》寫完之後，我陷入了一種無力感。我無法確定，是不是一種隱密的絕望正在吞噬我表達的欲望與能力。雖然在隨後出版的作品集《窯變》的扉頁上，我貌似無比自信地寫道：「小說是虛構的，所以才更真實——鏡花水月，真空妙有。」

這種禪語機鋒調調的話，說了大抵都不會錯——多是塗脂抹粉後的大實話，所謂「無用的真理」。在虛實真假之間閃轉騰挪，是小說的存在方式，以虛證實、由實蹈虛是小說的道，寫小說是一條艱難而漫長的修道之路，若得道，筆下的文字自然能鋪展出「真空妙有」，若不得，也就落個嘴上說說罷了。

我的無力感來自手握虛構面對現實——我捉不住那些強壯斑斕錦鯉一般的現實，彷彿抓到手了，它也會撲楞楞拼命掙脫，最後落了隻鱗片甲和兩手濕漉漉的沮喪。我以為需要改變的是工具或者是工具的使用方法。於是我在《窯變》的後記中說古論今：「虛構，是小說作者用來捕捉真實的工具。司湯達在《紅與黑》中將小說家比喻為行囊中帶著鏡子的旅人——小說是現實的鏡子。在秉持現實主義小說觀念的作家手裡，虛構如同一張結實完整的漁網，撒進生活的大海，打撈，收網，現實就在小說裡活蹦亂跳了。現實發生變化，人類開啟現代進程，那面裝飾著月桂枝圖案的老鏡子模糊不清了，那張曾經結實的漁網開始破損，小說家必須改變他們的工具，我們於是在小說裡看到了各種扭曲變形的鏡像，現代主義小說家的漁網雖然不再完整，但是卻帶著電，被擊中的現實以另類的方式呈現在讀者面前。生活繼續，小說也在繼續，現實的變化越來越頻繁，一夜之間，窗外的世界就會變得陌生，隨時隨地改變著的生活，使得小說家們遭遇到前所未有的挑戰，他們不斷修改著虛構的方式，努力消除自己筆下的世界與讀者身處的世界之間的隔閡……」

言之鑿鑿，說的也不算錯話，只是沒有用——沒用的真理也叫廢話。我想，這個問題不只困擾我一個人。在很多場合，只要涉及到目前中國小說與現實的關係問題，無論是創作者還是評論者，多多少少都會表達出一些失望。失望雖然失望，但寫還繼續寫，評還繼續評，當然應該這樣——也許走著走著，就找到了路？——或者像魯迅說的，走的人多了，就成了路？我願意這樣相信，只是做不到——無效的寫作，再少都是多，何苦又多我一個去禍棗災梨！揣著滿腹的糊塗心思，面壁似的盯著這個問題不放——不想破，不再寫。

我雖然糊塗，也不至於真找個山洞去面壁——如果那樣，想破的多半是我的頭，而不是壁上的那個問題。機緣巧合，有人撞來拉我去做音樂劇，因為投資方選擇的題材是《西廂記》，撞到心坎上了，所以就不知死活地答應了。做《西廂》的過程，使得我也變成了現實中的一條錦鯉，跟著密密匝匝的別的魚游在一起。大家都會好奇地互相打量，魚眼睛對著魚眼睛，重重疊疊的幻影堆砌出一個動盪而真實的世界——不只小說家有鏡子，人人都揣著面鏡子，人，鏡子，眼睛，鏡中人，眼中人……都是現實，都是幻影……

不知道那道裂縫是什麼時候出現的，但我能感覺一絲涼風透進來，我忽然生出了表達的欲望——想寫點兒什麼了。那一刻是二〇一五年六月六號傍晚，我站在北展劇場門口，等從鄭州到北京來的女友海燕，她來看音樂劇《西廂》的演出。一直在下雨，天空卻很明亮，密密匝匝的觀眾在進場，我隔著人群朝海燕招手，她歪了傘，也笑著招手，我擠過去，忽有人在喊：「彩虹。」我擠到了海燕的身邊，一起抬頭，果然，一彎彩虹正在西邊的天際顯現，起初有些淡，越來越清晰，越來越鮮豔……

那一刻，又對海燕說自己想寫而未寫的小說——我知道，我的絕望被拯救了，雖然我無以名狀那種拯救的力量。

《法華經》第七品是「化城喻品」，說一群人跟隨導師尋找滿是寶物的城市，經過漫長艱辛的尋找道理，已經疲憊不堪，難以繼續。於是引導眾人的導師就大展法術，幻化出一座滿是寶物的城市，讓眾人棲息，眾人以為抵達目的地，興高采烈進城，感受各種美好。然後導師告訴眾人，化城是假的，不是真的目的地。此時眾人已經得到了休息和鼓舞，於是振奮精神，繼續朝前走，尋找真正的寶地。

化城是小乘佛教境界，那位用心良苦的導師自然就是佛陀，而真正的寶地，指的是讓人解脫的大乘境界。《西遊記》裡的唐僧在小西天小雷音寺，見到妖怪幻化的如來佛，就是經歷了一次「化城」。真正的道理似乎只能用比喻來說，言語本身在某種意義上就是一座化城——那麼小說呢？

回頭看，一年前自己死磕的那個問題，我沒有參悟到答案，而是發現問題本身有問題——把小說理解為用虛構捕捉現實，只在現象層面上，才是對的。對於一個深入虛構本身的寫作者來說，執念於此，自然要落得個水中捉月的結果。

小說是言語的化城。

關鍵在於，你知道這座美輪美奐的城市是虛幻的，是假的，是通往真正目的地的驛站，暫棲之地。於是一念改變，看現實的眼光，看小說的眼光，都變了，至於虛構的方式，落到了第二層，甚至已經不再成為問題了。

這是一種內在而隱密的變化，很玄妙，也很簡單，很虛，也很實。我不知道是不是自己過於愚鈍，天到這般時辰，才些許有些似是而非的明白——究竟是不是，還需要在寫作中去檢驗，但至少它給我一種奇異的力量，讓我又一次開始書寫，並且又一次開始想像，即將完成的這篇小說，會有一種讓人歡喜的模樣……

二〇一六年六月十八日

附錄 計文君創作年表

作品名稱	刊物（或出版社）
〈煙城危瀾〉（中篇）	《莽原》二〇〇一年
〈飛在空中的紅鯽魚〉（中篇）	《人民文學》二〇〇三年
〈七寸〉（中篇）	《莽原》二〇〇四年
〈水流向下〉（短篇）	《人民文學》二〇〇五年
〈鹿皮靴子〉（短篇）	《莽原》二〇〇六年
〈陽羨鵝籠〉（中篇）	《莽原》二〇〇六年
〈風月無邊〉（中篇）	《星火》二〇〇七年
〈黛玉之「心證」——試論林黛玉形象的精神優美與精神病態〉（論文）	《紅樓夢學刊》二〇〇七年
〈想給你的那座花園〉（中篇）	《人民文學》二〇〇八年
〈天河〉（中篇）	《人民文學》二〇〇八年
《天河》（中短篇小說集）	作家出版社二〇〇九年
〈嫩南瓜〉（短篇）	《星火》二〇〇九年
〈一樹春風分兩般——《傳奇》與《紅樓夢》繼承關係再分析〉（論文）	《紅樓夢學刊》二〇〇九年
〈此岸蘆葦〉（中篇）	《中國作家》二〇一〇年
〈你我〉（短篇）	《人民文學》二〇一〇年

〈慢遞〉（短篇）	《芒種》二〇一〇年
〈開片〉（中篇）	《十月》二〇一〇年
〈張愛玲的「紅樓家數」——《傳奇》與《紅樓夢》人物塑造對比分析〉（論文）	《紅樓夢學刊》二〇一〇年
〈剔紅〉（中篇）	《人民文學》二〇一一年
〈花兒〉（短篇）	《中國作家》二〇一一年
〈帥旦〉（短篇）	《人民文學》二〇一一年
〈尷尬與可能性——「七〇」後作家小說創作隨想〉（論文）	《文藝報》二〇一一年
〈《紅樓夢》與中國現當代小說〉（論文）	《文藝報》二〇一二年
〈窯變〉（中篇）	《清明》二〇一二年
〈白頭吟〉（中篇）	《人民文學》二〇一二年
〈失落的紅樓夢互文藝術〉（論文）	《紅樓夢學刊》二〇一二年
〈淺析端木蕻良對曹雪芹形象的塑造〉（論文）	《紅樓夢學刊》二〇一二年
〈論《紅樓夢》中的空間建構〉（論文）	《紅樓夢學刊》二〇一三年
〈題材意識與個人經驗〉（論文）	《文藝報》二〇一三年
〈鴿子〉（短篇）	《北京文學》二〇一三年
〈捲珠簾〉（中篇）	《人民文學》二〇一三年
〈無家別〉（中篇）	《中國作家》二〇一三年
〈經驗的容器〉（論文）	《文藝報》二〇一三年
《剔紅》（中短篇小說集）	上海文藝出版社二〇一三年五月
《器》（中短篇小說集）	文化藝術出版社二〇一三年六月
《誰是繼承人——《紅樓夢》小說藝術現當代繼承問題研究》（專著）	文化藝術出版社二〇一三年十二月

〈面向內心的寫作〉（對話）	《創作與評論》二〇一四年
《窯變》（中短篇小說集）	太白文藝出版社二〇一四年五月
《帥旦》（中短篇小說集）	山東文藝出版社二〇一四年六月
〈想像中的城——城市文學的轉向〉（論文）	《當代作家評論》二〇一四年七月
〈我們都是自己時代的人質〉（對話）	《芳草》二〇一五年

國家圖書館出版品預行編目(CIP)資料

白頭吟 / 計文君作. --初版. --臺北市：人間,
2017. 01
320面；14.8 x 21 公分
ISBN 978-986-93423-8-4（平裝）

857.63　　105021159

白頭吟

作者　計文君
執行編輯　曾葯筑
校對　林淑瑩、曾葯筑
封面設計　蔡佳豪
內文版型設計　黃瑪琍
排版　仲雅筠

發行人　呂正惠
社長　林怡君
出版　人間出版社
台北市長泰街五十九巷七號
電話　（02）23370566
傳真　（02）23377447
郵政劃撥　11746473・人間出版社
電郵　renjianpublic@gmail.com

定價　三五〇元
初版一刷　二〇一七年一月
ISBN　978-986-93423-8-4

印刷　崎威彩藝有限公司

總經銷　聯合發行股份有限公司
新北市新店區寶橋路二三五巷六弄六號二樓
電話　（02）29178022
傳真　（02）29156275